U0096397

中國新聞史研究輯刊

七編

主編　方漢奇

副主編　王潤澤、程曼麗

第3冊

獨立地思想：陳獨秀報刊實踐與傳播思想研究（下）

陳長松 著

花木蘭文化事業有限公司

國家圖書館出版品預行編目資料

獨立地思想：陳獨秀報刊實踐與傳播思想研究（下）／陳長松著 -- 初版 -- 新北市：花木蘭文化事業有限公司，2023〔民112〕

目 4+154 面；19×26 公分

（中國新聞史研究輯刊 七編；第 3 冊）

ISBN 978-626-344-344-0（精裝）

1.CST：陳獨秀 2.CST：中國報業史 3.CST：傳播史

890.9208 112010171

中國新聞史研究輯刊

七 編 第 三 冊 ISBN：978-626-344-344-0

獨立地思想：陳獨秀報刊實踐與傳播思想研究（下）

作 者 陳長松

主 編 方漢奇

副 主 編 王潤澤、程曼麗

總 編 輯 杜潔祥

副總編輯 楊嘉樂

編輯主任 許郁翎

編 輯 張雅淋、潘玟靜 美術編輯 陳逸婷

出 版 花木蘭文化事業有限公司

發 行 人 高小娟

聯絡地址 235 新北市中和區中安街七二號十三樓

電話：02-2923-1455／傳真：02-2923-1452

網 址 http://www.huamulan.tw 信箱 service@huamulans.com

印 刷 普羅文化出版廣告事業

初 版 2023 年 9 月

定 價 七編 6 冊（精裝）新台幣 15,000 元

獨立地思想：陳獨秀報刊實踐與傳播思想研究（下）

陳長松 著

目次

下　冊

第四章　革命的宣傳與組織：中共時期的報刊實踐與傳播思想（1921～1927）

1921 年中共一大的召開，標誌中國共產黨的正式成立，會上陳獨秀被正式選舉為中央局書記。1927 年 7 月大革命失敗，「八七」會議「剝奪」了陳獨秀總書記的領導權。此後陳獨秀雖不時向中共中央貢獻個人的意見，但思想已逐漸轉向托洛斯基主義，中共高層對他所提意見的「不屑」與「批評」也進一步推動了陳獨秀的這一轉向。1929 年 9 月，陳獨秀與彭述之、尹寬等人正式成立托派組織——「中國共產黨左派反對派」。

本章主要討論陳獨秀中共時期的報刊實踐與傳播思想，主要研究時段定在 1921 年至 1927 年。1921 年中共的正式成立標誌著中共開始成為一個嚴密的組織，報刊實踐必須服務於中共組織的工作需要；1927 年大革命的失敗導致陳獨秀離開了黨的領導層，雖偶而貢獻自己的意見，但公開發表的文字大大減少，直至托派刊物《無產者》（1930 年）創刊，陳獨秀又重新開始了創辦報刊的活動。

第一節　中共時期的報刊實踐概述

陳獨秀中共時期的報刊實踐分為三部分：一是上海共產主義小組時期，二是中共領袖時期，三是「八・七」會議至成立托派組織之間的反省探索期。

一、上海共產主義小組時期

上海共產主義小組時期主要是指 1920 年 8 月上海共產主義小組成立後至 1921 年 7 月中國共產黨正式成立這一時段。上海共產主義小組成立後，陳獨秀被推選為書記，全面負責建黨工作，旋即決定以《新青年》作為組織的公開機關刊物〔註 1〕。上海共產主義小組又決定另辦《共產黨》月刊作為黨的秘密刊物。此外，上海小組成立前後即關注勞工運動，先後發起創辦《勞動界》、《夥友》等勞工刊物。

陳獨秀在《新青年》第八卷第 1 號發表《談政治》一文，公開宣傳列寧式馬克思主義理論中占核心地位的「通過階級鬥爭建立勞農專政」學說，這標誌著陳獨秀與《新青年》的革命轉向。陳獨秀在第八、第九兩卷《新青年》雜誌上共發表論說 8 篇，「隨感錄」29 篇，「通信」15 篇。以下是具體篇目。

陳獨秀在八九兩卷《新青年》所刊文章一覽表

卷　期	類　型	文章標題
8 卷 1 號	論說	談政治
		對於時局的我見
	隨感錄	虛無主義
		俄國精神
		男女同學與議員
		上海社會
		比較上更實際的效果
	通信	婦女，青年，勞動三個問題
		哲學思想與化學工業
		勞動問題
		輓聯壽聯喜聯
8 卷 2 號	隨感錄	再論上海社會
		學說與裝飾品
		懶惰的心理

〔註 1〕第八、第九卷《新青年》在 1921 年 7 月 23 日中共建黨前共出版了 9 期雜誌（即至第九卷 3 期），第九卷第 4、5、6 三期雜誌則耗時一年，第 9 卷第 6 期在 1922 年 7 月發行。

	通信	男女同校問題
		大學教授問題
		工人教育問題
8卷3號	隨感錄	社會的工業及有良心的學者
		勞動者底知識從那裡來？
		三論上海社會
	通信	國家、政治、法律
		勞動專政
8卷4號	論說	關於社會主義的討論
	隨感錄	華工
		四論上海社會
		勞動神聖與罷工
8卷4號	隨感錄	主義與努力
		革命與作亂
		虛無的個人主義與任自然主義
		民主黨與共產黨
		提高與普及
		無意識的舉動
8卷6號	論說	新教育是什麼
9卷1號	隨感錄	文化運動與社會運動
		中國式的無政府主義
9卷2號	隨感錄	下品的無政府黨
		青年底誤會
		反抗輿論的勇氣
	通信	廣東—科學思想
9卷3號	論說	社會主義批評
	隨感錄	過渡與造橋
		卑之無甚高論
		革命與制度
		政治改造與政黨改造
	通信	英法共產黨——中國改造
		開明專制

9卷4號	論說	討論無政府主義（區聲白、陳獨秀）
	通信	同善社
		馬克思學說與中國無產階級
9卷5號	論說	太平洋會議與太平洋弱小民族
9卷6號	論說	馬克思學說
	通信	無產階級專政

備註：1. 所列「通信」均為陳獨秀作答的通信

上海共產主義小組在將《新青年》轉為機關刊物的同時，還決定創辦秘密刊物《共產黨》。1920年11月《共產黨》創刊，1921年7月刊滿6期後停刊。李達任主編，「新青年社」同人陳獨秀、李達、施存統、沈雁冰等人為主要撰稿人。為安全起見，雜誌沒有標注編輯部地址，所刊文章也全部使用假名，雜誌的印刷、發行也採用保密的方式。在總共六期刊物中，可以確定陳獨秀為作者的只有創刊號的《短言》和第五號上的《告勞動》兩篇文字。

上海共產主義小組成立前後即重視工會活動。陳獨秀認識到，要讓更多的工人團結起來，必須要創辦工人階級自己的刊物，向他們宣傳馬克思主義，組織真正具有影響力的工會。在此背景下，陳獨秀先後指導創辦《勞動界》與《上海夥友》。《勞動界》（1920年8月～1021年月）共出版24期，該刊由「新青年社」出版發行，陳獨秀任主編，李漢俊、袁振英、陳望道、沈定一等人擔任編輯與主要撰稿人，陳獨秀在該刊物上共發表12篇文字〔註2〕。《上海夥友》是中共上海小組與上海工商友誼會於1920年10月聯合創辦的週刊，第一冊、第二冊均由新青年社代為發行，但從第八冊起，該雜誌轉而為資本家辯護，調和勞資矛盾，反對階級鬥爭與暴力革命。至此，上海共產主義小組與該刊斷絕一切聯繫。陳獨秀在該刊發表文章很少，除了《發刊詞》（第一冊）外，還有一篇是為《女工為什麼不入會》（第二冊）一文所加的「按語」。

這一時期，陳獨秀還受陳炯明之邀赴廣州主持教育工作。1920年12月20日到達廣州，1921年9月離開廣州。在此期間陳獨秀在《廣州群報》發表了

〔註2〕《兩個工人的疑問》（第一冊）；《真的工人團體》、《霍亂與痢疾》、《老爺們的衛生》（第二冊）；《窮人與富人熱天生活的比較》、《貧民窟》（第四冊）；《無理的要求》、《為什麼不吃牛肉》（第六冊）；《在上海機器工會發起會上的演說》（第九冊）；《中國勞動者可憐的要求》（第十一冊）；《此時勞動運動的宗旨》（第十五冊）（另有一封答信《陳獨秀李漢俊俞秀松答仲淵等》刊載《勞動界》第七冊。）

相當數量的文章。《廣東群報》是由譚平山、陳公博、譚植堂等人創辦的一份宣傳新文化的報紙。陳獨秀在該報創刊號上即發表《敬告廣州青年》一文。一定意義上，《廣州群報》也是在陳獨秀的指導下創辦的，來到廣州的陳獨秀更是將該報作為一個革命宣傳與組織陣地。陳獨秀在該報所發文章如下：

陳獨秀在《廣州群報》所刊文章一覽表

序號	文　題	發表日期
1	敬告廣州青年	1920.10.20
2	歡迎新軍人	1921.1.1
3	新教育是什麼？	1921.1.3
4	答馮菊坡先生的信	1921.1.11
5	社會主義批評——在廣州公立法政學校演講	1921.1.19
6	教育與社會——在廣東省教育會的演講	1921.1.21～24
7	在工業學校演說詞——工學生與勞動運動	1921.1.28～29
8	如何才是正當的人生——在廣東省立女子師範學校講演會演講	1921.1.24
9	婦女問題與社會主義——在廣東女界聯合會演說	1921.1.31～2.1
10	討論社會實際問題底引言	1921.2.12
11	討論廣州社會實際問題——影畫戲院問題	1921.2.19
12	闢謠——告政學會諸人	1921.3.18
13	馬克思的兩大精神	1922.5.23
14	共產黨在目前勞動運動中應取的態度	1922.5.23

注：《馬克思的兩大精神》、《共產黨在目前勞動運動中應取的態度》兩篇文字為中共一大後，陳獨秀任中共總書記後所作。

二、中共領袖時期

儘管陳獨秀缺席了中共一大，但陳獨秀以其威望當選為中共總書記，並且連任五屆，直至 1927 年大革命失敗後召開的「八七會議」，陳獨秀的領導權才被「取消」。這一時期是陳獨秀政治生涯的巔峰，也是中共從無到有，逐漸發展壯大的時期。無論個人政治生命的成功失敗與否，陳獨秀都為中共的發展壯大打下了良好的基礎。應該看到，良好的基礎主要得益於陳獨秀為首的黨中央的報刊宣傳以及與此緊密聯繫的組織工作的有效推進。該時期陳獨秀主要從事了以下報刊實踐：

指導創辦《嚮導》週刊。中共二大決定創辦《嚮導》作為中國共產黨中央委員會的第一份政治機關報。1922 年 9 月 13 日，《嚮導》創刊，蔡和森任主編，陳獨秀、高君宇、李達、瞿秋白、彭述之、張國燾等任編委及主要撰稿人。其中，陳獨秀不僅「直接參與了《嚮導》籌辦的具體工作」，還「主持指導了《嚮導》辦刊方針的制定」〔註 3〕，親自題寫刊名，撰寫發刊詞，幫助確定版式和聯繫印刷等事宜；陳獨秀還是該刊最主要的撰稿人，在《嚮導》週刊發行的 201 期中，幾乎每一期都有他的文字，有時甚至整個一期都是他的文字，除短小精悍的「寸鐵」短評外，陳獨秀在上面發表文章計 265 篇，總計字數在兩百萬字以上。佔據他生平除音韻學著作之外文字的一大半。也正因此，陳獨秀雖然不是主編，但被認為是「《嚮導》週報的真正主編和靈魂」〔註 4〕。

陳獨秀從廣州回上海至中共二大召開前，陳獨秀還在《民國日報》及其副刊《覺悟》上發表了一些文字，具體篇目如下：

《民國日報》及副刊《覺悟》所刊文章

序　號	文　題	發表日期
1	陳獨秀啟事	1921.10.22
2	歡迎上海各業工會代表團	1921.11.7
3	在歡迎上海各業工會代表團	1921.11.15
4	*工人與軍人	1921.11.18
5	名實	1921.11.19
6	*工人們勿忘了馬克思底教訓	1922.2.9
7	*「寧波水手」	1922.2.10
8	*廣東工人與上海工人的比較	1922.3.21
9	*致周作人、錢玄同諸君信	1922.4.7
10	*社會主義對於教育和婦女二方面的關係	1922.4.23
11	*再致周作人先生信	1922.4.23
12	*蘇俄六周	1923.11.7
13	評中俄協定草案	1924.4.12

〔註 3〕徐方平：《蔡和森與〈嚮導〉週報》，中國社會科學出版社，2006 年，第 96～97 頁。

〔註 4〕羅紹志：《蔡和森同志主編〈嚮導〉週報》，《新聞研究資料》，1980 年，第 5 期。

14	＊評太戈爾在杭州、上海的演說	1924.4.25
15	國共兩黨領袖聯合宣言——告兩黨同志書	1927.4.5

注：＊號表示文章發表在副刊《覺悟》。

1923 年 6 月中共三大確定了黨的統一戰線方針，為配合這一方針，中央決定創辦《前鋒》月刊，瞿秋白任主編。該刊以黨的統一戰線方針為指導，以宣傳國民運動為主要任務，與同時出版的《嚮導》週刊、《新青年》季刊一起構成了中共中央三大機關刊物。由於當時的形勢與條件，《前鋒》雜誌發行 3 期後即停刊。陳獨秀在《前鋒》發表文章如下：

陳獨秀《前鋒》雜誌所刊文字一覽表

刊　期	欄　目	文章標題	署　名
第一期 1923 年 7 月 1 日	論說	中國農民問題	陳獨秀
	寸鐵	國民運動	獨秀
		國學	
		思想革命上的聯合陣線	
		仇孝論討父會	
第二期 1923 年 12 月 1 日	論說	中國國民革命與社會各階級	獨秀
	寸鐵	亡中國者留學生也	獨秀
		皇帝與學術	
		辜鴻銘太新了	
		基督徒望基督徒成佛	
		孔聖人又要走運了	
		農村立國主義原來如此！	致中
		議員與娼妓	
		是豬仔呢還是無政府黨人？	
第三期 1924 年 2 月 1 日	論說	一九二三年列強對華之回顧	陳獨秀
	寸鐵	精神生活東方文化	獨秀
		國學	
		夷場上的農村立國	
		聖人也得崇拜商品	

1922年7月，《新青年》出完第九卷第6期後停刊。一年後，即1923年6月，中共中央決定出版《新青年》季刊，作為純政治性的中央機關理論刊物，瞿秋白任主編。該刊發展可以分為兩個階段，前期為季刊（1923年6月～1934年12月），共發行4期；後期為不定期刊（1925年4月～1926年7月），共刊行5期。前4期雜誌陳獨秀發表了兩篇文章，為：《答張君勱及梁任公》（第三期），《二十七年以來國民運動中所得的教訓》（第四期）。後5期陳獨秀共刊發了三篇文章，分別為：《列寧主義與中國民族運動》（第一期，1925年4月22日）、《孫中山三民主義中之民族主義是不是國家主義？》（第四期，1926年5月25日）、《世界革命與中國民族解放運動》（第五期，1926年7月25日）。

此外，這一時期陳獨秀還在《中國青年》、《先驅》、《東方雜誌》、《熱血日報》發表文章數篇。

三、反省探索期

由於政治上的原因，八七會議前夕，陳獨秀被「停止」了中共總書記的職務，八七會議則正式「取消」了陳獨秀的領導權。然而，陳獨秀並不因為離開領導職務而悲觀消極，相反，他抱著探索中國革命經驗的目的，勤於思考。他從大局出發，在「八七會議」後不久，先是在武漢，然後到上海，多次向臨時中央貢獻自己思考的意見，這些「意見」構成了他在中共黨內的最後發言。遺憾的是，中共中央非但沒有採納他的意見，還將他的意見「當作笑話到處宣傳」，這再次打擊了陳獨秀。於是，約有一年半的時間，陳獨秀轉向音韻學、文字學研究，沒有再給黨中央提出過一條建議。這一時期陳獨秀發表的相關文字主要是以「撒翁」為筆名刊發在《布爾什維克》雜誌「寸鐵」欄的102篇短評；還有3封《致中共中央常委諸同志信》〔註5〕。

第二節　革命的宣傳與組織

中國的現代革命是一場意識形態革命，也是一場頗具暴力色彩的革命，還是現代政黨領導下的革命。換句話說，中國的現代革命是現代政黨以西方「進步」的革命意識形態為指導通過暴力奪取奪權的革命，中國共產黨取得中國革命的勝利即是典型的例證。作為一種「異域」的「新」的列寧式馬克思主義理

〔註5〕《中央政治通訊》第十四期，1927年12月。

論，其在中國的引入與接受有賴於中國共產黨的建立與發展，而中國共產黨的成立與發展也不是一蹴而就的，有一個革命的宣傳與組織過程，這在中共的創立期與第一次國共合作時期尤其如此。

嚴格來說，宣傳與組織是兩項分工不同的領域。宣傳是一種專門為了服務特定議題（議事日程，agenda）的訊息表現手法。在西方，宣傳原本的含意是「散播哲學的論點或見解」，但現在最常被放在政治脈絡（環境）中使用，特別是指政府或政治團體支持的運作。名詞的「組織」有廣義與狹義之分，在廣義上，組織是指由諸多要素按照一定方式相互聯繫起來的系統。在狹義上，組織是指人們為實現一定的目標，互相協作結合而成的集體或團體，如黨團組織、工會組織、企業、軍事組織等等。從動詞層面來看，組織則是使組織（無論廣義還是狹義）成為具有一定系統性或整體的方法。相對來說，宣傳主要向外，組織主要對內，兩者存在分工的不同。

就中國現代革命尤其是從中國共產黨成立和發展的初期階段來看，革命的宣傳與組織密不可分，一定意義上，革命宣傳是成立革命組織的重要基礎，甚至可以說是創立和發展組織的一個必要的手段。在此過程中，陳獨秀通過自己的報刊實踐工作對革命的宣傳與組織做出了重要的貢獻。

一、接受列寧式馬克思主義的第一人

所謂列寧式馬克思主義，是指馬克思主義在俄國經過列寧等人的創造性發展後形成的布爾什維克主義，其核心理論是通過階級鬥爭實現無產階級專政（又稱無產階級民主）。從列寧對馬克思主義的發展來說，也可將列寧式的馬克思主義稱為馬克思列寧主義。通常認為，馬克思主義在歐洲的發展與實踐分為兩條道路，一條是以德國社會民主黨為代表，其理論代表為考茨基與伯恩斯坦，理論核心是通過合法的議會鬥爭實現社會主義，「在德國可以通過一次民主的，合法的選舉，進行一次政府更替，從而實現德國的社會主義變革。」另一條則是以俄國共產黨為代表，其理論代表為列寧與托洛斯基，理論核心是階級鬥爭和無產階級專政（無產階級民主），認為只有通過階級鬥爭（暴力革命）才能實現無產階級專政，才能實現社會主義。這兩條路線實際上分別代表的是考茨基和第二國際的馬克思主義與列寧和第三國際的馬克思主義。而從馬克思主義的革命實踐尤其是當時的革命成果來看，列寧和第三國際的馬克思主義亦即列寧式的馬克思主義獲得了勝利。

從路線的選擇來看，陳獨秀對馬克思主義的選擇在起始階段即是列寧式的馬克思主義。陳獨秀在上海小組成立後不久在《新青年》第八卷第 1 號刊發的《談政治》與《對於時局的我見》兩篇文章已經清楚地表明陳獨秀「已經基本把握了布爾什維克主義的概念」，《談政治》公開宣稱「列寧的勞動專政」；《對於時局的我見》則「決不屑學德國的社會民黨」；而在 1921 年 1 月發表的《社會主義批評》的演講中，他進一步主張，「中國必須進行的選擇，除了俄國共產黨的道路之外，不可能有其他的道路，德國社會民主黨的道路不值一提」。通常認為李大釗是「中國接受馬克思主義第一人」，但與陳獨秀相比，李大釗此時對馬克思主義的「接受」，如《我的馬克思主義觀》，並不強調暴力革命和無產階級專政的列寧主義，而更傾向於考茨基、普列漢諾夫等第二國際的主張。因此，在接受列寧式馬克思主義的層面，陳獨秀才是中國第一人。〔註 6〕

陳獨秀轉向革命，成為接受列寧式馬克思主義的第一人，這對於中國革命具有深遠的影響。就陳獨秀個人而言，選擇列寧式馬克思主義，意味著他在徹底轉變世界觀的同時，必須從新文化運動的圈子裏走出來；在組建中共、成為組織一員的同時，必須遵從中共及共產國際的紀律制度；必須從思想家的角色向革命家的角色轉換，從對思想文化的批評轉換為對中國革命理論的探索，這是一條未知的充滿荊棘的坎坷之路。儘管如此，與此前舊民主主義時期陳獨秀對「革命」與「政黨」持批判態度不同，陳獨秀轉向馬克思列寧主義是毫不猶疑的，而且在一定意義上，此後的政黨時期，他提出的革命理論雖缺少「創造性」，但仍堅持了馬克思列寧主義的基本要義。就中國革命而言，陳獨秀在成為接受列寧式馬克思主義第一人的同時，也意味著中共選擇的是布爾什維克主義的革命道路，由此中國新民主主義革命具有了新的「高度」，是「直接從西方社會主義運動經過曲折後於 1919 年所達到的高度出發的」〔註 7〕，這奠定了中國革命的理論基礎。陳獨秀脫下西裝和長袍，開展面向工人的無產階級武革命宣傳；他與共產國際互相幫助發起建立共產黨，並用他的如喙之筆積極宣傳馬克思列寧主義，這為馬克思主義的中國化、大眾化打下了基礎，也奠定了中共的基礎工作，為中共的成立和發展做出了重要貢獻。

〔註 6〕唐寶林：《陳獨秀全傳》，社會科學文獻出版社，2013 年，第 232 頁。
〔註 7〕〔日〕石川禎浩：《中國共產黨成立史》，袁廣泉譯，中國社會科學出版社，2006 年，第 65 頁。

二、革命的宣傳

高度重視宣傳工作是中國共產黨的一個優良作風，也是中國共產黨取得革命勝利的一個重要原因。中國共產黨從她誕生之初（共產主義小組時期）就非常重視宣傳工作，並且把宣傳擺在工作的首位。就本章研究的時間範圍內，中共在共產主義小組時期即已高度重視宣傳工作，在中共成立後召開的五次代表大會中，也都明確規定宣傳工作是中共的工作重心之一。

應該看到，中共對宣傳工作的重視是必然的。馬克思主義的相關學說雖然在此前已經陸續被引介到中國，但是科學社會主義則要等到中共成立前後才被引介到中國，而掃除此前「各式」馬克思主義、社會主義宣傳的負面影響也亟需宣傳工作；中國共產黨的成立與俄共及共產國際的幫助是分不開的，一定程度上，是俄共與共產國際推動了中共的成立，這也決定了俄共與共產國際對中共的重要影響。因此，俄共對宣傳的重視及有關宣傳的規章制度必不可免地被中共所「接受」、「複製」；早期的中共黨員，包括各地共產主義小組的成員，絕大多數是初步接受馬克思主義的先進知識分子，此前他們或者參與了辛亥革命，或者作為年輕學生受到了五四新文化運動的洗禮，他們希望通過引介「先進」的革命理論來再造中國，而「引介」「宣傳」馬克思主義也是他們的長袖善舞之處。上述三方面原因決定了中共自成立之初即對宣傳工作高度重視。

本部分對「革命的宣傳」的論述主要集中於建黨初期陳獨秀對革命所作的宣傳。這主要是因為：在革命的起始階段，革命的「宣傳」要遠勝於革命的「組織」，這不僅攸關革命路線的「正確」選擇，也是出於爭取革命群眾的需要，這是組織建立的前提與基礎。作為上海共產主義小組以及中共一大至五大的總書記，陳獨秀在中共早期的革命宣傳中佔有重要的地位。他領導和創辦了這一時期大部分的中央一級刊物，積極為中央主辦的各式黨報黨刊撰寫文字，是中共早期報刊的重要撰稿人；他積極參與對基爾特社會主義、無政府主義的論戰，宣傳了馬克思列寧主義的革命理論；他面向工人、婦女、學生、行會會員發言，宣傳馬列革命理論，啟發他們的階級覺悟；面對黨內的不同意見，能夠開展批評與討論，保證了黨的路線方針的統一。

1. 參與知識精英對道路的論辯，宣傳馬克思列寧主義

新文化運動是近代中國的一次具有思想啟蒙性質的思想文化運動，是中國由近代轉入現代的分水嶺。從思想解放的角度，新文化運動的最大貢獻是輸

入了各式哲學社會思潮，解放了知識分子尤其是青年一代的思想與個性，為此後的社會革命提供了一個思想基礎。另一方面，第一次世界大戰的結束和俄國十月革命的勝利，不僅形成了新的世界格局，各種新的社會思潮也在世界範圍內興起。這一時期，民族自決、社會主義、無政府主義、勞工神聖、平民主義等各種世界性的社會思潮在中國的知識精英中都存在一定的市場。因此，中國共產黨成立後面臨的一個重要問題，即是面向知識精英宣傳馬克思列寧主義，這既是澄清馬克思列寧主義與各式社會主義、無政府主義的需要，也是爭取知識精英、發起組織的需要。建黨初期，以陳獨秀為首的中共早期黨員展開了對「基爾特社會主義」、「無政府主義」的論戰。

基爾特社會主義論者以梁啟超、張東蓀為代表。1921年梁啟超與張東蓀在《創造雜誌》分別刊文，以「擁護」社會主義的名義，兜售鼓吹勞資合作的「基爾特社會主義」。他們否定階級在中國存在的事實，認為中國「勞動階級除了交通埠頭因為有少數工廠才有工人以外簡直是沒有。」〔註8〕「社會主義之所以不能實現於今日之中國者，其總原因在於無勞動階級。」〔註9〕梁啟超、張東蓀等人還主張中國走資本主義道路。他們說，中國要「增加富力，而增加富力就是要開發實業」〔註10〕，「開發實業方法之最能速者莫若資本主義」〔註11〕，所以「世界資本主義未消滅一天，則中國一天勢必須著此軌而進」〔註12〕。梁啟超、張東蓀還反對無產階級革命和無產階級專政，主張階級調和。他們鼓吹說，我國民主之大責任「一面設法永杜階級之發生，一面於階級鬥爭以外，為世界人類別闢一『平和的平等』之途徑」〔註13〕。「務取勞資協調主義，使兩階級之距離不至太甚也。」〔註14〕「若欲舉馬克思所理想列寧所實行之集權的社會主義移植於中國，則亦以違反國民性，顧吾敢言必終於失敗。」〔註15〕一言以要之，梁、張等人鼓吹基爾特社會主義

〔註8〕張東蓀：《現在與將來》，《改造》1921年第3卷第4號。
〔註9〕梁啟超：《復張東蓀書論社會主義運動》，《改造》1921年第3卷第6號。
〔註10〕《東蓀先生〈由內地旅行而得之又一教訓〉》，《新青年》1920年第8卷第4號。
〔註11〕《東蓀先生〈答高踐四書〉》，《新青年》1920年第8卷第4號。
〔註12〕張東蓀：《現在與將來》，《改造》1921年第3卷第4號。
〔註13〕《歷史上中華國民事業之成敗及今後革進之機運》，《改造》1920年第3卷第2號。
〔註14〕梁啟超：《復張東蓀書論社會主義運動》，《改造》1921年第3卷第6號。
〔註15〕施存統：《讀新凱先生底共產主義與基爾特社會主義》，《新青年》1921年第九卷6號。

的根本目的在於否定馬克思列寧主義在中國傳播與實踐的可能性。對此，陳獨秀、李達、蔡和森、施存統等人撰文予以批判〔註16〕。通過與基爾特社會主義的論戰，陳獨秀等早期中共黨員為馬克思主義在中國的宣傳掃除了一個障礙，加速了馬克思列寧主義在中國的傳播。

需要指出的是，陳獨秀在論戰中的地位與作用。此次論戰的緣起是 1920 年 9 月張東蓀在陪同羅素赴湖南演講返滬後在《時事新報》發表的《由內地旅行而得之又一教訓》一文，該文宣稱救中國只有一條路，即開發實業，發展資本主義。該文發表以後，立即受到陳獨秀、陳望道、邵力子、高踐四、楊端六、俞頌華、「正報愛世記者」等人的關注與批評，一場論戰就此爆發。陳獨秀彙集雙方的文章和他本人的文章共十三篇，冠以《關於社會主義的討論》總標題，刊於《新青年》第八卷第 4 號。這裡有兩點值得注意：首先，這一時期的《新青年》仍屬於陳獨秀主編時期，是陳獨秀作為革命思想家的敏銳性，發現並主動參與了這一論戰，而且從篇幅與內容來看，陳獨秀的文章也最為重要；其次，陳獨秀的編輯行為一定程度上只是為中共與梁、張為代表的基爾特社會主義者的論戰起了個頭。論戰最初源於對張東蓀《教訓》一文的批駁，以陳獨秀為首的上海小組只是其中的一個意見表達者，但隨著梁啟超的加入與張東蓀對論點的進一步闡釋，以及中共成立後李達、蔡和森、施存統等人的加入，論戰才真正成為中共主張的馬克思列寧主義與梁、張的基爾特社會主義的論戰；第三，從現有文獻來看，陳獨秀除了在最初彙集十三篇文字的《關於社會主義的討論》中刊發《復東蓀先生底信》外，此後並沒有撰寫針對梁、張基爾特社會主義者主張的文字，但是陳獨秀的這篇文章已經表達了鮮明的馬克思列寧主義觀點，雖不能說為此後李達、蔡和森、施存統等人的文字奠定了基調，但其後李、蔡等人的文字無非是進一步深化、補充陳獨秀所表達過的馬克思列寧主義的觀點而已，如階級鬥爭、勞農專政和發展社會主義生產制等。

對無政府主義的批判是中共正式成立前後發起的另一場重要的論戰。中國無政府主義的代表人物是劉師復、黃凌霜、區聲白等人，他們主張絕對自由，否認一切強權，不承認階級鬥爭，反對任何組織紀律。這些觀點很迎合其時小資產階級的口味，所以在當時很有影響。如 1919 年無政府主義的團體曾達 50

〔註16〕李達、蔡和森、施存統等人的文章可參見林之達主編《中國共產黨宣傳史》（四川人民出版社，1990 年版）第 33～36 頁。

個，出版各種刊物和小冊子 70 多種。〔註 17〕這種狀況也反映出無政府主義在知識精英尤其是知識青年中具有相當的市場，黃凌霜、區聲白即是北大的學生。另外一方面，在中共正式成立前甚至在各地共產主義小組成立前後，中國的馬克思主義宣傳與無政府主義的宣傳相互摻雜，這從李大釗的文章中可以窺見一斑。李大釗《階級競爭與互助》中對馬克思階級競爭學說與克魯泡特金的互助共產主義學說的「調和」，而黃凌霜、區聲白對建黨前馬克思主義的傳播也做出了一定的貢獻。這也進一步表明，無政府主義在共產主義小組組員中存有一定的影響。從中共正式建黨以及馬克思列寧主義的宣傳角度，以陳獨秀為首的組建中共的核心人物必須對無政府主義展開批判，澄清馬克思列寧主義與無政府主義的區別，為正式建黨提供思想與組織的保證。為此陳獨秀展開了長達兩年的批判無政府主義的論戰，陳獨秀批判的無政府主義代表人物是黃凌霜、區聲白等人。

1920 年 8 上海小組成立後，陳獨秀即展開了對無政府主義的批判。9 月在《談政治》中批判「無政府黨人」的政治主張，「若不主張用強力，不主張階級戰爭，天天不要國家、政治、法律，天天空想自由組織的社會出現，那班資產階級仍舊天天站在國家地位，天天利用政治、法律，如此夢想自由，便再過一萬年，那被壓迫的勞動階級也沒有翻身的機會。」「若勞動階級自己宣言永遠不要國家，不要政權，資產階級自然不勝感激之至。」〔註 18〕該文發表後至 1921 年 7 月中共正式成立前後，陳獨秀刊發大量文字對無政府主義進行了批評，相關文字如下：《答鄭賢宗（國家、政治、法律）》（《新青年》第八卷第 3 號，1920 年 11 月）、《〈共產黨〉月刊短言》（《共產黨》月刊第一號，1920 年 11 月）、《社會主義批評——在廣州公立法政學校演講》（《廣東群報》1921 年 1 月）、《中國式的無政府主義》（「隨感錄」，《新青年》第九卷第 1 號，1921 年 5 月）、《下品的無政府黨》（「隨感錄」，《新青年》第九卷第 2 號，1921 年 6 月）、《討論無政府主義——答區聲白的信》（《新青年》第九卷第 4 號，1921 年 8 月）。與對以梁啟超、張東蓀為代表的基爾特社會主義的批判不同，陳獨秀對無政府主義的批判以批評教育為主。經過陳獨秀等的批評教育，無政府主義的影響在中共正式建立後得以消除，這進一步保證了中共的成立是建立在馬克思列寧尤其是列寧建黨思想之上。

〔註 17〕林之達：《中國共產黨宣傳史》，四川人民出版社，1990 年，第 36 頁。
〔註 18〕陳獨秀：《談政治》，《新青年》第八卷 1 號，1920 年 9 月。

2. 創辦刊物、發表演講，面向工人、學生群體宣傳革命

在中共上海小組成立至中共正式建黨這一時期，陳獨秀還積極面向青年學生、工人宣傳革命。中共上海小組成立後，陳獨秀即以《新青年》作為上海小組的機關刊物，面向青年展開革命宣傳；在上海創辦《勞動界》，面向工人宣傳馬克思主義，以期組織真正的工人工會；與此同時，陳獨秀還積極走進學校發表演講，在革新教育思想的同時，宣傳馬克思主義。這在建黨初期是必要的，不僅進一步宣傳了馬克思主義，也為中共的正式建立和發展奠定了良好的基礎。

1920 年 5 月至 8 月間，陳獨秀較為系統地學習了馬克思主義的有關理論，並且接受了馬克思主義，成為一名共產主義者。在陳獨秀與李大釗、張申府等人商定黨名為「中國共產黨」（大約在九月）後，隨即決定以《新青年》為黨的公開機關刊物〔註 19〕。陳獨秀在《新青年》公開大談政治，倡導「通過階級鬥爭建立勞農專政」，還設置「俄羅斯研究」專欄，介紹勞農俄國的社會現實，「羅素專號」對羅素哲學的介紹也是從社會主義的視角出發的，對傳統文化的批判也轉變為對資本主義、金錢階級的批判。馬克思主義與蘇俄成為雜誌關注的重點內容，雜誌也不可避免地呈現出「鮮明的顏色」。內容的轉變也帶來了作者隊伍的變化。原有的以「哲學文學為是」的北京同人無法滿足轉向革命之後《新青年》宣傳馬克思主義的要求，於是傾向馬克思主義、社會主義的知識分子迅速填補了這一真空。沈玄廬、陳望道、袁震英、李達、李漢俊、周佛海、施存統、沈雁冰、李季、陳公博等人開始為雜誌撰稿。於是以《新青年》為中心，聚集了最早一批服膺共產主義（社會主義）的知識分子，他們通過譯介馬克思學說及蘇俄國家情況，逐步接受了共產主義，並組建、加入中國共產黨，這也反映了《新青年》兼具的發起、組織作用。〔註 20〕

應該看到，轉向革命後的《新青年》「顏色」越來越濃，雖然陳獨秀仍希望北京同人繼續撰稿，編者陳望道也有意抹淡雜誌的「顏色」，但是雜誌對馬克思主義的獨尊，必然導致北京同人的分裂，也必然背離平等探討各種學理

〔註 19〕唐寶林，林茂生：《陳獨秀年譜》，上海人民出版社，1988 年，第 120 頁。

〔註 20〕李大釗、張崧年、沈玄廬、陳望道、袁震英、李達、李漢俊、周佛海、施存統、沈雁冰、李季、陳公博、高一涵、楊明齋等等先後都加入了中國共產黨，其中，李漢俊、周佛海、李達、陳公博為中共一大代表。

的初衷，對學理的輸入也最終由「百花齊放」變為「一支獨秀」。然而，需要指出的是，如果從雜誌創刊之初確立的「輸入學理，教育青年，改造社會」辦刊宗旨來看，雜誌對馬克思主義的獨尊並沒有違背這一辦刊宗旨，陳獨秀、李大釗等早期共產主義者利用《新青年》傳播馬克思主義也確是抱了教育青年，改造社會的目的。更為重要的是，雜誌對馬克思列寧主義的傳播採用了學理輸入而非赤裸說教的方式，承繼了雜誌一貫的「啟蒙」色彩。對馬克思主義理論的宣傳兼顧理論和實踐兩個方面，既有馬克思主義理論的闡釋，也有「俄羅斯研究」專欄對俄羅斯勞農現狀——馬克思主義理論之「成功實踐」——的介紹，這有利於馬克思主義在「新青年」群體中的傳播與接受。注重討論與批評的方式，且根據討論對象與內容的不同批評方式也有所區別，如上文論及的陳獨秀等對基爾特社會主義與無政府主義的批判，陳獨秀等對梁啟超、張君勱等代表的基爾特社會主義的批判具有鮮明的論戰特點，而對黃凌霜、區聲白為代表的無政府主義的批判則更偏向於批評與教育，論戰的色彩較為弱化。這種區別是必要的，與基爾特社會主義的論戰是知識精英（青年導師）之間的辯論，代表了知識精英對不同道路的選擇，當以批判為主；與無政府主義的論戰是導師與學生之間的爭辯，論辯的目的是進一步清除共產主義小組內無政府主義思想以便於建黨，理應採取批評、教育而非論戰的態度〔註 21〕。需要進一步指出的是，《新青年》傳播馬克思主義所採用的學理輸入而非赤裸說教的方式有其必然性。前七卷《新青年》以「哲學文學為是」，對前七卷《新青年》的閱讀開啟了「新青年」的「理性之光」〔註 22〕，讓他們敢於自由思想與獨立思考，選擇自己的道路。面向這樣的「新青年」傳播馬克思主義，必然要採取學理輸入、思想啟蒙的方式，讓「新青年」「自由」「自主」地選擇未來的道路。

上海發起組成立後，在決定以《新青年》作為機關刊物的同時，還決定創辦工人刊物，面向工人宣傳馬克思主義，以期組織真正的工會。上海發起組發起創辦的工人刊物有兩份，《勞動界》與《夥友》，其中《勞動界》影響較大。作為「向工人進行階級教育的通俗刊物」〔註 23〕，《勞動界》是「要教

〔註 21〕經過陳獨秀的批評教育後，黃凌霜等人的態度「逐漸有所轉變」。（參見唐寶林《陳獨秀全傳》第 264 頁。）

〔註 22〕陳長松：《陳獨秀前期報刊實踐與傳播思想研究 1897～1921》，中國社會科學出版社，2015 年，第 144 頁。

〔註 23〕《影印者說明》，《勞動界》，工人出版社 1958 年影印本。

我們中國工人曉得他們應該曉得他們的事情」〔註 24〕，指出工人之所以受剝削是「資本家生產制」〔註 25〕造成的，並引導勞動者「信奉社會主義，實行社會革命」〔註 26〕。應該說，《勞動界》在傳播馬克思主義，團結和教育工人，提高工人覺悟，凝聚工人力量，促進中國共產主義興起等方面都發揮了重要作用。〔註 27〕當然，囿於時代條件，《勞動界》也存在一些侷限，如存在著「一定的經濟主義和改良主義等思想傾向」〔註 28〕。

如前所述，這段時期陳獨秀在上述工人刊物上共發表了 10 餘篇有關工人運動的文章，文章數目雖然不多，但充分反映了陳獨秀能夠基於對工人對象特殊性的認識開展針對性的宣傳工作。從內容來看，陳獨秀主要聚焦於兩點，一是宣傳工人的重要地位，如在《兩個工人的疑問》中，「我們吃的糧食，住的房子，穿的衣裳，都全是人工做出來的」，以此宣傳「勞工神聖」思想；二是號召工人組織自己的工會，以此改良自己的境遇，如《真的工人團體》中「工人要想改進自己的境遇，不結團體固然是不行。但是像上海的工人團體，就再結一萬個也都是不行的……覺悟的工人呵！趕快另外自己聯合起來，組織真的工人團體啊！」馬克思主義、社會主義的理論宣傳基本沒有出現在上述文章中，即使論及似乎也是站在「批評」的角度，如《此時中國勞動運動底意思》中「……因此我要說一句可憐的話：此時中國勞動運動底意思，<u>一不是跟著外國底新思潮湊熱鬧，二不是高談什麼社會主義</u>〔註 29〕，不過希望有一種運動好喚起我們對於人類底同情心和對於同胞底感情，大家好來幫助貧苦的勞動者，使他們不至於受我們所不能受的苦惱」。這表明陳獨秀已經認識到面對工人展開馬克思主義革命宣傳的特殊性。面對尚無思想覺悟與階級意識的工人展開

〔註 24〕漢俊：《為什麼要印這個報？》，《勞動界》第 1 冊，工人出版社 1958 年影印本，第 3 頁。

〔註 25〕季陶：《勞動者應該如何努力？》，《勞動界》第 10 冊，工人出版社 1958 年影印本，第 2 頁。

〔註 26〕立達：《勞動者與社會主義》，《勞動界》第 16 冊，工人出版社 1958 年影印本，第 2 頁。

〔註 27〕方漢奇、寧樹藩主編：《中國新聞事業通史（第 2 卷）》，中國人民大學出版社，1996 年，第 51 頁。

〔註 28〕如他們將唯物史觀片面地等同於經濟史觀，忽視了唯物史觀發生作用的種種複雜介質，這種認識上的偏差在刊物的思想傾向和文章取向上就表現為經濟主義。參見徐信華：《中國共產黨早期報刊與馬克思主義大眾化》，人民出版社，2013 年，第 51 頁。

〔註 29〕下劃線為本報告作者所加，以示強調。

宣傳，必須首先要讓他們自己看重自己，認識自己在社會生產中所佔的重要地位；其次要讓工人認識到改善貧困境遇必須依賴自己的組織而非黃色工會的重要性。一旦工人成立自己的組織，一旦工人勞動運動成為「一種運動」，馬克思主義自然成為工人組織、工人運動的指導思想。從篇幅與文字來看，陳獨秀的文章多為短論，文字百字左右，如《真的工人團體》、《霍亂與痢疾》、《老爺們的衛生》、《窮人與富人熱天生活的比較》、《貧民窟》、《無理的要求》、《為什麼不吃牛肉？》；行文主要採用比較的方式，將工人群體的境遇與富人老爺們的生活進行比較，採用設問、反問等形式啟發工人自我思考，自我覺悟，語言通俗易懂，很受讀者歡迎。楊樹浦電燈廠工人陳文煥在給陳獨秀的信中說：「我們苦惱的工人……從前受資本家的壓迫，不曉得多少年了！……有話不能講，有冤無處伸！現在有了你們所刊的《勞動界》，我們苦惱的工人，有話可以講了，有冤可以伸了，做我們工人的喉舌，救我們工人的明星呵！」「《勞動界》萬歲！祝先生的身體健康！」〔註30〕類似表明工人覺醒的來信，《勞動界》從第3冊至第19冊共刊登了30餘篇，這些聲音充分表明，陳獨秀等人在工人中所進行的馬克思主義宣傳取得了「巨大的成功」〔註31〕，為進一步發起由中共領導的工會組織打下了堅實的基礎。

陳獨秀在創辦刊物，面向革命青年、上海工人宣傳馬克思主義，啟發革命的同時，還利用自己作為五四「思想領袖」與社會活動家的便利，走進學校和工會，發表演講，近距離地向學生、工人宣傳馬克思主義，闡釋新教育。這一時期陳獨秀發表的演講如下：

《在電工聯合會上的演說詞——工人與國家之關係》（《申報》1920 年 7 月 1 日）；《在上海機器工會發起會上的演說》（《勞動界》第九冊，1920 年 10 月 3 日）；《新教育是什麼？》（廣州高等師範學校的演說，《廣東群報》1 月 3 日刊載，《新青年》8 卷 6 號轉載）；《社會主義批評——在廣州公立法政學校演講》（1921 年 1 月 15 日，《廣東群報》1 月 19 日刊載，《新青年》第九卷第 3 號）；《教育與社會——在廣東省教育會的演講》（《廣東群報》1921 年 1 月 21～24 日連載）；《在工業學校演說詞——工學生與勞動運動》（《廣東群報》1921 年 1 月 28～29 日連載）；《如何才是正當的人生——在廣東省立女子師範學校講演會演講》（《廣東群報》1921 年 1 月 24 日）；《婦女問題與社會主義—

〔註30〕《勞動界》第 5 冊，1920 年 9 月 3 日。

〔註31〕唐寶林：《陳獨秀全傳》，社會科學文獻出版社，2013 年，第 260 頁。

—在廣東女界聯合會演說》（《廣東群報》1921年1月29日～2月1日連載）；《理髮工會成立會演說辭》（《勞動與婦女》第一冊，1921年2月13日）；《廣東工人與上海工人的比較——在上海紡織工會浦東部成立大會上的演說》（《民國日報》副刊《覺悟》，1922年3月21日）；《社會主義對於教育和婦女二方面的關係——在上海專科師範學校演講》（《民國日報》副刊《覺悟》，1922年4月23日）。

由以上所列演講名稱可知，陳獨秀彼時是位積極的演說家，他利用盡可能的機會走進學校、工人群體進行演講，其中尤以學生為多（演說內容經整理後在報刊發表）。與報刊文字宣傳不同，演講講求現場感，要求演講者通過生動通俗的言語將理論、道理說清楚，在此基礎上，達到聽眾與講者的共鳴，完成理論的傳播與接受。如果考慮到演講內容經整理後在報刊的二次（或三次）傳播——演說由群體傳播而轉為大眾傳播，帶來的自然是傳播範圍、傳播效果的擴大。當然，面向工人與學生兩個不同的群體，演講內容也應有所區別，如面向工人的演講，主要內容與他為工人刊物撰寫的文字內容基本一致，都是在強調工人地位重要（勞工神聖）的基礎上，通過啟發工人對自身貧苦境遇的反思，要求工人行動起來，組織真正為工人服務的工會；而面向學生群體的演講內容則主要是新教育與社會主義，並且注意將新教育與對社會主義的評析結合起來，從而在學生群體中宣傳馬克思主義（科學社會主義）。一定意義上，陳獨秀在廣州面向學生、工人所做的演講既是一種宣傳，也是一種動員，將趨於進步的學生與工人引領到中共旗下，不僅為廣州黨組織的成立做出了重要貢獻，也為此後廣州革命運動的發展打下了良好的基礎。

3.《嚮導》第一人：早期中共刊物的重要撰稿人與宣傳家

陳獨秀作為這一時期中國共產黨的最高領導人，必須兼顧各方面的工作，而宣傳工作正是其中的一個重要組成部分，並且由於這一時期黨的編輯人才、理論人才的缺乏，陳獨秀也必須為黨報黨刊撰稿，他不但是《嚮導》第一人，而且也是該時期其他黨報黨刊的積極撰述者。作為共產國際的一個支部，中共必須貫徹、宣傳共產國際的指示和決議，中共有關宣傳的各項政策也緊密圍繞著共產國際的指示與決議。陳獨秀作為該時期中共的領導人，中共出臺的有關宣傳的各項政策自然可以視為陳獨秀的主張，這一時期陳獨秀的宣傳文字也充分映證了這一點。

中共自成立之初即很重視宣傳工作，一是中共作為共產國際的一個支部，理應貫徹、宣傳共產國際的主張，蘇聯黨對宣傳的極度重視自然影響中共的宣傳態度；二是在中國傳播馬克思列寧主義這一「異域」的革命理論，只有經過廣泛宣傳發動，方能建立共產黨，方能奪取革命的勝利。中共一大通過的《關於當前實際工作的決議》即提出「必須把工農勞動者組織起來，宣傳共產主義」，強調「共產黨的任務是要組織和集中這階級鬥爭的勢力，使那攻打資本主義的勢力日增雄厚。這一定要向工人、農人、兵士、水手和學生宣傳，才成功」〔註 32〕。同年 11 月發出的《中國共產黨中央局通告》進一步對黨的宣傳出版工作提出了具體的計劃和要求。黨的二大又決定創辦政治機關報——《嚮導》週報。又如 1923 年通過的《教育宣傳問題議決案》號召「共產黨員人人都應是一個宣傳者，平常口語之中須時時留意宣傳」，「凡能與工人接觸之黨員當盡力運用《前鋒》、《新青年》、《嚮導》、社會科學講義等材料，使用口語，求其通俗化」〔註 33〕。再如中共在國共合作後對國民黨宣傳工作的整肅和重造，其中尤以毛澤東 1926 年代理國民黨宣傳部長期間的工作最有成效〔註 34〕。應該看到，毛澤東所取得的成效固然與其個人創造性的工作有關，但更重要的原因是中共宣傳政策的「影響」。中國共產黨自成立後，宣傳政策越來越細化完善，不僅「宣傳」一直與「組織」並列為中央的兩個基礎職能工作，而且宣傳的組織領導機構也不斷健全完善〔註 35〕。不僅如此，中共作為共產國際的一個支部，國產國際及蘇聯黨的宣傳政策也必然影響中國的宣傳政策。如 1920 年 7 月在莫斯科召開的共產國際二大通過的《加入第三國際的條件》即對中共早期宣傳產生了重要影響，如《中國共產黨關於（奮鬥）目標的第一個決議》對中共宣傳工作的規定，「一切書籍、日報、標語和傳單的出版工作，均應受中央執行委員會或臨時中央執行委員會的監督。……一切出版物，不論中央的或地方的，都不得刊登違背黨的原則、政策和決議的文章」〔註 36〕，這就要求黨的宣傳工作成為貫徹黨的意志的工具，也讓宣傳工作具有了極其嚴肅的黨性和組織性。中共高層黨員加入國民

〔註 32〕《「一大」前後》（一），人民出版社 1980 年，第 3 頁。

〔註 33〕《教育宣傳問題議決案》（1923 年 1 月），中央檔案館編：《中共中央文件選集》第一冊，中共中央黨校出版社，第 205～207 頁。

〔註 34〕〔美〕費約翰：《喚醒中國：國民革命中的政治、文化與階級》，李霞等譯，生活・讀書・新知三聯書店，2004 年，第 349～252 頁。

〔註 35〕這一時期中共宣傳部門組織領導機構的不斷完善可參見林之達《中國共產黨宣傳史》，四川人民出版社，1990 年，第 81～82 頁。

〔註 36〕林之達：《中國共產黨宣傳史》，四川人民出版社，1990 年，第 42 頁。

黨後，自然按照中共宣傳政策對國民黨宣傳機器加以改造。事實上，毛澤東的宣傳大綱雖然「更加詳細和精確」，但他仍然借鑒了周恩來在軍隊總政治部的經驗〔註 37〕。然而，無論是毛澤東，還是周恩來，甚至是陳獨秀本人，都是在執行中共中央的宣傳政策。因此，作為這一時期黨的總書記，中共宣傳政策的細化與完善與陳獨秀的領導是分不開的。

從宣傳文字的撰述來看，陳獨秀是早期黨報黨刊最重要的撰述人，這最為典型地體現在《嚮導》上——他是《嚮導》「第一人」。《嚮導》週報是早期中國共產黨的中央機關報，既擔負著對內宣傳與組織的任務，也承擔著對外宣傳的重任，是當時黨的最有權威最有影響的報紙，在中國革命發展史上具有十分重要的意義。蔡和森在《嚮導》週刊由最初的 1000 份增至 3000 份時曾說，「思想界起了很大的變化」〔註 38〕，而到了 1927 年發行量逐漸增加到「2 萬份以上」〔註 39〕。發行量的不斷增加足以證明《嚮導》的對外宣傳取得了很大的成效。《嚮導》站在潮頭，引領方向，對帝國主義侵略中國的陰謀和軍閥相征的罪惡進行了無情的揭露和批判，真正起到了「嚮導」國民的作用。站在這個角度，可以討論陳獨秀對於《嚮導》的貢獻。事實上，陳獨秀是《嚮導》第一人，除了上文已經論述的陳獨秀對《嚮導》的領導與指導方面所做的貢獻外，他還是該刊最主要的撰稿人。陳獨秀在《嚮導》上發表了大量的文章，既有長篇大論的政論，也有短小精悍的「寸鐵」短評。據蔡銘澤統計，陳獨秀在《嚮導》上以「獨秀」、「實庵」、「隻眼」、「致中」等筆名發表的時論和政論文章有 266 篇，「寸鐵專欄」短評有 402 篇，約占整個《嚮導》文章的 1／5，總計字數在兩百萬字以上。〔註 40〕甚至有時整個一期大半是他的文字，篇幅也占一半以上。如 1923 年 4 月 25 日《嚮導》第 22 期就刊登了《資產階級的革命與革命的資產階級》、《沈鴻英叛亂與政學會》、《對等會議與孫曹攜手》、《海軍態度》

〔註 37〕〔美〕費約翰：《喚醒中國：國民革命中的政治、文化與階級》，李霞等譯，生活·讀書·新知三聯書店，2004 年，第 252 頁。

〔註 38〕蔡和森：《中國共產黨的發展（提綱）》，《蔡和森的十二篇文章》，人民出版社，1980 年，第 33 頁。

〔註 39〕2 萬份的數字來自於毛齊華《大革命時期黨的地下印刷廠》（《黨史資料叢刊》1980 年第三輯），《嚮導》各時期的相關發行數字可以參見王曉嵐《中國共產黨報刊史——中共新聞思想與時俱進的歷史考察之一》，中國社會科學出版社，2009 年，第 43～49 頁。

〔註 40〕蔡銘澤：《〈嚮導〉週報對第一次國內革命戰爭的指導》，《新聞研究資料》，1989 年第 46 期。

等 4 篇〔註 41〕，又如第 19 期、第 26 期，第 56 期與第 58 期，此種情況不甚枚舉。可以看出，陳獨秀為《嚮導》撰寫了眾多文字，也正因此，雖然陳獨秀不是主編，但被認為是《嚮導》「的真正主編和靈魂」〔註 42〕。事實上，陳獨秀不僅是《嚮導》第一人，此時他還為其他黨報黨刊撰寫文章。除了前文論及的為《嚮導》、《新青年》月刊、《廣東群報》以及《勞動界》等刊物外，陳獨秀還在《新青年》季刊、《共產黨》月刊、《前鋒》等刊物上發表了不少文字，幾乎每期都可見陳獨秀的文章。應該說，陳獨秀的文章站在馬克思主義的立場上，在揭露時弊、批評時政的同時，對促進馬克思主義在黨內的教育和黨外的廣泛宣傳起到了極其重要的重要，推動了中國革命的發展。

應該說，陳獨秀作為中共早期的最高領導人，其撰述的相當多的理論文字都是為了貫徹、宣傳共產國際甚至蘇聯黨的指示與決議，其中最為典型的是貫徹共產國際有關國共合作的指示。陳獨秀最初對於「黨內合作」是反對的，但在杭州會議通過有關「黨內合作」的決議後，陳獨秀在思想上「仍有保留的情況下」，行動上卻表現出極大的「熱情」，先後撰寫多篇文字闡述國共合作的必要性和迫切性，如《對於現在中國政治問題的我見》〔註 43〕、《國民黨是什麼》〔註 44〕、《資產階級的革命與革命的資產階級》、《中國國民革命與社會各階級》等文章。應該看到，上述文字的發表對於推動「國共合作」起到了重要作用，但在另一方面，上述文章尤其是後兩篇文字則飽受爭議，不僅其時瞿秋白、鄧中夏等黨內領導幹部發文批駁，大革命失敗後更是成為陳獨秀「取消主義」的「鐵證」。本書稿並不打算對此進行翻案，唐寶林對此已經做了精彩的論證與闡釋〔註 45〕，此處只想進一步指出上述陳獨秀囿於組織的壓力而寫的文字仍不乏精彩之處，反映了陳獨秀基於中國國情而對革命道路的思考。此處即以飽受爭議，大革命失敗後被黨內認定為「機會主義二次革命論」的兩篇文章《資產階級的革命與革命的資產階級》、《中國國民革命與社會各階級》為例進行分析。如前所述，囿於組織的壓力，陳獨秀雖思想有所保留，但仍全力投入「黨內合作」的動員與宣傳中，這兩篇文章即是在這個背景下寫作的。從宣傳、貫

〔註 41〕其他四篇文章分別為蔡和森 2 篇，振宇、巨緣各 1 篇，篇幅上也佔了過半的篇幅。

〔註 42〕羅紹志：《蔡和森同志主編〈嚮導〉週報》，《新聞研究資料》，1980 年第 5 期。

〔註 43〕陳獨秀：《對於現在中國政治問題的我見》，《民國日報》，1922 年 8 月 22 日。

〔註 44〕隻眼：《國民黨是什麼》，《嚮導》第 2 期，1922 年 9 月 20 日。

〔註 45〕唐寶林：《陳獨秀全傳》，社會科學文獻出版社，2013 年，第 342～357 頁。

徹共產國際政策、指示的角度，這兩篇對於統一中共內部的思想，全面推動黨內合作起到了重要的作用。共產國際的政策指示如果要在中國落地，必須要結合中國的國情，亦即對國際政策的闡釋必須結合中國國情，實現國際政策的中國化表述，死板教條的「政策塗抹」雖然政治正確，但要實現「落地」則很困難。從大革命前期的成功來看，陳獨秀很好地實現了國際政策的中國化表述，推動了國民革命的順利展開。不僅如此，在陳獨秀國際政策的中國化表述中，仍有一些「閃光點」，如他在辯證分析中國各階級「兩面性」的基礎上，認為當時工人階級「不能成為一個獨立的革命勢力」，而必須與其他革命階級結成聯合戰線的觀點，不僅為以後的中國共運歷史所證明，也是中共取得革命勝利三大法寶之一的「統一戰線」的「先聲」。陳獨秀對中國社會各階級的分析也為國共合作初期中共制定正確的路線和政策提供了依據，也為毛澤東 1926 年寫作《中國社會各階級分析》提供了思想材料，毛澤東「既吸收發展了陳獨秀兩篇文章的成果，又總結了他自己在陳獨秀指導下工作的經驗」〔註 46〕。可以說，陳獨秀在貫徹宣傳共產國際、蘇聯黨的政策的同時，仍不乏基於中國實際的探索與思考，儘管這種探索思考有一定的侷限，但仍為其後中共高層拓展了進一步思考的空間。

由於在中國發起社會主義革命的特殊性，中國共產黨自誕生之初即很重視宣傳工作，並且把它擺在工作的首位。在中共早期的宣傳工作中，陳獨秀佔有重要的地位。陳獨秀不僅是中國接受列寧式馬克思主義的「第一人」，也是中共宣傳工作的第一人，他是中共早期報刊的重要撰稿人，他能夠結合中國的實際情狀宣傳貫徹共產國際的政策指示，為馬克思列寧主義的中國化做出了重要的貢獻，也為其後中共高層探尋中國革命的道路奠定了重要的基礎。

三、革命的組織

如前所述，在嚴格意義上，中共接受的是列寧式的馬克思主義，其成立也深受列寧建黨思想的影響，事實上，列寧建黨思想也是中共建黨的「思想基礎」〔註 47〕。列寧的建黨思想內容很豐富，其中最具原創性、獨特性的是提出了黨報是建黨的重要途徑。列寧認為，俄國革命要想取得成功必須有賴於建立一支由職業革命者組成的「先鋒隊」——真正革命的無產階級政黨，而組建這樣的

〔註 46〕唐寶林：《陳獨秀全傳》，社會科學文獻出版社，2013 年，第 362 頁。
〔註 47〕林之達：《中國共產黨宣傳史》，四川人民出版社，1990 年，第 40 頁。

職業革命家組織，黨報則成為重要的手段。由此他提出「報紙不僅是集體的宣傳員和鼓動員，也是集體的組織者」〔註 48〕。這也確定了黨報的雙重目標，一是通過報紙的內容進行面向大眾的宣傳鼓動；二是通過職業宣傳活動，將宣傳者組織成革命先鋒。列寧的獨特之處在於發現了「宣傳活動對於宣傳者自身的教育組織功能」〔註 49〕。中共的宣傳與組織工作深受列寧建黨思想的影響，這是毋庸置疑的。

而就中國的實際情況來看，中共的成立與發展也不是一蹴而就的，存在一個革命的宣傳與組織的過程，這在中共的創立期與第一次國共合作時期尤其如此。相對來說，宣傳主要對外，組織主要對內，兩者存在分工的不同。然而，就中國現代革命尤其是中共成立和發展的初期階段的實際情狀來看，革命的宣傳與組織密不可分，甚至在一定程度上，宣傳工作即是組織工作，宣傳不僅構成了組織工作的一項重要內容，也是發起、成立與壯大革命組織的重要基礎。另一方面，組織成立後的發展壯大，也取決於組織內部思想與行動的協調與統一，對於志在奪取中國革命勝利的中共來說更是如此，而思想與行動的協調統一有賴於組織內部意見的表達與協調。從這個角度看，陳獨秀任總書記時期的黨內意見表達機制與陳獨秀對黨內不同意見的態度對於組織的發展壯大是至關重要的，儘管不屬於嚴格意義上的報刊實踐，但卻關涉言論表達，因而可以納入討論的範圍。

本部分對「革命的組織」的討論主要從三個方面展開，首先討論黨報黨刊具備組織功能的必然性；其次討論建黨初期報刊與各地共產主義小組的建立與純化；最後討論陳獨秀任總書記時期黨內不同意見的表達與處理。

1. 黨報黨刊具備組織功能的必然性

列寧認為，要想領導革命取得成功，必須有賴於一支職業的革命家組織（政黨），而為了建立這樣一支職業的革命家組織（政黨），就必須創建一張面向全俄的黨報，而非無數張地方黨報。列寧認為，創辦一張面向全俄的黨報，其重要性不僅在於它能廣泛地宣傳，更在於它能作為一個機構將分散在不同地區的革命者聯繫在一起，通過日常的共同工作，交換材料、經驗和人員，產生實際的聯繫，由此組成一個具有固定聯繫的人員網絡，這就成為建立嚴密組

〔註 48〕《列寧選集》第三版第 1 卷，人民出版社，1995 年，第 404 頁。

〔註 49〕劉海龍：《宣傳：觀念、話語及其正當化》，中國大百科全書出版社，2013 年，第 103 頁。

織的基礎。事實上，基於共同的閱讀確實可以為建立一種嚴密的組織關係打下基礎。價值取向較為一致的人採用集體的形式閱讀相同的內容，又因為閱讀內容的「被禁性」、「神秘性」而具有了一定的儀式感，這種基於相似價值取向的帶有儀式感的集體閱讀有助於嚴密組織關係的形成。這就是列寧提出的所謂「報紙」是「集體的組織者」。

這裡需要進一步討論兩個問題，一旦政黨正式組建後，黨報黨刊的組織功能是否讓位於黨的組織工作？以及革命成功或共產黨取得政權後，黨報黨刊是否還存在組織功能？劉海龍在《宣傳：觀念、話語及其正當化》中寫到，「在正式建黨後，報紙的組織作用讓位於黨的組織工作，列寧不再提起『報刊是黨的組織者』這一觀點」，劉海龍還引用陳力丹的論述，認為「斯大林錯誤地解釋了列寧的觀念，仍把報紙視為組織民眾的工具」。〔註50〕列寧關於「報紙是集體組織者」的論斷緣於其革命實踐，尤其是俄國社會民主黨的組建和分化的黨內路線鬥爭的實踐，這個論斷的成立是毋庸置疑的。問題是，正式建黨後，雖然黨的組織工作主要由黨的組織部門負責，列寧也不再提起「報刊是黨的組織者」，但這並不意味著黨報組織功能的喪失。事實上，在政黨發起革命、領導革命，直至革命成功、奪取政權後，黨報始終具有很強的組織功能，與黨的組織部門共同擔負著黨的組織功能。換句話說，黨報在政黨領導革命取得勝利的過程中不僅承擔宣傳功能，還同樣擔負著組織功能。這一點已為俄國布爾什維克黨奪取政權與中共取得新民主主義革命勝利的黨報黨刊實踐所證實。那麼在革命勝利，黨成為執政黨後，黨報的組織功能是否就喪失了呢？答案同樣是否定的，儘管相較於革命時期，黨報的組織功能有所弱化，但是黨報仍然具有組織功能。當然，這種組織功能應該有別於斯大林「把報紙視為組織民眾的工具」〔註51〕。斯大林將報紙作為組織民眾的工具，必然在全社會建立起類如劉海龍所說的「一個全景監獄式的相互監督的思想管理系統」。應該看到，斯大林將黨報的組織功能泛化了，不僅報紙的類型被泛化，報紙的讀者也被泛化，所有報刊都被視為面向全體民眾的組織工具，其結果必然是一個「全景」的「思想監獄」。然而，如果從黨報面向的主要讀者仍然是黨員，黨員有義務

〔註50〕劉海龍：《宣傳：觀念、話語及其正當化》，中國大百科全書出版社，2013年，第103～104頁。

〔註51〕陳力丹：《馬克思主義新聞觀思想體系》，中國人民大學出版社，2006年，第309～315頁。

閱讀黨報這一組織要求來看，黨報必然要承擔著一定的黨內組織功能。

事實上，任何一個政黨，要想實現組織的目標，無論是奪取政權還是建設社會，都需要一定的組織性和紀律性，其中又以以馬列主義階級鬥爭思想為指導的共產黨的組織性和紀律性最為嚴密。俄共以及受其影響而成立的中共以馬克思列寧主義為指導思想，強調通過階級鬥爭奪取革命的勝利，不僅如此，還進一步形成並貫徹了以階級鬥爭為綱的建設路線，強調共產黨作為革命與建設的核心與領導地位。因此，政黨的組織至關重要，政黨為了實現奮鬥目標，必然動用一切手段以加強黨的組織。由此，黨報也就具有了組織功能。在發起革命、奪取政權的過程中，黨報承擔的組織功能自不待言，革命勝利後，黨報更是成為政黨組織性與紀律性的承載符具。事實上，黨報作為黨的機關報，從根本上決定了黨報是組織的一環，這是黨報具有組織功能的根本原因。

如前所述，在列寧的建黨思想中，黨報尤其是全國性的黨報具有重要的組織功能。中共是按照列寧建黨思想組建的，因而也必然強調、重視黨報的組織功能。陳獨秀轉向馬克思主義後就很重視黨報黨刊的組織功能。上海共產主義小組一經成立即決定將《新青年》作為發起組的「機關刊物」，承擔宣傳發起工作。三個月後，面向各地共產主義小組的內部刊物《共產黨》創刊，《共產黨》月刊對於各地共產主義小組成員思想的「純化」與中共的正式成立起到了重要的作用。中共正式成立後至陳獨秀不再擔任中共總書記的時間內，中央先後創辦了《嚮導》、《前鋒》、《熱血熱報》、《布爾什維克》等黨報黨刊，這些黨報黨刊對於中共的發展、壯大與推動國民革命的發展都做出了重要貢獻。作為中共總書記，陳獨秀對上述黨報黨刊的創辦發行也做出了重要的貢獻。

2. 報刊與各地共產主義小組的建立與純化

1920 年 8 月，陳獨秀與維經斯基、俞秀松等人在上海成立中國共產黨發起組，其後各地共產主義小組陸續成立，這為一年後召開中共一大，中共正式成立奠定了基礎。然而，這一時期各地共產主義小組（包括上海發起組）「還很不完善，思想上也比較混亂」，離正式建黨尚有距離。要想正式建黨，不僅需要推動各地共產主義小組的成立，更需要純化共產主義小組成員的思想，由此才能建立真正的列寧式的先鋒隊組織。在此過程中，陳獨秀的報刊實踐起了重要的作用。指導創辦內部機關刊物——《共產黨》月刊，宣傳共產主義，「保證」了中共起始階段就是「馬克思列寧主義政黨的性質」〔註 52〕；指導創辦《廣東群報》，「重建」廣東共產黨。

前文「革命的宣傳」部分已經討論過中共上海發起組成立後陳獨秀以《新青年》為陣地宣傳馬克思主義所取得的成績，此處不再贅述。此處主要討論陳獨秀指導創辦《共產黨》月刊，對於中共正式建黨所做的組織方面的貢獻。《共產黨》月刊是上海共產主義小組於 1920 年 11 月 7 日出版發行，1921 年 7 月中共一大召開前夕停刊。這裡需要闡明三個問題：一是《共產黨》月刊主要是作為黨內組織刊物而創辦的。中共的成立是按照列寧的建黨思想成立的，上海發起組與各地共產主義小組開展活動的目的也在於正式成立中國共產黨。在列寧的建黨思想中，報刊佔有重要的地位，其「報紙是集體的組織者」即在說明報紙能夠拉近傳播者之間的現實聯繫，建構一種基於共同閱讀的組織關係。換句話說，宣傳活動本身能夠教育和造就一個職業的革命家組織。自然，上海發起組欲組建中國共產黨就必須根據列寧「報紙是集體的組織者」這一命題創辦發行黨內刊物。而早期共產主義小組的成員也敏銳地發現了這一點，如旅歐共產主義小組的蔡和森在 1920 年 9 月 16 日從法國寫信給毛澤東，詳細地闡述了他的主張，「黨的組織是很重要的，組織的步驟：（1）結合極有此種瞭解及主張的人，組織一個研究宣傳的團體及出版物。……（4）顯然公布一種有力的出版物，然後明目張膽正式成立一個中國共產黨。……」〔註 53〕毛澤東在 1921 年 1 月 21 日的回信中，明確告知蔡和森：「黨一層陳仲甫先生等已在組織。出版物一層上海出的《共產黨》，你處諒可得到，頗不愧『旗幟鮮明』四字。」〔註 54〕毛澤東還特別說明「宣言即仲甫所為」。再如選擇 11 月 7 日——十月革命三週年的紀念日——作為《共產黨》的創刊日，也表明希望中國革命走俄國的道路。可見，創辦《共產黨》月刊是按列寧建黨思想建黨的一個內在規定。第二《共產黨》月刊也確實發揮了組織功能。與《新青年》側重對外宣傳不同，《共產黨》月刊是作為中共上海發起組的內部機關報發行的，內容主要是介紹列寧主義的建黨思想和有關共產黨的知識，其發行也主要面向各地共產主義小組的成員和旅歐勤工儉學的革命者，主要通過組織內部的交流、討

〔註 52〕唐寶林：《陳獨秀全傳》，社會科學文獻出版社，2013 年，第 257 頁。

〔註 53〕《蔡林彬給毛澤東》（1920 年 9 月 16 日），《蔡和森文集》，人民出版社，1980 年，第 71 頁。

〔註 54〕《毛澤東給蔡和森》（1921 年 1 月 21 日），《蔡和森文集》，人民出版社，1980 年，第 73 頁。

論來傳播。所謂組織內部的交流和討論是指組織成員將之作為組織必讀材料，並通過集體討論、交流等類似集體閱讀的手段完成內容的「接受」。《共產黨》是「小組的必讀材料之一」〔註55〕，如李大釗即向北京「馬克思學說研究會」的成員推薦閱讀該刊〔註56〕，再如毛澤東與蔡和森的通信，雖具私人性質，但也透露出兩者討論、推薦、閱讀的也是《共產黨》。有研究者也指出，《共產黨》是「中國共產主義早期組織交流思想信息的重要平臺」〔註57〕，為中國共產黨的建立作了理論上和組織上的準備。而在中共第一次全國代表大會召開前夕，《共產黨》在1921年7月7日停刊，也表明該刊完成了促進中國共產黨成立的歷史使命。可見《共產黨》月刊的確發揮了重要的組織功能。第三，陳獨秀在《共產黨》月刊的重要地位與作用。陳獨秀在該刊雖只發表了創刊號的《短言》與《告勞動》兩文，但其地位是重要的。創刊號的《短言》相當於發刊詞，《短言》分共產主義者的理想、目的和階級鬥爭的最近狀態三個部分；闡明按照俄國的榜樣，由階級鬥爭必然導致無產階級專政，最後實現共產主義，建立一個沒有經濟剝削，沒有政治壓迫，沒有階級的共產主義社會。這不僅表明中共要走的是列寧十月革命的道路，也規定了《共產黨》月刊的主要內容，「從而保證了中國共產黨一開始就是馬克思列寧主義政黨的性質」〔註58〕。陳獨秀雖不是該刊的主編，但陳獨秀是該刊的實際主持人。根據唐寶林對日本外交史料《外秘乙第六九一號》的考察，「當時在廣州任廣東政府教育委員長的陳獨秀，依然主持著上海的共產黨發起組及其機關刊物《共產黨》和《新青年》」〔註59〕。陳獨秀缺席中共一大卻被推選為中共總書記，也進一證明了陳獨秀在各地共產主義小組的影響力。由此，可以說明陳獨秀通過指導創辦《共產黨》而對中共正式建黨所作的組織方面的貢獻。

陳獨秀在廣州主持教育工作期間，指導創辦《廣東群報》，有力推動了廣東共產黨的「重建」。陳獨秀赴粵之前，廣東已經成立了由共產國際領導的「廣州革命局」，並進一步成立了廣州「共產黨」和青年團，創辦發行《勞動者》

〔註55〕王曉嵐：《中國共產黨報刊發行史》，中國社會科學出版社，2008年，序章第3頁。

〔註56〕方漢奇：《中國新聞事業通史（第2卷）》，中國人民大學出版社，1996年，第87頁。

〔註57〕錢承軍：《建國前中國共產黨報刊研究》，中國文聯出版社，2009年，第30～31頁。

〔註58〕唐寶林：《陳獨秀全傳》，社會科學文獻出版社，2013年，第257頁。

〔註59〕唐寶林：《陳獨秀全傳》，社會科學文獻出版社，2013年，第263頁。

工人刊物。然而，在廣州「共產黨」的執行委員會中，除了兩個俄國人之外，其餘 7 名成員全是無政府主義者，其出版的《勞動者》宣傳的也是克魯泡特金的無政府共產主義和工團主義。因此，廣州共產黨組織實際是個無政府主義組織，其代表人物歐聲白與黃凌霜也是著名的無政府主義者。陳獨秀來到廣州後，以譚平山等人組織的社會主義青年團為基礎，依據馬克思主義的「極權主義」（即無產階級專政和民主集中制原則——筆者注）重建了廣東共產黨〔註60〕。其中，整頓青年團，清除無政府主義者是純化、重建廣東共產黨的關鍵。在此過程中，除了召開會議，與無政府主義者舉行聯席會議，要求對方放棄無政府主義信仰等組織手段外，陳獨秀的報刊實踐工作也起到了重要的作用。如陳獨秀以《新青年》與《廣東群報》為陣地對無政府主義的批評與批判，又如陳獨秀走進廣州各類學校以公開演講的形式宣傳馬克思主義，再如其推行的廣東教育改革計劃中對新文化的推廣等等，陳獨秀把廣東的教育工作與廣東共產黨的純化與重建工作結合了起來，在廣東掀起了「一場震撼各界的革命」，極大推進了廣東的革命工作。事實上，陳獨秀的報刊實踐不僅有助於廣東共產黨的重建，也在全國範圍內宣傳擴大了列寧式馬克主義的影響，既有助於各地共產主義小組的純化，也有助於吸引進步青年選擇、加入中共黨組織，為中共的早期發展奠定了重要的基礎。

3. 民主集中制的確立和黨內意見的表達

劉少奇在《論黨內鬥爭》中指出，「我們的黨從最初組織起就有自我批評和思想鬥爭，就確定了民主集中制，就有嚴格的組織與紀律，就不允許派別的存在，就嚴厲地反對了自由主義、工會獨立主義、經濟主義等，因此在我們黨內公開提出系統的組織上的右傾機會主義的理論，是還沒有的」，「就這方面說，我們走了直路」〔註61〕。劉少奇的論述是符合史實的，也表明中共早期在組織上是成功的，「走了直路」。應該看到，這種成功主要得益於自我批評和思想鬥爭，民主集中制，以及嚴格的組織和紀律，正是由於上述因素，中共成立之初避免了路線之爭和黨內派系，保證了組織的統一和團結。然而，早期組織的加入者主要是知識分子，要實現由「知識分子小團體」向「群眾性政黨」的成功轉型，需要加入者尤其是知識分子自覺地接受組織紀律，這就讓考察陳獨秀對黨內不同意見的表達與處理具有了研究意義。作為中國近現代史上最富

〔註60〕具體的重建過程可參見唐寶林《陳獨秀全傳》第 298～300 頁。
〔註61〕《劉少奇論黨的建設》，中央文獻出版社，1991 年，第 235～236。

個性的歷史人物之一，考察陳獨秀自身對組織紀律的服從，對黨內不同意見的處理，不僅可以理清陳獨秀家長制的歷史存疑，也可以考察中共初期黨內不同言論的表達與黨內民主，也由此可以進一步考察陳獨秀對組織發展的貢獻。

中共作為以列寧式馬克思主義為指導思想的新型政黨，強調組織的嚴密性與紀律性是不言而喻的，這既有俄共成立發展中的經驗教訓，也是中共實現最終革命目標的需要。當然，中共組織的嚴密性與紀律性並不是一蹴而就的，存在一個漸進的過程。民主集中制是黨內的議事原則，也是中共的黨內組織原則，它包含民主與集中兩個部分，強調民主基礎上的集中和集中指導下的民主，是民主與集中的辯證統一。其首要的原則即是個人服從組織，少數服從多數，下級服從上級、全黨服從中央。儘管中共成立之初即強調嚴格的組織紀律，如一大黨綱規定，「在全黨建立統一的組織和嚴格的紀律；地方組織必須接受中央的監督和指導」〔註62〕，然而，民主集中制的「明確闡釋」卻在二大。在二大通過的《關於共產黨的組織章程決議案》、《關於「工會運動與共產黨」的議決案》和《關於議會運動的決案》等文獻中，明確規定「黨的一切決議均取決於多數，少數絕對服從多數」，「黨的內部必須有嚴密的、高度集中的、有紀律的組織和訓練」〔註63〕，要求「個個黨員不應只是在言論上表示共產主義者，重在行動上表現出來是共產主義者」〔註64〕。中共二大還通過了中共成立後的第一個黨章——《中國共產黨章程》，黨章對黨員條件、黨的各級組織的建設和黨的紀律作了具體規定。與一大相比，二大通過的黨綱與黨章不僅闡釋了黨的民主集中制的原則，還明確了黨的組織紀律，這意味著從二大開始，黨的組織逐漸嚴密起來。

另一方面，中共作為工人階級的先鋒隊組織，早期成員多來自信仰馬克思主義的知識分子，甚至可以說，早期的中共是「知識分子小團體」。這部分知識分子一部分是知識精英，是五四新文化運動的組織者與參與者；一部分是接受過五四新文化運動洗禮的青年學生。在普遍意義上，個性與獨立思考是這部分知識分子共有的品質。隨著組織的紀律化、嚴密化，以及民主集中制原則的

〔註62〕中共中央黨史研究室：《中國共產黨歷史第一卷（1921～1949）上冊》，中央黨史出版社，2015年，第68頁。

〔註63〕中共中央黨史研究室：《中國共產黨歷史第一卷（1921～1949）上冊》，中央黨史出版社，2015年，第81頁。

〔註64〕《關於共產黨的組織章程決議案》（1922年7月），中央檔案館編：《中共中央文件選集》第1冊，中共中央黨校出版社，1989年，第91頁。

確立，隨著黨的革命工作在工農群眾中的深入開展，以及組織由「知識分子小團體」向「群眾性政黨」的轉變，組織必然對黨員的意見表達產生一定的組織壓力，組織與個人之間也必然產生組織性、紀律性與個性、獨立性的矛盾，部分黨員因之離開組織，留在組織內的黨員也逐漸調適自己的言行，使個體的言行服從組織的要求，陳獨秀也不例外。陳獨秀任職總書記的這段時期，正是組織逐步嚴密化與紀律化，由「知識分子小團體」向「群眾性政黨」的轉型時期。陳獨秀本人作為五四新文化運動的總司令，其本人首先就面臨著言行由個人向組織的「調適」問題。應該說，陳獨秀較好地完成了這種「調適」，這種調適在黨內具有率先垂範的意義，推動了中共由「知識分子小團體」向「群眾性政黨」的轉型。

在中共早期的發展過程中，存在一些黨員退黨、脫黨的現象，其中以李漢俊、李達、陳望道三人的退黨事件最為著名。因為這三人的退黨、脫黨事件中都涉及陳獨秀的「家長制問題」，所以有必要在民主集中制的視角下重新審視陳獨秀所謂的「家長制作風」，在此基礎上，進一步考察陳獨秀對黨內不同意見的態度，由此分析陳獨秀對組織發展的貢獻。

民主集中原則意味著少數必須服從多數，意味著議案一旦通過，持少數意見的個人雖然可以保留個人意見，但在行動上則必須嚴格執行組織決定（「多數人意見」），在積極為黨工作的同時，逐漸完成個人的思想改造——拋棄個人意見（少數意見），擁護組織決定。在思想想不通的情況下要「嚴格」、「積極」地執行個人持保留意見的組織議案，這意味著個人真正將自己「融進」了組織，成為組織「真正」的一員，一定意義上，這是組織非人性的一面。在黨內實施民主集中制原則，必然帶來多數意見對少數意見的組織壓力。嚴格意義上的「家長制」的界定涉及多個方面，內容也很豐富，但與陳獨秀相關的「家長制」問題，應該主要指他一人說了算，壓制他人的意見表達〔註65〕。這是否符合史實呢？唐寶林在討論這一問題時，認為建黨初期「幹部的不足」導致了中央機關經常是陳獨秀一個人說了算，這加深了所謂的「家長制作風」的傳說〔註66〕。

〔註65〕嚴格意義來說，「家長制」涉及內容諸多，如一言堂，壓制不同意見；個人崇拜；權力集中，一人獨攬大權（有多個重要職務）；人民和軍隊必須忠於自己，自己就是國家；無限期連任，做的一切都是對的；排除異己；保守，缺乏創新和改革等等。但考慮到此時中共的實際境況，陳獨秀的家長制問題應該主要涉及一言堂，壓制不同意見。

〔註66〕唐寶林：《陳獨秀全傳》，社會科學文獻出版社，2013年，第340頁。

還應看到民主集中制涉及的集中部分，民主意味著意見可以充分發表，集中意味著多數意見的產生與遵守，在此過程中，陳獨秀作為總書記，會議的主持人，必然對多數意見的「生成」起著重要的甚至是決定性的作用。因此，從制度層面看，造成「家長制作風」的印象是無可避免的，這是黨內組織制度所決定的。從這個角度看，李漢俊、李達、陳望道等三人的退黨、脫黨事件中所謂陳獨秀的「家長制作風」問題完全可以做「歷史地同情地理解」。然而，也應該看到，李漢俊等人的退黨、脫黨事件與其說是因為陳獨秀的「家長制作風」，不如說是知識分子的獨立思想品性與黨內組織原則的衝突造成的〔註 67〕，保留個人意見，不願執行組織通過的多數意見，其結果只能是退黨、脫黨。這正好與陳獨秀形成了鮮明的對照。在黨內討論國共合作方式時，陳獨秀反對採用黨內合作的方式，但面對馬林祭出的共產國際的「尚方寶劍」，中共中央最終通過了黨內合作的國共合作方式。在此情況下，陳獨秀即使在思想上仍有保留，但在行動上則嚴格執行了共產國際「黨內合作」的指示，不僅會後即與馬林、李大釗一起去拜訪孫中山，商談並制定改組計劃，開始改組工作；還發揮其宣傳、教育方面的特長，在多家刊物上發表闡述國共合作必要性和迫切性的文章，對國共兩黨內對黨內合作方針尚有疑慮或激烈反對的黨員做工作。這裡需要進一步指出的是，在陳獨秀發表的相關文章中，如《對於現在中國政治問題的我見》〔註 68〕、《國民黨是什麼》〔註 69〕對國民黨革命性的闡釋，其目的雖在於促進國共合作，但對國民黨多有溢美之詞，改變了早前他對國民黨資產階級性質的正確認識。唐寶林認為，陳獨秀對國民黨資產階級性質的認識改變，「明顯受到了馬林觀點的影響」，表現了陳獨秀在「理論上的弱點以及思想方法上時有片面性，過於敏感，容易受表面現象所惑及聽信他人之言的缺點」〔註 70〕。唐寶林的觀點雖有一定的合理性，但從民主集中制的視角來看，陳獨秀作為領導人，對中央通過的重要決議，他不僅要遵照執行，而且有責任，有義務對相關決議進行「合理」「闡釋」。然而，在短時間內「拋棄」個人所持的少數意見轉而擁護組織通過的多數意見，並進一步闡發多數意見的「合理」性與「必要」

〔註 67〕散木：《陳獨秀「家長制」作風與建黨初期多人退黨的考察》，《黨史博覽》，2008 年第 05 期。

〔註 68〕陳獨秀：《對於現在中國政治問題的我見》，《民國日報》，1922 年 8 月 22 日。

〔註 69〕隻眼：《國民黨是什麼》，《嚮導》第 2 期，1922 年 9 月 10 日。

〔註 70〕唐寶林：《陳獨秀全傳》，社會科學文獻出版社，2013 年，第 335 頁。

性，則必然讓這種「合理闡釋」帶上「塗抹政策」的色彩，宣傳工作的迫切性又進一步加重了「塗抹」色彩。因此，從制度層面檢討，陳獨秀的相關「錯誤言論」除了陳獨秀個人因素外，還與組織制度層面有關。這也足證陳獨秀是一個「言而有信、光明磊落」的人。

然而，我們仍需進一步看到，陳獨秀在此過程中對自我言行的修正，如陳獨秀此前在《嚮導》發表言論，認為，「中國國民黨是一個代表國民運動的革命黨，不是代表那一個階級的政黨；因為他的政綱所要求乃是國民的一般利益，不是那一個階級的特殊利益；黨員的分子中，代表資產階級的知識者和無產階級的工人幾乎勢均力敵」〔註71〕，後來修正為，「此種聯合，純粹是兩階級革命行動之聯合，絕非兩階級主義之聯合，此絕對不容混同者也」〔註72〕，又如《共產國際執行委員會關於中國共產黨與國民黨合作的決議》對中共加入國民黨的原則與目的的強調，「不能以取消中國共產黨獨特的政治面貌為代價。黨必須保持自己原有的組織和嚴格集中的領導機構」，「中國共產黨應當在自己的旗幟下行動，不依賴於其他任何政治集團，但同時要避免同民族革命運動發生衝突」，「只要國民黨在客觀上實行正確的政策，中國共產黨就應當在民族革命戰線的一切運動中支持它。但是，中國共產黨絕對不能與它合併，也絕對不能在這些運動中捲起自己原來的旗幟」。上述原則強調了在黨內合作中保持中共獨立性的必要性，也指明支持國民黨是有條件的，「國民黨在客觀上實行正確的政策」，這意味著「如果違背這些原則，失去了這個條件，中共就應該及時推出國民黨」〔註73〕。

值得注意的是，陳獨秀對黨內不同意見的處理。應該看到，陳獨秀作為總書記，在中共逐漸組織化、嚴密化的過程中，「模範」地遵守了「民主集中制」原則，主動調適個人思想以符合組織決議，還積極宣傳、「闡釋」組織決議，由此也必然因「塗抹政策」而顯出自身理論的不足。由此針對陳獨秀的言論，黨內必然存在不同的聲音。一方面，並不是所有持少數意見的黨員都能如陳獨秀般在短時間內調適個人意見以接受組織意見，組織意見的內在化存在一個過程；另一方面，陳獨秀自身理論的不足與宣傳闡釋行為的塗抹色彩，也讓陳獨秀對中央政策的宣傳闡釋存在缺陷。因此，黨內必然存在不同的聲音。面對

〔註71〕隻眼：《國民黨是什麼》，《嚮導》第2期，1922年9月10日。
〔註72〕《民主聯合戰線與勞資妥協》，《勞動週刊》第6期，1923年5月26日。
〔註73〕唐寶林：《陳獨秀全傳》，社會科學文獻出版社，2013年，第336頁。

這些不同聲音，陳獨秀是如何處理的呢？

黨內的不同意見主要針對陳獨秀《資產階級的革命與革命的資產階級》、《中國國民革命與社會各階級》兩文，持不同意見者主要是瞿秋白、彭述之、鄧中夏等人，意見主要集中在所謂「放棄革命領導權」上〔註 74〕。前述三人在中央各類刊物上發表了多篇文章，瞿秋白先後發表的文章有《中國資產階級的發展》（《前鋒》第 1 號，1923 年）、《中國之地方政治與封建制度》（《嚮導》第 23 期，1923 年）、《自民治主義至社會主義》（《新青年》季刊第 2 期，1923 年）；鄧中夏的文章有《我們的力量》（《中國工人》第 2 期）、《論工人運動》（《中國工人》第 7 期，1923 年）；彭述之的文章有《誰是中國國民革命的領導者》（《新青年》季刊第 4 期，1924 年）。瞿秋白主要是從馬克思主義的原理出發，辨明馬克思、列寧在無產階級領導權問題上的觀點，對陳獨秀的批評抱持的是一種「我愛我師，我猶愛真理」〔註 75〕的心情；鄧中夏則根據其兩年來領導工人運動的實踐，批評陳獨秀輕視無產階級力量和放棄革命領導權的思想；彭述之發表批評意見的目的則在於引起公開的討論，「把文稿送給陳獨秀，請他寫一篇關於這個問題的東西，我的用意是，要他不同意我的觀點並欲批評我的這個問題上，引起公開的討論」〔註 76〕。陳獨秀面對黨內不同的意見，既沒有簡單地壓制，也沒有激烈的爭論。對瞿秋白、鄧中夏兩位中央委員的意見，陳獨秀沒有直接的回應，對中央二號人物彭述之的意見，陳獨秀予以了回應。他在閱讀了彭述之的文稿後，寫了題為《二十七年以來國民運動中所得的教訓》一文，與彭文同時發表在同一期《新青年》季刊上。他強調說，「二十餘年來國民運動給我們的宗教訓是：社會各階級中，只有人類最後一個階級——無產階級，是最不妥協的階級，而且是國際資本主義天然敵對者；不但在資本帝國主義國家的社會革命他是主力軍，即在被資本帝國主義壓迫的國家之國民革命，也須做一個督戰者。」〔註 77〕陳獨秀既承認了無產階級在革命中的特

〔註 74〕本文主要考察陳獨秀對待黨內不同意見的態度與做法，目的在於考察陳獨秀的黨內民主素養，因此對陳獨秀、瞿秋白、彭述之以及鄧中夏等人具體的文字論述與內容分析不是本文研究重點，相關文字與內容可參考唐寶林《陳獨秀全傳》「革命領導權問題上誤解的消除」一節文字，第 348～357。

〔註 75〕唐寶林：《陳獨秀全傳》，社會科學文獻出版社，2013 年，第 352 頁。

〔註 76〕彭述之：《導言》，萊斯·埃文斯、拉塞爾·布洛克：《托洛斯基論中國》，紐約，1976 年。轉引自唐寶林《陳獨秀全傳》第 356 頁。

〔註 77〕陳獨秀：《二十七年以來國民運動中所得教訓》，《新青年》季刊第 4 期，1924 年 12 月 20 日。

殊地位，也強調其時只能通過「督戰」的方式實現無產階級的領導權。陳獨秀不僅沒有放棄無產階級的革命領導權，而且指出國共合作中的實現革命領導權的具體方式，即通過對孫中山國民党進行監督和批評實現領導權。陳獨秀既堅持了自己的立場，又避免了中共分裂的可能。需要進一步指出的是，陳獨秀任總書記時期，黨內的不同意見，尤其是中央高層的不同意見都能得到公開的表達，重要的爭論往往採取同時刊登在黨內刊物的做法，通過理論的公開的爭辯消除分歧，實現黨內思想的統一。壓制意見、打擊報復、樹立個人權威不是陳獨秀的作風，在陳獨秀擔任中央領導人時期，也沒有開除過一個共產黨員。

在列寧式馬克思主義理論中，黨報黨刊「天然」地具備組織功能，按照列寧建黨思想建立的中國共產黨，黨報黨刊也必然承擔重要的組織功能，黨報黨刊也確實在中共的組建、發展與壯大過程中，發揮了重要的組織作用。陳獨秀作為這一時期中共的總書記，運用報刊工作對中共的組建與發展做了重要的貢獻，建黨初期運用報刊工作幫助了各地共產主義小組的建立與純化，在其後黨的組織化和紀律化過程中，陳獨秀不僅「模範」「遵守」了黨內的民主集中制原則，而且「妥善」處理了黨內的不同聲音，避免了「分裂」。劉少奇在《論黨內鬥爭》中認為中共在組織上「走了直路」。而在鋪設這條「直路」的過程中，陳獨秀作為總書記理應發揮了關鍵性的作用。

第三節　陳獨秀黨報黨刊實踐的啟蒙「色調」

由上文革命的宣傳與組織部分的文字論述，可知陳獨秀通過報刊實踐對中共早期的宣傳與組織做出了重要的貢獻。儘管如此，在陳獨秀所發表的文字中，對報刊與宣傳、革命的論述依然很少，本部分主要依據他的報刊實踐與黨內組織實踐，嘗試對陳獨秀擔任中共領袖時期報刊實踐的啟蒙色調展開討論。

展開討論之前，需要對兩個問題進行簡單的界定與交代。一是有關「啟蒙」的界定；二是共產國際對陳獨秀的「框限」與「約束」。當代世界有關啟蒙的討論已經成為宏大敘事，不同的人站在不同的視角對啟蒙都可以展開「合理」的論述，啟蒙內含的「自反性」也注定了啟蒙必然成為宏大敘事，這事實上給界定啟蒙增加了難度。此處並不打算給啟蒙下一個嚴格的定義，只是結合相關的定義，對啟蒙的內在特徵作一描述，亦即啟蒙必須具備的一些特徵。目前來看，康德有關「啟蒙」的界定影響最大。康德認為，啟蒙就是「人們走出由他自己所招致的不成熟狀態」，而走出不成熟狀態必須依賴「理性」（無論是「邏輯理性」還是「實踐理性」）的確立〔註78〕，這表明理性是啟蒙的一個根本特徵，理性的確立則需要借助於反思與批判，由此也「彰顯」了「獨立思考」，這是毋庸置疑的。本書稿認為批判與反思以及獨立思考是構成啟蒙的基本要素。

另一方面，也應該看到共產國際對陳獨秀的「框限」與「約束」。中共二大決定中共作為一個支部加入共產國際，服從共產國際的指示和領導，而服從共產國際的指示即是服從蘇共的指示和領導。此後，中共逐漸組織化與嚴密化，蘇共與共產國際也開始全面「影響」中共的組織與發展。此種情況大大「框限」了陳獨秀的思想與文字「空間」，以至於唐寶林認為二大以後「陳獨秀完全變成了另一個人」〔註79〕。國共合作後，在蘇聯、國民黨以及共產國際的「三重壓迫」下，陳獨秀為首的中共中央領導革命的實際權力和工作範圍是很有限的，陳獨秀也沒有「自由」可言，「稍有一點不同意見（如陳獨秀在中共受壓迫時多次提出的退出國民黨的主張），就遭嚴厲批評和否定」〔註80〕。維經斯基也認為中共的工作條件是「何等令人難以置信的矛盾」，「在這種鬥爭中保持真正的革命策略又是多麼的困難，一方面是要陷入機會主義的危險，另一方面又要冒過左和破壞必要的民族革命統一戰線的危險」。〔註81〕

在這個背景下，討論陳獨秀黨報黨刊實踐的啟蒙「色調」無疑是困難的。從根本上說，組織尤其是革命政黨組織的「框限」與啟蒙內含的批判、反思與獨立思考等要素是矛盾的。然而，如前所述，陳獨秀是以啟蒙思想家的角色轉向革命的，啟蒙內含的批判與反思的質素已經內化為陳獨秀的思維特質。因此，即使在如此「框限」的條件下，陳獨秀的文字與思想也還會表現些許「可貴」的啟蒙「色調」。根據啟蒙內含的批判、反思與獨立思考等要素，此處對啟蒙「色調」的討論主要分為兩部分，一是陳獨秀該時期有關「民主」的「系統」的思想；二是陳獨秀該時期「矛盾」的政黨言論觀。

〔註78〕儘管學界對「理性」存在不同的闡釋，但這種討論現象本身已經表明「理性」在啟蒙中的特定地位，以及理性是啟蒙的必由路徑。

〔註79〕唐寶林：《陳獨秀全傳》，社會科學文獻出版社，2013年，第529頁。

〔註80〕唐寶林：《陳獨秀全傳》，社會科學文獻出版社，2013年，第528頁。

〔註81〕參見《維經斯基給聯共（布）駐共產國際執行委員會代表團的信》，1926年11月6日於上海，《共產國際檔案資料叢書》第3輯，第617～619頁。

一、「系統」的思想：「薄弱」的革命理論

通常認為陳獨秀在理論方面是薄弱的，沒有「成熟」的思想理論。如唐寶林認為陳獨秀遷就現實、善於變化、講究策略以致被認為「右」傾的一個重要原因即是由於理論上的薄弱。〔註 82〕陳獨秀在大革命中的悲劇與其對社會的發展沒有深刻的認識和堅定的原則有關，也因此忽左忽右地任人擺弄。〔註 83〕這種觀點在學界頗具代表性。然而，革命同志瞿秋白卻認為陳獨秀的思想是「有系統的」。在中共六大與緊接其後召開的共產國際第六次代表大會（1928 年 7 月 15 至 9 月 1 日）總結報告中，瞿秋白論及「機會主義的責任問題——陳獨秀的問題」時說，「他（陳獨秀）的思想是有系統的，常有脫離馬克思列寧主義的觀點。」〔註 84〕那麼這裡就存在一個問題，陳獨秀是否有較為「系統」的思想？如果有，那麼是什麼樣的思想？這種系統的思想又是否確如瞿秋白所說「常有脫離馬克思列寧主義的觀點」？這種「系統的思想」與陳獨秀的「失敗」又存在什麼樣的關係？當然對這一問題的討論更涉及到陳獨秀是否堅持了思考的獨立性。如果存在系統的思想，姑且不論該種思想是否造成了革命的失敗，但存在系統的思想本身即表明陳獨秀在「框限」與「約束」的條件下仍然存在獨立思考的行為，這表現出可貴的啟蒙色調。因此，需要對此展開分析。此處主要討論兩個相關問題，一是陳獨秀該時期是否有（或表現出）較為系統的理論思想？二是陳獨秀該時期是否堅持了思考的獨立性？前一個問題與通常認為的陳獨秀理論薄弱有關，後一個問題與陳獨秀的動搖與妥協有關，這兩者之間也有著很強的關聯性，存在一個邏輯上的因果關係——因為理論薄弱所以常常動搖與妥協。

首先需要對「系統的思想」與「理論的薄弱」進行初步的釐定。有關係統的定義很多，但從哲學層面來看，系統就是若干相互聯繫、相互作用、相互依賴的要素結合而成的，具有一定的結構和功能，並處在一定環境下的有機整體。應該說，從嚴格的學術定義層面考察瞿秋白所說的「系統的思想」並不合適，但這個定義至少指出「系統的思想」應該是某一觀念在不同情境下持續地出現，並保持了相對的一致性和完整性。換句話說，這一時期陳獨秀在不同的情境（面對不同的具體問題）下表達了某種相對一致的理念，這種理念並不因

〔註 82〕唐寶林：《陳獨秀全傳》，社會科學文獻出版社，2013 年，第 350 頁。
〔註 83〕唐寶林：《陳獨秀全傳》，社會科學文獻出版社，2013 年，第 431 頁。
〔註 84〕《政治報告討論之結論》，《瞿秋白文集》（5），第 610 頁。

所面對的情境（問題）的不同而根本改變。應該說，「思想」與「理論」的區別並不大，在中國的政治語境下更是如此。因此，瞿秋白所謂「系統的思想」與唐寶林闡釋的「理論的薄弱」是相互矛盾的。因此，有必要詳細考察瞿秋白、唐寶林相關論述，也有必要考察陳獨秀該時期的文字，藉以發現陳獨秀「系統的思想」。

唐寶林在《陳獨秀全傳》第十一章「大革命中的奮鬥與無奈（下・1927）」「陳獨秀自身的弱點」（第529～531頁）一節時，詳細分析了陳獨秀自身的弱點：「『認識不徹底。』說明他一生中一個最大的弱點，就是理論的缺失。他雖然有不少閃光的思想，深遠的預言，振聾發聵的主張，是一個出色的思想家，但是，他沒有系統的深思熟慮的因而堅定不移的理論基礎。所以，他不能在關鍵時刻戰勝對方的說教，有時還往往以對方的說教為是，來說服自己遷就對方。這是他「認識不徹底」的根本原因。他自己沒有理論，於是他先是信仰法蘭西民主主義，再是信仰列寧斯大林主義，最後又信仰托洛斯基主義，常常被牽著鼻子走。」「『主張不堅決，動搖不堅定。』說明了他除了理論弱點之外，還有性格上的軟弱，有時感情用事，不分是非，兼容善惡。……結果由於他理論上的弱點，信仰托洛斯基主義，迷途而不知返，離開了中國革命的主航道，造成悲劇的下場。」〔註85〕唐寶林作為陳獨秀研究的大家，他的論斷自有一定的說服力，然而，需要指出的是，唐的論述「認識不徹底」「主張不堅決，動搖不定」均來自陳獨秀的《告全黨同志書》〔註86〕中的「自我體認」。換句話說，陳獨秀在《告全黨同志書》中的「反思」性質的文字是唐寶林得出陳獨秀「理論薄弱」的重要依據。問題是，「認識不徹底」、「主張不堅決，動搖不定」與陳獨秀的「理論薄弱」是否存在著必然的關聯？又是否表明陳獨秀沒有「系統的思想」呢？如果是瞿秋白所謂的「系統的思想」「導致」了陳獨秀「主張不堅決，動搖不定」呢？這就存在一個考察視角的問題，或許以列寧斯大林主義抑或以托洛斯基主義作為參照標準考察陳獨秀有無成熟的「革命思想」並不合適。換句話說，或許陳獨秀有一種較為系統的思想，但這種思想與列、托、斯等人的革命理論存在牴牾之處，也由此造成了陳獨秀的動搖不定與對革命主航道的「偏離」。事實上，這一時期陳獨秀的相關文字與「政策」還是反映

〔註85〕參見唐寶林《陳獨秀全傳》第530頁。

〔註85〕陳獨秀本人在1929年被黨開除後寫的《告全黨同志書》中承認自己因為「認識不徹底，主張不堅決，動搖不定」，所以屢次「以尊重國際紀律和中央多數意見，而未能堅持我的提議」。參見《告全黨同志書》。

了其一貫的「民主」理念。這種「民主」理念儘管貼近「實際」，但卻違背馬列主義強調的無產階級民主專政的思想，這為其後「右傾機會主義」和「放棄領導權」的指責提供了「實證」。

儘管唐寶林認為陳獨秀「理論薄弱」，但他在其著作中還是較為準確地指出了陳獨秀相關文字與政策所表現出的「民主」特徵。如在論述 1926 年中共中央發表的《第五次對於時局的主張》中提出的走國民會議的道路，中共中央決定把北伐戰爭與國民會議運動結合起來，號召各地民眾積極響應北伐，贊助北伐的同時，組織「國民會議促成會」，在北伐勝利的地方，使之成為「市民會議、縣民會議的過渡機關，即對於地方政府成為當地人民的代議機關」，「從地方政治的直接爭鬥以匯合北伐革命的勢力，達到全國民眾的解放」〔註 87〕。唐寶林評價說，「這是陳獨秀獨立自主制定的路線，體現了陳獨秀思想中一貫的『民主』理念」〔註 88〕。又如唐寶林在評價陳獨秀 1926 年 11 月給遠東局與中共中央聯席會議的材料《陳獨秀論農民問題》中提出的農民運動綱領時，認為「減租減息」、「農村政權歸農民」等中心內容帶有「農村自治的『民主』性質」〔註 89〕。這種「民主」理念也反映在陳獨秀為上海三次工人暴動制定的政策中，即以獲得勝利的第三次上海工人暴動為例，陳獨秀主持議定了暴動勝利上海市政府 15 名成員名單，其中共產黨員 7 人，國民黨員 4 人，工商等各界人士 4 人〔註 90〕。陳獨秀還提出了名單議定「規則」，「市民政府最後必經過市民工會的選舉，然後打電（報）到武漢國民政府請他批准，事前就用談判的方法，求得一致」〔註 91〕，這個名單後來經反覆協商，最終擴大至 31 人。唐寶林評價說，陳獨秀對此是「考慮周全的，既有民主，又考慮到組織程序，照顧到各方面的利益」，「也許正因為如此，這個方案又是一個烏托邦的方案」，他還認為，「陳獨秀對於當時不實行無產階級專政是真心誠意的。」〔註 92〕其他類似的文字還有很多，但上述三個事例均涉及政權（政府）的「重構」與權力的「再分配」，對待權力尚且如此，更勿論其他了，因此上述文字中所反映出

〔註 87〕《中共中央文集選集》(2)，第 207 頁。
〔註 88〕唐寶林：《陳獨秀全傳》，社會科學文獻出版社，2013 年，第 453 頁。
〔註 89〕唐寶林：《陳獨秀全傳》，社會科學文獻出版社，2013 年，第 459 頁。
〔註 90〕《特委會議記錄》，1927 年 3 月 5 日，《上海工人三次武裝起義》，第 278～284 頁。
〔註 91〕《特委會議記錄》，1927 年 3 月 5 日，《上海工人三次武裝起義》，第 277 頁。
〔註 92〕唐寶林：《陳獨秀全傳》，社會科學文獻出版社，2013 年，第 482 頁。

的陳獨秀的民主思想就具有典型意義。由此也可以表明陳獨秀「一貫」的「民主」理念，也說明瞿秋白所謂「系統的思想」所說非虛。應該說，這種「民主」的思想在一定程度上「符合」了中國革命的實際，中共其時勢力弱小，獨立開展革命尤其是武裝革命尚存在困難〔註93〕，所以陳獨秀的「民主」理念是「比較積極的、溫和的、實事求是的」〔註94〕；但另一方面這種政策與馬克思列寧乃至托洛斯基主張的無產階級民主專政仍存在相當的距離。嚴格意義的無產階級民主專政是在無產階級掌握了權力之後面向社會各階層推行的「民主」形式，陳獨秀的「民主」理念是在革命過程中意圖通過「民主」實現對權力的分享。在勢力弱小的情況下，中共領導的無產階級要想與資產階級分享權力無異於與虎謀皮。在宗信馬列主義無產階級專政的同時，卻不時「妄想」建立民主政府、分享政治權力，儘管這部分受制於其時的客觀情狀，但從主觀層面來看，陳獨秀（甚至包括共產國際）也未嘗沒抱改造國民黨、分享權力的意願。因此，在這層意義上，陳獨秀這種民主的「系統的思想」確實存在偏離馬克思列寧主義的傾向。也因此，瞿秋白論及「機會主義的責任問題」時所述的「他（陳獨秀）的思想是有系統的，常有脫離馬克思列寧主義的觀點」並非完全是「修辭的技巧」。應該看到，在「槍桿子裏出政權」的年代，陳獨秀希冀的「民主政府」只能是一種幻想，然而，這種民主思想也並非一無是處，仍有其閃光點。比如中共取得中國革命勝利的三大法寶之一的「統一戰線」理論恰恰來源於此〔註95〕。陳獨秀的「主張不堅決，動搖不定」也反映出他對於「民主」的「迷信」。如果進一步放寬考察的視域，陳獨秀這種對「民主」的「迷信」也未嘗沒有普遍的價值。民主意味著協商與權力的分享，社會要想實現和諧、穩定地發展，離開「民主」斷無可能，這已為中國的革命與建設所證明。此外，唐寶林所述這一時期陳獨秀「不少閃光的思想，深遠的預言，振聾發聵的主張」與

〔註93〕當然還有受共產國際與蘇共指示的影響。

〔註94〕唐寶林：《陳獨秀全傳》，社會科學文獻出版社，2013年，第459頁。

〔註95〕儘管陳獨秀有關革命聯合陣線的思想是在列寧「全世界無產者與被壓迫民族聯合起來」的背景下提出的，但應該看到陳獨秀為首的黨中央進行了「積極的實踐」，陳獨秀也堅持黨外合作的聯合戰線政策。「中國共產黨的方法是要邀請國民黨等革命的民主派及革命的社會主義各團體，開一個聯席會議，在上列原則的基礎上，共同建立一個民主主義的聯合戰線，向封建式的軍閥繼續戰爭。這種聯合戰爭，是解放我們中國人民受列強和軍閥兩重壓迫的戰爭。」參見《中共中央第一次對於時局的主張》，《中共中央文件選集》（1），第26頁。

其對「民主」的「迷信」也有著密切的關聯，比如陳獨秀對北伐的立場與轉變，對蔣介石要反共的「一再提示」，如果北伐只是為了「再建」蔣介石這一新的「威權」，那就違背了革命的初衷。儘管陳獨秀沒有發表過詳細闡述「民主」思想的文字，但從其「構想」革命政權的系列文字中，可以「發現」其對「民主」的「迷信」和「推崇」。然而，這種有關「民主」的「系統的思想」多少顯得「理想化」和「不合時宜」，陳獨秀必然要為此承擔「大革命」失敗的領導責任，依此陳獨秀顯然不是一位有著「成熟」理論的革命思想家。然而，以大革命的失敗而否定陳獨秀的「民主」思想也是不恰當的，如果從「思想」的長效價值與「思想」「理想化」的抽象維度來看，再考慮到陳獨秀所處革命環境的「令人難以置信的矛盾條件」，可以發現，陳獨秀對「民主」的「迷信」與「推崇」仍有其重要的價值與意義，依此可以將陳獨秀視作一位「執著」的革命民主主義思想家，由此也可以發現陳獨秀的「民主」思想所表現出的可貴的啟蒙色調。

二、「自由」的言論：「矛盾」的政黨言論觀

雖然陳獨秀是中國近現代史上最富爭議的人物之一，但將其稱為自由主義思想家則是眾口一詞的，甚至在出任中共總書記之前，堪稱中國最為典型的自由主義者。自由主義理論源自西方，自由主義在中國的傳播與接受也存在一個歷史過程，在此過程中，中國知識精英對自由主義的闡釋與實踐也存在一個中國化、在地化的過程；另一方面，自由主義作為一個術語，涵義極其廣泛，任何一種對「自由主義」的「嚴格界定」都是徒勞的，自由主義及自由主義報刊理論本身也處於不斷「修正」、「發展」之中。因此，此處並不打算對嚴格的學理意義上的「自由主義」進行界定，只想指出「言論自由」是自由主義的核心要素，這種「言論自由」是以個體為單位的，換句話說，保障個體的言論自由是自由主義的核心意涵。在此基礎上考察陳獨秀這一時期的言論自由思想，也因為陳獨秀這一時期任中共領袖，因此也將這一時期他的言論觀稱為政黨言論觀。

西方自由主義的核心意涵是保障個體的言論自由，能否用其來考察陳獨秀擔任中共書記期間的言論思想呢？陳獨秀組織中共後，儘管面臨組織的壓力與共產國際的「約束」，但從其相關言論實踐中，仍可以窺見陳獨秀對言論自由的「信仰」。那麼，在轉向共產主義後，在共產國際的「框限」與組

織的壓力下，陳獨秀對言論自由的態度是否有所變化呢？如果存在變化，又表現在哪些方面呢？又是否意味著徹底背離了「言論自由」呢？此處對陳獨秀政黨言論觀的討論主要分三個部分：一是陳獨秀對自由主義的批判；二是陳獨秀對言論自由必要性的認知；三是陳獨秀對黨內外不同言論與批評的態度。

1. 自由的階級性：對自由主義的批判

在轉向共產主義之前，陳獨秀認為言論自由是個人的一種絕對的權利。1920 年 5 月 24 日刊發的《我的解決中國政治方針》中，陳獨秀認為「個人底言論、出版、集會、婚姻，有絕對的自由權利」。〔註 96〕這段表述有兩點值得注意：一是「個人」作為言論自由的主體，二是這種個人權利的「絕對性」。這表明陳獨秀對自由主義（言論自由）的理解仍是傳統的西方的普適意義上的自由主義。然而，三個月後陳獨秀對自由主義的態度即發生了根本轉變，陳獨秀開始用階級論的視角考察自由主義，認為言論自由是有階級性的，「自由主義」帶來的「罪惡」只能依靠「強權主義」消除。

1920 年 9 月刊發的標誌陳獨秀轉向共產革命的《談政治》一文中，陳獨秀從階級論的角度對「自由主義」展開了批判。他認為，「自由主義」——自由貿易，自由創辦實業，自由虐待勞動者，自由把社會的資本集中到少數私人手裏——「造成」了「資本主義自由國家」。陳獨秀認為這種「自由主義」是「放任」的「不法的自由（Unconscionable Freedom）」，他以中世紀自治都市的失敗為例，認為正是「放任」這種「不法的自由」才導致了都市自治的「失敗」，也正是「自由主義」給勞動階級戴上了「枷鎖鐐銬」。因此，「現在理想的將來的社會」，必須拋棄對自由主義萬能的「迷信」，必須利用強權實現對政治的「徹底」的「改造」，否則即是「睜著眼睛走錯路」。陳獨秀還「深信」，「許多人所深惡痛絕的強權主義，有時竟可以利用他為善；許多人所歌頌讚美的自由主義，有時也可以利用他為惡」，「凡強權主義皆善，凡自由主義皆惡，像這種籠統的大前提，已經由歷史底事實證明他在邏輯上的謬誤了。」〔註 97〕其後，陳

〔註 96〕《我的解決中國政治方針》，《時事新報．學燈》，1920 年 5 月 24 日。

〔註 97〕又如在《〈共產黨〉月刊短言》中，陳獨秀再次向無政府主義者呼籲，「……無政府主義者諸君呀！你們本來也是反對資本主義反對私有財產制的，請你們不要將可寶貴的自由濫給資本階級。……你們若非甘心縱容那不肯從事生產勞動的資本家作惡，也應該是你們的信條。」（《〈共產黨〉月刊短言》，《共產黨》月刊第一號，1920 年 11 月 7 日）。

獨秀又在與無政府主義的通信中進一步論述自由主義與強權主義的善惡，如《答鄭賢宗（國家政治法律）》中，「……一方面又主張人類絕對自由，從根本上反對強權，我實在有點不解。……在這惡習慣噁心理未曾洗刷淨盡期間，自由放任主義是否行之有利無害？……惡的自由是應該束縛的，請問先生什麼東西可以禁止罪惡發生？」〔註 98〕

陳獨秀對自由主義的批判與下述兩點是密切關聯的：一是陳獨秀對自由主義的批判是從列寧式馬克思主義階級鬥爭論的視角展開的，認為自由是有階級性的，是一種資產階級獨享的放任的不法的自由，而資產階級的自由則意味著勞農大眾的不自由，由這種自由主義造成的罪惡必須通過無產階級革命（或曰強權主義）予以消除。二是陳獨秀從組織革命的角度批評自由主義，認為自由主義強調的「絕對」的自由必然產生「個人主義」，革命需要「聯合」，「自由」無助於「革命」。陳獨秀與無政府主義論戰中涉及的「自由與聯合」討論的即是這個話題〔註 99〕，陳獨秀領導的中共也強調「厲行中央集權制」〔註 100〕。這裡需要注意的是，陳獨秀從階級論視角批判自由主義的同時，還採用了邏輯的、歷史的判斷標準，「凡強權主義皆善，凡自由主義皆惡，像這種籠統的大前提，已經由歷史底事實證明他在邏輯上的謬誤了」。這表明在陳獨秀看來，在形式邏輯上，無論強權主義還是自由主義都不存在「命定」的「惡」與「善」，一種「主義」為善還是作惡可由「歷史底事實」證明。這裡存在一個潛在的矛盾，從形式邏輯來看，一種主義確實不存在必然的「命定」的善與惡，然而，即使由「歷史底事實」所證明的一種主義的「善」與「惡」也不能保證這種主義在「當下」與「將來」就一定延續「善」或「惡」的「趨向」。應該看到，這個內含「矛盾」的邏輯經驗主義的判斷標準在為陳獨秀從階級論視角批判自由主義提供「便利」的同時，也埋下了日後再次轉向「自由主義」的可能。換句話說，邏輯經驗主義將邏輯與經驗並置的判斷標準暗示了普適性的自由思想仍存在於陳獨秀的思想深處，只是暫時受到了政黨理論的壓制，也暗示了自由主義的回歸是可能的、必然的，或者說此時是「邏輯」戰勝了「經驗」。

〔註 98〕《答鄭賢宗（國家政治法律）》，《新青年》第八卷第三號，1920 年 11 月 1 日。

〔註 99〕如《虛無的個人主義及任自然主義》、《中國式的無政府主義》《新青年》第九卷第 1 期，1921 年 5 月 1 日等等。

〔註 100〕《中共中央執行委員會書記陳獨秀給共產國際的報告》，《中共中央文件選集》（1），中共中央黨校出版社，1989 年 8 月第 1 版。

2.「自由」的必要性：兩個「置換」

陳獨秀對自由主義的階級性批判也影響到陳獨秀對言論自由的態度，主要表現在陳獨秀認為「言論自由」也是有階級性的，不同階級享有的言論自由是不同的，國家理應保障全體人民的言論自由，這是政府合法性的所在。應該看到，陳獨秀從階級性視角對自由主義的批判並不意味著陳獨秀對自由主義核心意涵——言論、出版、集會、結社等自由權的捨棄，陳獨秀仍然強調自由的重要性，這種自由是人民的自由，是人民在言論出版、集會結社、宗教信仰方面的自由，自由主義的主體「個人」被「置換」為「人民」或「國民」，自由主義內含的豐富意涵被「簡化」為言論出版、集會結社、宗教信仰等具體的自由。

在陳獨秀看來，自由仍是必要的、絕對的，是「生活必用品」，只是這種自由的主體必須由「個人」轉變為「人民」或「市民」。換句話說，陳獨秀主張通過「強力主義」將「個人」的自由轉變為「集體」(「人民」或「市民」)的自由。如 1922 年 8 月陳獨秀在《關於現在中國政治問題的我見》提出，「在中國政治的經濟的現狀之下，這第一段民主主義的爭鬥，應該以下列諸項原則為最重要的標的：……（三）保障人民集會、結社、言論、出版之絕對的自由權，廢止治安警察條例及壓迫罷工的刑律。〔註 101〕又如一個月後在陳獨秀撰寫的《〈嚮導〉發刊詞》中，「自由」〔註 102〕成為陳獨秀領導的中共號召國民的四個標語之一。陳獨秀認為近代政治（民主政治立憲政治）的精髓「只是市民對於國家所要的言論、集會、結社、出版、宗教信仰，這幾項自由權利」，「最重要的就是這幾項自由」，「至少在沿江沿海沿鐵路交通便利的市民，若工人，若學生，若新聞記者，若著作家，若工商業家，若政黨，對於言論、集會、結社、出版、宗教信仰，這幾項自由，已經是生活必需品，不是奢侈品了。在共和名義之下，國家若不給人民以這幾項自由，依政治進化的自然律，人民必須以革命的手段取之，因為這幾項自由是我們的生活必需品，不是可有可無的奢侈品。」「『不自由毋寧死』這句話，只有感覺到這幾項自由的確是生活必須品才有意義。」〔註 103〕以上文字足證陳獨秀轉向共產革命後，雖仍認為言論、

〔註 101〕《關於現在中國政治問題的我見》，《東方雜誌》第十九卷第十五號，1922 年 8 月 10 日。

〔註 102〕其他三個標語是「統一」、「和平」與「獨立」。原文是「現在，本報同人依據以上全國真正的民意及政治經濟的事實所要求，謹以統一、和平、自由、獨立四個標語呼號於國民之前。」

〔註 103〕《本報發刊詞》，《嚮導》第 1 期，1922 年 9 月 13 日。

集會、結社、出版等自由是必要的，是「生活必用品」，但「自由」的主體已經由「個體」被「置換」為市民、人民、國民等集體性的主體。另一個「置換」則表現為，「自由主義」的豐富意涵被具體的類如言論、集會、結社、出版、宗教信仰等具體形式的「自由」所取代。這兩種置換是陳獨秀採用階級論視角評判自由主義的必然結論，這直接決定了陳獨秀更為看重政治自由，進而認為言論、出版、集會、結社等具體的自由是近代政治的「精髓」；另一方面，言論出版、集會結社與宗教信仰等自由也是自由主義的核心意涵，討論各式自由主義無法繞開上述核心意涵。陳獨秀的這種表述也成為其後中共有關自由的代表性表述〔註 104〕。

當然，這裡還有一個問題值得討論，陳獨秀認為隨著中國近代城市的發展，在沿江沿海沿鐵路交通便利的城市，部分市民（如工人、學生、新聞記者、著作家、工商業家、政黨）已經獲得了部分言論、集會、結社、出版、宗教信仰等方面的自由，「這幾項自由，已經是生活必需品，不是奢侈品了」，但是，這種部分地區部分民眾享受的自由應該擴大為全體人民共同享有，否則「依政治進化的自然律，人民必須以革命的手段取之」。換句話說，部分市民已經獲得了「幾項自由」，但普及程度不夠，共和國家應將自由覆蓋到全體人民。這裡就存在一個問題，自由只是在施行的地域範圍上存在差別，這個地域範圍的差別也主要是由城市發展的不同程度造成的（交通便利與否），這與馬克思列寧主義從階級論視角討論自由是不同的，儘管仍然強調「革命的手段」，但已經偏離了階級論的話語表達——如果交通便利城市的市民已經享有了一些形式的「自由」，那麼存在的主要問題則是擴大地域，階級鬥爭的意味大大減弱。當然，造成這種轉變的一個原因是中共二大在國際的影響下確立了「革命分兩階段」——資產階級民族民主革命與無產階級社會主義革命——的路線，承認在中國政治的經濟的現狀之下，第一階段民主主義鬥爭的一個重要原則即是，「保障人民集會、結社、言論、出版之絕對的自由權，廢止治安警察條例及壓迫罷工的刑律。」〔註 105〕另一方面，這也是陳獨秀從經驗主義觀察而來的結果，這一時期北京、上海、廣州等「交通便利」的城市市民確實享有部分「言論、集會、結社、出版、宗教信仰」等自由。這種源於經驗主義的論述表明陳

〔註 104〕這裡的代表性表述主要是指從政治方面描述集體的具體的自由。

〔註 105〕《關於現在中國政治問題的我見》，《東方雜誌》第十九卷第十五號，1922 年 8 月 10 日。

獨秀對共產國際「兩階段革命論」的接受不是盲目的，而是基於個人的觀察與思考。然而，上文所述的「邏輯」戰勝了「經驗」已經悄然變為「經驗」戰勝了「邏輯」，這多少為其後飽受批判的「放棄無產階級革命領導權」與「二次革命論」埋下了「伏筆」〔註 106〕。

3. 批評自由：對黨內外不同言論與批評的態度

批評意味著不同的觀點，批評自由意味著不同觀點的自由表達。如果說言論自由是自由主義的核心意涵，那麼批評自由則是自由主義理論核心的核心。因此，考察中共領袖陳獨秀對待黨內外不同言論與批評的態度，能從根本上考察陳獨秀的自由民主素養，既有助於澄清一些錯誤認知，也有助於從理想主義的視角討論政黨對待不同意見應有的理想態度。此處對陳獨秀黨內外不同言論與批評態度的考察主要基於國共第一次合作期間陳獨秀對國民黨的批評與對中共內部不同聲音的「處理」。因為國共合作的關係，陳獨秀對國民黨的批評可以看作是對友黨的批評，也因此更具有考察的價值。此處的考察主要採用文獻分析的方法，通過列舉文獻，分析其中蘊含的陳獨秀對待批評言論的態度。

國共合作後，陳獨秀認為中共的領導權主要通過「督戰者」的方式實現，亦即對孫中山國民党進行監督和批評。從 1923 年確立國共合作方針之初，陳獨秀就立意對孫中山國民黨的錯誤路線、方針與政策展開批評，1924 年 5 月中共三屆第一次擴大全會更是將「堅持共產黨的基本立場，保持對國民黨的批評自由」作為國共合作中中共的一項工作原則，「我們仍要求國民黨內的批評自由，我們便能在國民運動的根本問題上指謫右派政策錯誤（最重要的，就是迴避反帝國主義的爭鬥）——在我們自己的機關報上，在國民黨的機關報上，在種種集會的時候。」〔註 107〕陳獨秀在中央擴大會議後，隨後向廣州的鮑羅廷提出公開共產黨人左派面目、使派別鬥爭合法化的問題，共產黨要取得批評國民黨的自由。陳獨秀認為政黨批評應該採取嚴肅誠懇的批評態度，陳獨秀對國民黨孫中山的批評是誠懇的，有時甚至到了「垂涙而道之」的程度，陳獨秀的批評是嚴肅認真的，以致於國民黨員認為他的批評「太苛刻」，孫中山甚至

〔註 106〕這又進一步印證了上文所謂陳獨秀「理論薄弱」的問題，《發刊詞》中的「矛盾」論述恰恰反映出雖然陳獨秀有關中國革命的理論是薄弱的，但其對自由民主的思考與追求也是一以貫之，不斷深入的。換句話說，儘管革命理論薄弱，儘管自由民主的思想闡釋的不夠系統，但仍有其深刻之處。

〔註 107〕《共產黨在國民黨內的工作問題決議案》，《中共中央文件選集》（1），第 186～188 頁。

要把「他開除出黨」〔註 108〕。陳獨秀還希望國民黨能勇於傾聽不同的聲音，接受「善言」，如在《嚮導》上發表的駁答張靜江抗議的覆信中申明：「我們對於出師北伐是否國民革命之唯一先著，對於怎樣出師北伐，和你們都有不同的意見。你們一聞不同的意見便以為是攻擊，你們這種不受善言的老脾氣也仍然絲毫未改，更是令人失望！」〔註 109〕

上述文字與史實足以證明陳獨秀對政黨批評的重視。對合作的友黨（國民黨）尚且如此，對其他政黨更是持鮮明的批評態度〔註 110〕。陳獨秀對待黨內的不同聲音又採取了什麼樣的態度呢？總體來看，陳獨秀能夠容納黨內不同聲音，對待黨內批評能夠採取實事求是、光明磊落的接受態度。前文在「革命的組織」部分已經指出，陳獨秀任總書記時期，黨內的不同意見，尤其是中央高層的不同意見都能得到公開的表達，重要的爭論往往採取同時刊登在黨內刊物的做法，通過理論的公開的爭辯消除分歧，實現黨內思想的統一。陳獨秀對黨內的批評與自己所犯的錯誤能夠採取光明磊落的態度，如 1927 年 4 月中共五大報告中，陳獨秀檢討了以他為首的黨中央過去反對孫中山北上、主張退出國民黨、沒有積極地堅決地幫助北伐，以及上海暴動時沒有估計到敵人的力量，馬上想在上海實現民主專政等問題上的一系列錯誤，表現出一個領導人勇於承認錯誤，不搞文過飾非的磊落態度。可以說，壓制意見、打擊報復、樹立權威不是陳獨秀的作風，在陳獨秀擔任中央領導人時期，沒有因不同意見開除過一個共產黨員〔註 111〕，也沒有發生過冤案、錯案〔註 112〕。「八七會議」陳獨秀退出中共領導層後，他向臨時黨中央貢獻的不同意見也非出於個人恩怨，而是站在共同探索中國革命道路的立場上。中共六大前夕，陳獨秀公開表示「不為自己辯，更不出面批評別人」，「如果第六次大會成績不錯，對共產國際和中共中央將不持反對態度。」〔註 113〕這表明，在退出中央個人意見不被中

〔註 108〕《馬林致達夫謙和越飛的信》，1923 年 7 月 20 日，《共產國際檔案資料叢書》第 2 輯，第 425 頁。
〔註 109〕《論國民政府之北伐》，《嚮導》第 161 期，1926 年 7 月 7 日。
〔註 110〕這可以從這一時期中共對青年黨的批評看出來，相關情況可參見周淑真《中國青年黨在大陸和臺灣》（中國人民大學出版社，1993 年）第二章第四節「中國共產黨與中國青年黨的論爭與衝突」，第 77～85 頁。
〔註 111〕唐寶林：《陳獨秀全傳》，社會科學文獻出版社，2013 年，第 230 頁。
〔註 112〕彭勁秀：《陳獨秀時期黨內無冤假錯案引發的深思》，http://www.xici.net/d157170775.htm。
〔註 113〕張國燾：《我的回憶》（第 2 冊），東方出版社，1998 年，第 366～367 頁。

央接受乃至遭到奚落嘲諷，他仍堅持黨內批評，其黨內批評不針對個人，而是針對國產國際與中共中央，批評的標準則以是否取得中國革命發展的實際成績為準，如果共產國際與中共中央工作的不錯，他將放棄反對態度。由上可見，陳獨秀在擔任中共領袖期間對黨內不同言論與黨內批評所持的態度，總體上還是抱持了自由開放的態度。

總體來看，陳獨秀轉向革命後，雖然從階級論角度對自由主義展開了嚴厲的批判，但這種批判並不意味著陳獨秀背離了對自由的追求，陳獨秀轉向革命的根本原因在於他相信馬列主義可以實現社會大多數民眾的自由與幸福。陳獨秀始終認為近代民主政治的精髓是自由，由此，他在政黨言論實踐中努力貫徹言論與批評自由，這在同時期國共兩黨高層中是罕見的。

當然，從嚴格的西方自由主義的視角，陳獨秀對自由主義的理解是不完整的，矛盾的。除了上文所述對自由主義的兩種「置換」，將自由主義與個人主義劃上等號外，陳獨秀認為言論自由必須以討論社會實際問題為準，廣州式的滑稽的言論自由，不法的言論自由，假的言論自由，毫無價值〔註 114〕；就無政府主義論及的自由而言，陳獨秀認為在藝術道德方面可以施行，在政治經濟方面則不可以施行〔註 115〕；陳獨秀在黨內厲行民主集中制的同時，對黨內不同言論與批評意見抱持了較為開放的態度，這無助於領袖威信的「確立」〔註 116〕。這些矛盾之處反映出陳獨秀是在中國 20 世紀初的語境下接受自由主義話語的，表現出濃厚的中國特色，他的有關自由的論述和表達絕不是出於中共「革命策略」的考量，而是一種發自內心的、素樸的信仰。

啟蒙的基本要素是反思、批判與獨立思考。陳獨秀轉向革命由輿論領袖變為革命領袖後，儘管面臨共產國際與蘇聯的「框限」，但其政黨報刊實踐中仍保留了一絲可貴的啟蒙色調。陳獨秀因為革命理論的「薄弱」導致了他在新民主主義革命中的「落伍」，但革命理論的薄弱並不代表他沒有較為「系統」的「思想」，更不能否定其「系統的思想」背後隱含的一以貫之的民主理念；陳獨秀對自由主義的接受與批判是頗具中國特色的，儘管沒有發展為一套系統的具有中國特色尤其是馬克思主義的有關自由的理論話語，但他有關自由的

〔註 114〕《討論社會實際問題底引言》，《廣東群報》，1921 年 2 月 12 日。

〔註 115〕《社會主義批評——在廣州公立法政學校演講》，1921 年 1 月《廣東群報》，《新青年》第九卷第三號轉載，1921 年 7 月 1 日。

〔註 116〕鄭超麟：《鄭超麟回憶錄（下卷）》，東方出版社，2003 年，第 430 頁。

論述和表達反映了其發自內心的對自由的素樸的信仰，相關表述不乏反思與批判色彩。由此，可以說陳獨秀這一時期的黨報黨刊實踐中，啟蒙思想家的反思、批判與獨立思考的特質仍有所表現，這給其政黨報刊實踐帶來了可貴的啟蒙色調。

小結

中共領導的新民主義革命是一場以「異域」的馬克思列寧主義思想為指導的革命，既是一場意識形態的革命，也是一場頗具暴力色彩的革命，這是一種「新型」的革命，由此也決定了革命宣傳和組織的重要性，而在陳獨秀擔任總書記的中共早期階段，革命的宣傳更重於組織，這符合中國新民主主義革命發展的實際。事實上，中共早期的組織發展也滯後於宣傳工作。在這個背景下，陳獨秀利用其文字宣傳所長，通過創辦、指導各類黨報黨刊，在黨內外刊物上發表大量的文字，有力宣傳了馬克思列寧主義，並通過理論的宣傳促進了組織的發展。更為可貴的是，面對革命與組織的「框限」，陳獨秀的報刊文字實踐仍表現出可貴的啟蒙「色調」，表現出啟蒙思想家批判、反思與獨立思考的特質。

陳獨秀不僅是接受列寧式馬克思主義的第一人，也是中共早期報刊的重要撰稿人，他與基爾特社會主義、無政府主義的論戰，在知識精英中有力宣傳了馬克思列寧主義；他面向工人、婦女、學生、行會會員的發言，啟發了普通民眾的階級覺悟。另一方面，陳獨秀建黨初期運用報刊工作促成了各地共產主義小組的建立與「純化」，在其後黨的組織化和紀律化過程中，陳獨秀不僅「模範」「遵守」了黨內的民主集中制原則，而且「妥善」處理了黨內的不同聲音，避免了「分裂」，為中共的組織發展鋪設了一條「直路」。在革命宣傳與組織的工作中，儘管受到共產主義革命理論的「框限」，但反思、批判與獨立思考的思想特質仍時時出現在陳獨秀的報刊文字中，這給其政黨報刊實踐帶來了可貴的啟蒙色調，其薄弱思想中所表現的民主理念，起發自內心的對自由的素樸的信仰，至今仍值得反思和借鑒。

第五章　少數派的言論自由：托派時期的報刊實踐與傳播思想（1928～1937）

1929 年 9 月，陳獨秀與彭述之、尹寬等人正式成立托派組織——「中國共產黨左派反對派」。經過托洛斯基、陳獨秀等人的努力，1931 年 5 月中國托派各派別在上海召開統一代表大會，成立「中國共產黨左派反對派」並頒布綱領。然而，組織成立不久即遭到沉重的打擊，陳獨秀被捕入獄。1937 年陳獨秀出獄後在本年 10 月給托派臨委陳其昌等人寫信，明確告知他「只注重自己的獨立思想，不遷就任何人的意見」，「已不隸屬任何黨派」，從此陳獨秀與托派漸行漸遠。

本章主要討論陳獨秀托派時期的報刊實踐與傳播思想，研究時段定在 1928 年至 1937 年。起始時間定在 1928 年的原因是，大革命失敗後，陳獨秀對大革命失敗的反思讓其逐步轉向托洛斯基主義，而這一時期中共高層（臨委）對陳獨秀所提意見的「不屑」與「批評」又進一步推動了陳獨秀轉向托洛斯基主義。換句話說，雖然 1929 年 9 月陳獨秀在黨內成立托派組織，但成立托派的思想根源則在 1928 年。這一時期陳獨秀先後主辦《無產者》《火花》《熱潮》《校內生活》等刊物，內容除了向外界傳播托派的革命聲音外，相當多的篇幅尤其是《火花》與《校內生活》主要用於托派內部各種意見的爭辯，體現了陳獨秀所強調的黨內民主與言論自由。然而，這種「自由」背後所隱藏的教條與宗派主義既埋下了托派終將「失敗」的因子，也暗示著陳獨秀對「國民會議」理念的執著，陳獨秀終將脫離托派成為「終身的反對派」。

第一節　托派時期的報刊實踐概述

這一時期陳獨秀出於組織和宣傳的需要，先後主辦《無產者》《火花》《熱潮》《校內生活》等刊物，其中《無產者》是中國托派四個派別之一的以陳獨秀為首的「無產者派」的組織刊物，《火花》是托派統一後的機關刊物，《校內生活》是托派統一後用於發布組織決議與刊登內部不同意見的內部刊物，《熱潮》則是「九一八」事變後陳獨秀主辦的對外宣傳抗日刊物，其中除作為托派機關刊物的《火花》存在時間較長一直延續到 1942 年托派組織分裂為止，其餘刊物存在時間均比較短，陳獨秀托派時期的文字則主要發表於上述刊物。除上述刊物外，為了因應興起的抗日民主運動，陳獨秀還油印散發了一些傳單，作為上述刊物的補充。

一、主辦的四份刊物

（一）《無產者》

《無產者》是以陳獨秀為首的托派組織「無產者派」的小組刊物。1929 年 9 月陳獨秀在上海昆明路召集「陳獨秀派」的人成立「中國共產黨左派反對派」，這是中國托派的第二個小組織。「無產者派」成立伊始即很重視宣傳工作，出了兩集《中國革命問題》；1930 年 3 月 1 日，該組織的機關報《無產者》創刊，取名「無產者」是模仿列寧在 1905 年日內瓦主編的地下刊物名稱。《無產者》最早採用鉛印，但第三期後改為油印。《無產者》因應因托派統一前各小組的爭論，刊期並不固定，共刊行 12 期。1931 年 5 月 1 日，托派統一大會決定出版托派機關報《火花》而自動停刊。《無產者》創辦伊始即面臨經費短促困境，其出版費用主要由陳獨秀利用其社會關係籌措。〔註 1〕陳獨秀在該刊共發表 14 篇左右文字，具體如下：

《無產者》刊發文章一覽表〔註 2〕

刊　期	文章名稱	作　者
創刊號 1930 年 3 月 1 日	本報發刊宣言	
	中國政治狀況和布爾什維克列寧派（反對派的任務）	托洛斯基
	批評第六次大會及其決議案（一）	彭述之
	我們在現階段政治鬥爭的策略問題	陳獨秀

〔註 1〕唐寶林：《中國托派史》，臺灣東大圖書公司，1994 年版，第 89 頁。

〔註 2〕《無產者》各期篇目與刊行時間的統計主要依據兩個方面：一是唐寶林轉贈香港收藏的報刊電子複製件；二是根據唐寶林《陳獨秀全傳》及任建樹主編《陳獨秀著作選編》。

	中國反對派運動之前程及我們目前的努力	尹寬
	中國發生什麼事情？	托洛斯基
	蘇聯現狀之估量	拉可夫斯基
	江蘇全省第二次代表大會	羅世璠
	雜碎〔註3〕（究竟是不是造謠？等七篇）	實〔註4〕
	給全黨同志一封公開的信	馬玉夫
	馬克思列寧名言錄	
第1期 7月1日	告全國工人書	
	代表會議對臨時委員會報告的決議	
	關於所謂紅軍問題	陳獨秀
	國際錯誤之「第三時期」	托洛斯基
	「托洛斯基主義」的神話	超麟
	上海祥昌棉織工廠鬥爭的經驗與教訓	龍三
	史大林派又横暴又卑劣	蘇廉
	為祥昌鬥爭答覆劉仁靜和王平一	羅世璠
	答國際的信（附原電）	陳獨秀
	還不是覺悟的時期嗎？	羅世璠
	段浩朱崇文兩同志給中央的信	段浩、朱崇文
第4期 10月30日	中國共產黨左派反對派對於時局宣言	
	托洛斯基同志的來信	
第5期 11月10日	十月革命與「不斷革命論」	獨秀
	十月革命的教訓與世界無產階級的任務	述之
	怎樣擁護十月革命	尹寬
第6期 11月25日	國際共產主義左派反對派告世界無產者	
	致協議委員會的信	
	為國民黨政府屠殺湘鄂贛農民告全國工人及一切被壓迫民眾	

〔註3〕內含7篇短評——《究竟是不是造謠？》、《究竟是誰造謠？》、《莫明其妙》、《去年革了誰的命？》、《好一個「絕對正確」的路線》、《無產階級和誰來建立工農民主專政呢？》。

〔註4〕由唐寶林轉贈香港收藏的文件目錄中誤寫作「寛」，應為「實」，「實」是陳獨秀的一個筆名。

第 7 期 12 月	為國民會議運動告民眾書	
	通告第四號	
第 8 期 12 月 25 日	國際共產主義左派反對派告中國及全世界共產黨員書	
	告全黨同志書	
第 9 期 1931 年 1 月 20 日	共產主義左派（反對派）國際委員會的來信	
	接受國際委員會來信之共同意見——無產者社的提案	
	托洛斯基同志致「我們的話派」信	
	中國共產主義左派反對派（布爾什維克列寧派）的綱領	
	綱領草案修改的說明	
	答列爾士（即劉仁靜）同志	獨秀
第 10 期	國際路線與中國黨	
第 11 期 2 月 30 日	我們為怎樣的國民會議而奮鬥	陳獨秀
	通告第六號——反對派統一問題	
	印度革命的任務及其危險	托洛斯基
	對於統一運動的意見	陳獨秀
第 12 期 3 月 15 日	中國將來的革命發展前途	陳獨秀
	中國民族革命已放在勞動民眾的肩上啊	陳獨秀
	史大林怎樣掩蓋他的尾巴？	尹寬
	「烏煙瘴氣」——由何而來及怎樣掃去？	尹寬
	常委答覆閘北區及學生支部的信	
	常委答覆羅世凡同志的信	

從上述篇目內容可知《無產者》內容大致包括以下幾方面內容：一是對中共路線，尤其是兩次極左路線的批判；二是刊登托洛斯基文字，宣傳托氏基本理論；三是刊登托洛斯基和托派臨時國際給中國托派組織的來信，目的在於推動中國托派組織的統一；四是結合重大事件，抨擊國民黨反動統治。需要指出的是，在上述幾方面內容中，批判中共極左路線與促成托派統一是刊物的中心內容，刊物後期則已出現內部爭辯，如第 9～12 期上除了刊登托洛斯基及托派臨時國際的歷次來信外，還集中刊登陳獨秀與劉仁靜批評與自我批評的相互通信及文章，以及陳獨秀和尹寬等人對於無產者社內部彭述之派錯誤的批評等文章。

（二）《火花》

1931 年 5 月 1 日托派召開統一大會，宣布成立「中國共產黨左派反對派」，會議確定的五大任務的第二項任務即是發行機關報、宣傳托派理論，「儘量介紹國際反對派的理論，建立集中而堅強有力的政治理論的機關報」〔註 5〕。會議決定機關報名稱為《火花》，王文元擔任主編。原本第一期稿件已經審定並準備於統一大會後立即出版，然而由於鄭超麟、王文元等人被捕，《火花》拖延到 1931 年 9 月 5 日才出版。也因此，陳獨秀成為《火花》的主編。中國托派通過《火花》向公眾表述托派的政綱、政治主張和鬥爭口號。《火花》報的出版一直延續到 1942 年托派組織分裂時為止。

《火花》發表文章一覽表〔註 6〕

刊　期	文章名稱	署　名
創刊號 1931 年 9 月 5 日	中國共產黨左派反對派告民眾書	
	國民黨與中國統一——統一是中國進步的必要條件	獨秀
	西班牙共產主義者的十誡	托洛斯基
	世界經濟恐慌與德國政治危機	述之
	江西的「剿赤」戰爭	列爾士
	資產階級的「抵制日貨」	×前
	國民黨政府是怎樣處理水×××	疾燕
	西班牙革命（馬得利六月三十日通訊）	
1 卷 2 期 9 月 28 日	中國將往何處去	
	為日本帝國主義侵佔滿洲告民眾書	
1 卷 3 期 10 月 8 日	此次抗日救國運動之康莊大路	獨秀
	滿洲事件與國民黨	列爾士
	遼吉事變與中國各階級	列爾士
	反日運動中所謂「請求國際公斷」和「團結內部一致對外」之意義——反日運動之前途	述之
	大水災問題與國民黨	班布

〔註 5〕陳獨秀：《中國共產黨左派反對派綱領》。轉引自劉平梅《中國托派史》，香港新苗出版社，2005 年，第 71 頁。

〔註 6〕本表只統計了第一卷共 11 期的目錄，以及陳獨秀入獄後在《火花》刊發的單篇文字。因為第一卷刊行時，陳獨秀尚未被捕入監，報刊工作主要由他負責。陳獨秀入監後則不再主辦《火花》，因此只統計陳獨秀刊發的文章篇目。

1卷4期 10月	對於現在的抗日救亡運動的最堅定的戰爭	
	抗日救國與赤化	
	托洛斯基同志論蘇維埃	
	托洛斯基同志論國民會議	
1卷5期 11月7日	十月革命第十四周紀念	列爾士
	國聯第二次決議後的局勢	獨秀
	國民黨寧粵兩派的「和平會議」與資產階級的內部鬥爭	述之
	我們爭論之中心點	獨秀
	怎樣武裝民眾	前人
	新的擺弄與新的危機	托洛斯基
	短評	班布
1卷6期 11月30日	此次反日運動中的幾個問題	獨秀
	滿洲事件與目前國際局勢——滿洲問題的唯一出路	述之
	反日救國與工人運動	列爾士
	最近上海工人運動與黨的領導	獨秀
	工人管理共產問題	托洛斯基
	追悼我們的死者——區芳同志	勞他
	短評	班布；列
1卷7期 1932年1月 28日	告全黨同志書	
	告民眾書（為日帝國主義侵佔滿洲第二次告民眾書）	
	托同志論國民會議	獨秀輯
	托同志論蘇維埃	獨秀輯
	一個新聞記者的雜評（選譯）	Akfa
	狼狽的潰退——馬奴易斯基論「民主專政」	托洛斯基
	按語（托洛斯基《狼狽的潰退》）	獨秀
	討論欄——原則問題的爭辯向黨內公開	
	無產階級革命中之民主主義問題	列爾士
	一個緊急的政治問題	獨秀
	評工農民主專政	

1卷8期 4月1日	為日軍佔領淞滬告全國民眾	
	反對帝國主義的國聯調查團	
	上海事變的教訓及其前途	
	斷了線的風箏	屠龍
	評所謂××××××	
	擁護帝國主義政策的特殊論據——揭開日本第二國際黨的假面具	獨秀
1卷9期 1932年4月16日	我們要怎樣的民主政治	獨秀
	農民在中國革命中的作用及其前途	獨秀
	關於濟南政變事件	
	蘇維埃發展的諸問題（提綱草案）	托洛斯基
	德國法西斯的危險	托洛斯基
	斷了線的風箏（續）——論總同盟罷工與武裝暴動	屠龍
	「懦怯的腐朽的機會主義」者×尾聲	列爾士
1卷10期 6月16日	為紀念「五一」告工友	
	中國反日鬥爭已經沒有希望了嗎？	獨秀
	前進與後退	獨秀
	東京事變與遠東時局	獨秀
	蘇維埃發展的諸問題（續）	托洛斯基
	工人管理生產的問題（續第六期）	托洛斯基
	造謠言改變不了事實啊！	世播
1卷11期 7月28日	為五卅第七週年紀念告民眾書	
	電話工人罷工的經過及其教訓	
	誰和怎樣救中國	獨秀
	怎樣去正確認識和領導目前的「紅軍」鬥爭	述之
	什麼是革命形勢	托洛斯基
	英國選舉與共產主義者	托洛斯基
	××××××	世播
3卷1期	無產階級與民主主義	孔甲
3卷3期	我們在時局中的任務	彪兒

由上述文字篇目可知：陳獨秀在被捕前，是刊物的主編，第 1 卷每期都有陳獨秀的文章，甚至即使被捕入獄後，陳獨秀的文字仍能出現在刊物上，由此反映出中國托派中陳獨秀及其意見的重要性；對托洛斯基文字的重視，尤其是「國民會議」、「蘇維埃」以及「蘇聯發展」等文字，這是由中國托派「崇信」托洛斯基理論決定的，這也是陳獨秀重點關注的內容，也為其後突破托洛斯基無產階級專政理論與對蘇聯的「深刻認識」打下了基礎。總體來看，陳獨秀主編《火花》期間，刊物上雖有理論路線之辯，但並不激烈，激烈的路線爭辯的內容主要刊登在《校內生活》。

（三）《校內生活》

1931 年 12 月，《校內生活》作為托派內部理論機關報得以創辦。《校內生活》與《火花》都為油印，費用也「都是由陳獨秀一人負擔」〔註 7〕，陳獨秀當時的經濟也很拮据，主要的經濟來源是《獨秀文存》及一些文字學論著的稿費和版稅。在這兩個刊物上，陳獨秀以「中國共產黨左派反對派執行委員會」或「常委」的名義，發表了大量的宣言、決議、通告之類的文件和署名「獨秀」、「雪衣」的文章，有的還以傳單形式廣為散發，以期引起國民黨和社會各界的注意。《校內生活》刊發的文章如下：

《校內生活》發表文章一覽表

刊　期	文章名稱	作　者
第 1 期 1931.11.28	被壓迫的無產階級應不應該領導愛國運動	
	兩個路線——答民傑及小陳兩同志	
第 2 期 5.15	常委對於北方問題的決議	
	常委致北方特委及全體同志書	
第 3 期 5.20	政治決議案——目前局勢與我們的任務	
	常委對法區擴會意見書的批評（附法區擴會的意見書）	
	常委批評法南區委對告民眾書的意見（附法南區委原信）	
	常委批評列爾士同志對於政治決議案的意見（附列爾士同志原文）	
	常委對仁靜同志論「中國前途」的批評（附仁靜同志原文三篇）	

〔註 7〕曾猛：《火花的情況》，未刊稿。轉引自唐寶林《中國托派史》第 149 頁。

第4期 1932.10.1	對於北方問題的第三次決議 給北方特委的信（附錄伯莊對北方問題的報告）	
	常委答舊法南區委趙濟等五同志信（附錄法南舊區委趙濟等五同志給常委並轉各區同志的信）	
	法南舊區委同志答常委的信	
	兩條路線上的鬥爭	飛白
	論國民會議口號	獨秀
第5期 9.1	反極左傾的錯誤	獨秀
	什麼是取消主義和誰是取消派？	仁靜
	中國革命的生路	仁靜
	一八四七？一八四九？還是一九〇九？	仁靜
第7期 1933.11.23	我們對於目前工作的意見	簽名
	目前形勢和反對派的任務	雪衣
	一年來上海組織現象的教訓	紀宅
	反對派的危機和同志間應有的覺悟	念茲
	目前應該做點什麼？	工軍
	一個提議	告冠
	我們怎樣幹？	沉毅
第8期〔註8〕1934.4.30	「政治決議草案」應該補充和修改的幾點	滬西區委
	對「政治草案」的意見	區白
	對政治「草案」和其他問題的意見	獨秀
第9期 1934.7.30	肅清列爾士毒害無產階級先鋒隊的思想	頑石
第13期	論對宋慶齡集團的策略	
	現局勢與我們的政治任務決議案草案	雪衣

由上述篇目文字可知《校內生活》主要用於刊登托派內部的不同意見及托派中央的組織決議，反映了托派內部所謂的「黨內民主」與不同意見的表達自由。需要進一步指出的是：刊物前幾期相關文字與決議雖然沒有署名，但相關文字與決議多為陳獨秀所寫；陳獨秀入獄後仍積極參與組織內部路線爭辯，批判組織內部極左傾向的同時，針對新的形勢為托派組織草擬路線綱領，這又繼續引發組織內部的反對聲音，由此也反映出陳獨秀是托派內部爭辯的中心人物。

〔註8〕第8期為「政治決議草案批評」專輯。

（四）《熱潮》

為了因應「九一八」事件後出現的全國性抗日民主運動，陳獨秀在 1931 年 12 月 5 日創辦《熱潮》週刊，並自任主編。這是陳獨秀一生中最後一次自辦刊物。該刊是鉛印的正式出版物，遠比《火花》和《校內生活》考究。目前發現到 1932 年 1 月 23 日停刊前共出了六期〔註 9〕。《熱潮》所刊文字如下：

《熱潮》所刊文章一覽表

刊　期	文章名稱	署　名
第 1 期 1931 年 12 月 5 日	發刊詞	
	時事短評〔註 10〕	
	國聯第二次決議後的局勢	頑石
	徘徊十字街頭的學生群眾	復初
	民主政治與軍事獨裁	胡年
	反日與親日	錚錚
	直接談判之途徑	三戶
	關於大東工潮的幾句公道話	錚錚
	論對日宣戰與排貨	頑石
	休矣馮庸！	癟公
	虎頭蛇尾的上海學生	癟公

〔註 9〕唐寶林與任建樹都認為《熱潮》共出了七期。唐寶林根據《訪問劉仁靜記錄》（1980 年 7 月 12 日）中劉仁靜的回憶，在《陳獨秀全傳》、《中國托派史》中都採用了「七期」的說法。任建樹在《陳獨秀著作選編（第四卷）》第 539 頁《〈熱潮〉發刊詞》注釋中寫到「《熱潮》，由陳獨秀主編，並提刊頭，鉛印，至 1932 年 1 月 23 日共出了七期。」巧合的是，唐寶林《陳獨秀全傳》與《中國托派史》也將《熱潮》第 7 期的刊發時間定為 1932 年 1 月 23 日（參見《陳獨秀全傳》第 661 頁，《中國托派史》第 152～153 頁）。兩者的著述中都將陳獨秀《由反日到反國民黨》一文刊發日期定在「第七期，1932 年 1 月 23 日」。事實上，根據上海圖書館館藏的《熱潮》，該文刊發在《熱潮》第六期，時間是 1932 年 1 月 23 日。因此，根據現有文獻，《熱潮》共刊發 6 期，而非 7 期，至於所謂《熱潮》第六期所刊《中國民眾應該怎樣救國即自救》一文出處存疑。

〔註 10〕共 15 篇短評，分別是：《冤了歡送的人》《日美秘密外交不已經公開的宣布了嗎？》《中國代表竟接受了國聯的決議了嗎？》《反了反了！》《得到了什麼答覆呢？》《好一個雙方！》《南京政府對黑龍江戰爭宣告中立了嗎？》《黨國百萬軍人在做什麼？！》《愛國者即反動分子！》《嗚呼「包送終」！》《這樣的黨治！這樣的訓政！》《不與敵人拼命的義勇軍！》《官僚奸商們眼中的愛國運動！》《嗚呼「民氣消沉」！》《有什麼罕見罕文！》。

期數	篇名	作者
第 3 期 1931 年 12 月 22 日	真正的危機	頑石
	蔣介石下野	南冠
	論國民救國會議	三戶
	反日運動是「赤匪煽動」的嗎？	瘍公
	民眾應自起救亡	胡年
	上海各大學第二次赴京請願的真相〔註 11〕	
	時事短評〔註 12〕	
第 4 期 1931 年 12 月 29 日	「一二一七」與「三一八」	頑石
	「一二一七」與改組派及國家主義派	三戶
	「一二一七」慘案與蔣介石	南冠
	一二一七慘案與南京政府之將來	胡年
	「一二一七」與今後學生的進路	復初
	「一二一七」血案之一瞥	記者
	宋慶齡宣言質疑	瘍公
	時事短評〔註 13〕	
第 5 期 1932 年 1 月 7 日	談談「越軌行動」	頑石
	日軍進攻錦州與國民黨的一中全會	南冠
	反日聲中上海工運問題	瘍公
	國民黨往哪裏去？	胡年
	一個跳河逃命者的自述〔註 14〕	逸鷗
	時事短評〔註 15〕	

〔註 11〕該篇文字為社外來件。

〔註 12〕共 8 篇時事短評，分別是：《無恥的官僚！》《蔡元培是什麼》《這樣的政府！這樣的報紙！》《緩衝地帶與避免衝突》《由訓政到綁票》《聳人聽聞的事還在後頭哩！》《現在還是中華「民國」嗎？》《戴季陶邵力子死了！》。

〔註 13〕共 15 篇時事短評，分別為：《如法炮製的官電》《於迎送的「義勇軍」》《革命嗎？嚇我一跳！》《這才是「軌內運動」！》《徹底的「軌內運動」！》《什麼是他們的「軌」？》《蔣介石張學良下野了嗎？》《兩個進步》《殺幾個便順過來了！》《不抵抗而交涉！》《嗚呼「哭淚團」》《國難呢還是外交？》《戴季陶不成人！》《張學良少說了一個「不」字》《什麼是反動？》。

〔註 14〕該篇為社外來件，署名「上海赴京請願團之一分子」。

〔註 15〕共有 17 篇時事短評，分別是：《國民黨政府對於國難的態度》《國民黨政權的本質》《國民黨政權是神聖不可侵犯的嗎？》《蔣介石私有的軍隊還不只此！》《好一個愛護青年！》《麻木不仁的社會！》《「反共產」就是這麼一回事！》《兩個爛污的「國民救國會」》《又一個「反動」的解釋》《軍閥走狗們口中的人民自由》《學生示威之功罪》《請看國民黨三民主義的督軍團！》《請看國民黨三民主義的外交家！》《又要提前放假！》《正需要逾閒越軌啊！》《蔣主席與陶百川》《革命嗎？民主嗎？》。

第6期1932年1月23日	由反日到反國民黨	頑石
	關外義勇軍英勇抗日的意義	南冠
	哈爾濱白俄暴動與其幕後陰謀	復初
	擠他們到後臺去！	頑石
	上海商人對於罷市的態度	南冠
	公債？	癟公
	時事短評〔註16〕	

由上述文字篇目可知，《熱潮》的中心內容主要有三方面：一是聲討和譴責日本侵華罪行和英、美等國袒護日本、欺壓中國的行徑，主張「對日絕交」，「對日宣戰」；二是抨擊國民黨政府的不抵抗政策和出賣民族利益的罪惡勾當；三是指導學生抗日救亡運動。需要進一步指出的是，陳獨秀是《熱潮》的「中心人物」，每期都有陳獨秀以「頑石」或「三戶」筆名發表的重要文章，一百零二篇「時事短評」也均由陳獨秀所撰〔註17〕。毫不誇張地說，陳獨秀的文字構成了《熱潮》的主體；刊物的主要撰稿人也是托派人士，「南冠」即彭述之，「胡年」即劉仁靜，根據文章內容也可以認定「復初」、「癟公」、「錚錚」等人也應是托派成員。刊物只發行六期即停刊，停刊原因據說是「上海『一二八』抗戰爆發後，為了進行更及時更廣泛的鬥爭，轉而大量印發傳單」〔註18〕，這種解釋有一定的合理性，但另外一個更為重要的原因是托派內部的意見分裂，如劉仁靜撰文批判陳獨秀2月10日起草的《政治決議案——目前形勢與我們的任務》，托派中央與法南區委的意見分歧及引發的組織處理決議，托派北方區委在同一時期也因與中央意見不同而發生「分裂」。托派內部爭議不斷，陳獨秀也很難集中精力繼續發行《熱潮》。

〔註16〕共17篇時事短評，分別是：《妙高臺上的中國政府！》《「仁者」即是醜類！》《「國人」是什麼？》《嗚呼條約與賠款之莊嚴權利！》《統治者眼中的合法與非法》《「非武力抵抗」與「不抵抗」》《大商資產階級的國際性》《統治者眼中的犯罪與不犯罪》《請看乘火打劫的資本家之增加生產！》《反蔣與迎蔣》《張知本的不兌現支票》《林森也居然有了將相！》《小小的罪狀》《人民的錢是不容易到手的呀！》《陶知行的一般真理》《左的詞句而已》《無形瓜分中國快要開幕了！》。

〔註17〕據當年應陳獨秀之約，以「胡年」筆名在《熱潮》上發表文章的劉仁靜說，《熱潮》所有「時事短評」都出自陳獨秀的手筆，別人寫不出來。參見唐寶林《訪問劉仁靜記錄》（1980年7月12日）。

〔註18〕唐寶林：《中國托派史》，東大圖書公司，1994年，第150頁。

二、陳獨秀托派時期報刊實踐的特點

陳獨秀托派時期的報刊實踐主要集中在1932年被捕入獄前。入獄後，陳獨秀雖然通過劉靜貞與獄外的托派組織多有聯繫，甚至一度稱得上「遙控」托派組織，但相較於入獄前，此時陳獨秀並不主辦、指導獄外刊物的創辦，其發表的文字也主要因為涉及托派內部的路線論爭而被刊登。另一方面，陳獨秀入獄後「龐大」的「學術研究計劃」也佔有了他入監後的大部分時間。因此，此處對陳獨秀托派時期報刊實踐特點的歸納主要以上述托派時期的報刊實踐為基礎。總體來看，陳獨秀這一時期的報刊實踐具有以下幾個明顯的特點：

（一）以油印為主，發行時間不固定，存在時間較短

上述四份刊物中，除《無產者》前兩期、《熱潮》外，其餘刊物在陳獨秀主辦時期都是油印〔註19〕。相較於鉛印，油印質量較差，印數也較少，也不利於刊物的留存。事實上，上述刊物中只有《熱潮》留存了下來，其他三份油印的刊物留存很少，即使留存，也殘損不堪難於辨認。這一方面是因為托派經費缺乏，印刷經費主要由陳獨秀籌措，而陳獨秀本人此時也經濟拮据，依賴文字版稅收入過活。另一方面，也因為上述刊物除《熱潮》外，其他三份刊物多為機關刊物和內部刊物，其內容主要是托派理論的介紹與托派組織內部的路線爭辯，而托派組織人員不多，油印足以滿足需要。也因此，可以透過《熱潮》的鉛印出版看出陳獨秀對「九一八」事變後因應全國興起的抗日民主愛國運動熱潮的熱情，陳獨秀希望通過《熱潮》掀起一股「中國民族的熱潮」，「要為熱潮做一小小記錄，也要供給熱潮一點小小動力。」愛國之心拳拳可表。當然，陳獨秀托派時期主辦的刊物均為不定期刊出，刊行時間也主要集中在陳獨秀入獄前，《無產者》與《熱潮》自不必說，《校內生活》發行的主要時間段也集中在陳獨秀入獄前，從這個層面看，除《火花》外，其他三份刊物的存在時間都很短。

（二）陳獨秀是刊物的「靈魂」與「核心」

這一時期在托派的報刊實踐中，陳獨秀是靈魂與核心人物。這是因為，上述刊物是由陳獨秀主辦的，不僅經費主要由其籌集，相關印刷工作與人員也由陳獨秀負責安排，陳獨秀的文字也佔了刊物的主要篇幅。不僅如此，除了介紹托洛斯基的革命思想外，對陳獨秀文字內容的批評與討論則是除《熱潮》外其

〔註19〕《火花》在伊羅生時期改為鉛印，那是陳獨秀入獄後1936年的事。

他三份刊物刊載的另一個主要內容。甚至即使在陳獨秀入獄後，陳獨秀與托派臨委關於路線的爭辯仍然是托派刊物《火花》及《政治問題討論集》（共三冊）的主要內容。應該看到，陳獨秀是托派刊物的靈魂與核心是與其在中國托派組織中的重要地位是密切相關的。陳獨秀曾是中共的總書記，也是托派四個組織之一「無產者社」的「領袖」。托派在「統一」的過程中，陳獨秀也做出了重要的「貢獻」，並成為「統一」後的托派領袖，托洛斯基對其也極為倚重，甚至不惜為此「調和」個人的革命理論以說服中國托派內部的反對意見。另一方面，儘管托派內部對陳獨秀路線、思想的批評與辯論持續存在，甚至這種批評與辯論一直持續到陳獨秀出獄後乃至晚年江津時期，然而，這種批評與辯論的情狀反映出的恰是陳獨秀的重要「影響」。在這個意義上，陳獨秀的確是托派刊物的「靈魂」與「核心」。

（三）內容主要與內部路線、思想之爭有關

陳獨秀托派時期主辦的四份刊物，分工是有所不同的，《無產者》與《火花》是機關刊物，《校內生活》用於組織內部不同意見的爭鳴辯駁及組織決議的頒布，《熱潮》則是對外公開發行的週刊。上述刊物中，《熱潮》是陳獨秀因應「九一八」事變後全國興起的抗日民主愛國運動的潮流興辦的刊物，以宣傳抗日，鼓動革命為基調，這要求托派內部「統一」「發聲」，陳獨秀也很好地協調彭述之、劉仁靜等人，努力做到了對外統一發聲。其餘三份刊物都是組織的機關刊物，《無產者》是托派組織「無產者社」的機關刊物，《火花》是「統一」後的中國托派組織的機關刊物，而《校內生活》是「統一」後的中國托派刊登內部不同意見以及組織意見決定的刊物。其中《無產者》與《火花》相類，作為機關刊物，兩份刊物一是刊登托洛斯基的理論，二是公開傳佈中國托派（或托派小組）的主張、路線與方針。對托派組織而言，刊登托洛斯基的理論以便於組織學習是沒有爭議的，而傳佈中國托派（或托派小組）的主張、路線與方針則必然引發爭議。因為無論托派小組（如「無產者社」、「我們的話派」等）還是「統一」後的中國托派，一直存在路線、思想之爭，其中尤以陳獨秀與其他托派成員為烈，這就決定了內部思想路線之爭是托派刊物的另一個主要內容，甚至一定程度上超過了對托洛斯基革命理論的介紹。比如《無產者》創辦的一個主要目的是促進中國托派組織的統一，其手段則是通過內部的論辯實現思想的統一，「無產者社」與其他三派都有論辯，尤以與「我們的話派」論辯最為激烈。再如《火花》，作為中國托派統一後的機關刊物，《火花》理應發

出統一的聲音，向外傳佈中國托派的思想路線，從《火花》的目錄來看，陳獨秀作為托派領袖也努力承擔了這個任務。問題是，中國托派的統一是「表面」的，是在托洛斯基「調和」與陳獨秀「讓步」的條件下達成的，陳獨秀思想的內在獨立性與托派其他成員的教條化，必然讓雙方在抗日民主運動中應採取的路線政策產生分歧。為了「解決」這一問題，陳獨秀又主辦《校內生活》，主要刊登內部的不同意見，試圖實現內部思想路線的「統一」，另一方面也刊登組織的各項「決議」（含處理決定）。與這種內容形式相適應的，托派刊物採用的是平級的傳播方式，所有成員都可以瞭解爭論，參與爭論，真正實現了陳獨秀與托派組織所強調的「內部路線方針的公開討論」。

（四）刊物對外影響不大

儘管托派的成立是中共歷史上的一次重要事件，中共也由此將其視為對手與敵人；儘管在中國革命的過程中，托派成員中不乏慷慨激揚、從容就義的悲壯故事；儘管托派經歷對陳獨秀研究來說有著重要的意義，是理清陳獨秀後期思想轉變的關鍵。然而，客觀地說，陳獨秀托派時期的報刊實踐影響並不大。當然，這麼說，並不是否定陳獨秀的文字對於認識中國革命，認識陳獨秀個人思想的發展變化沒有重要意義。此處影響不大主要是指托派報刊對外界的社會影響不大，或者說從傳播效果層面來看對外傳播效果不理想，無論是在陳獨秀個人報刊實踐的縱向層面，還是與其時較有影響的其他政黨（如青年黨）的報刊實踐相比。

本書稿對上述觀點的論證主要採取思辨方法從三個角度展開。一是如上所述刊物內容與質量方面的侷限性。托派刊物多採用油印方式，內容也多侷限於托派內部的路線、理論之爭，除非特別予以關注（比如中共對托派刊物的關注），否則很難引起外界的注意。當然，也因為其地下組織的性質，外界也缺乏公開獲取的通道。二是上述刊物存在的時間都不長，《熱潮》是唯一一份鉛印公開發行的刊物，陳獨秀也希望將《熱潮》打造成類如五四時期《每週評論》與五卅時期《熱血日報》的刊物，陳獨秀的文字也如以前一樣犀利與警醒，然而，遺憾的是《熱潮》只發行了六期就因各種原因而停刊。《熱潮》尚且如此，更遑論其他三份刊物了。三是從各方對陳獨秀被捕及審判的反應與評價也可以看出托派刊物社會影響的有限。南京國民政府的反應表明國民政府起初並不清楚托派與中共的區別，將陳獨秀、彭述之等人移送江蘇高等法院審理也是在辨明托派與中共的區別後才予以「放行」，也因此陳獨秀、彭述之等被捕托派成員才能逃脫國民黨軍事特別法庭審理的「厄運」。這多少表明托派刊物對外宣傳的「失敗」，無法「成功」引起南京國民政府的「關注」。此外，從時人陳東曉編的《陳獨秀評論》也可以管窺一斑，該書收錄了陳獨秀被捕時各方的言論，在代表性的四種意見中，除了中共報刊發表的「第三種意見」與托派報刊反映的「第四種意見」外，其他兩種意見，即以胡適、傅斯年及全國各大報紙輿論為代表的「第一種最普遍而最有力的意見」與「所見不多」的「第二種」「為一部分中國國民黨的意見」，持這兩類意見的人對陳獨秀托派時期的報刊實踐（報刊文字）瞭解並不多，如傅斯年說，「至於國民黨清共以後，陳在法律上是罪犯了，那時節他若被捉到，這問題倒也簡單了。然而他於清共以後，不久便為正統派的共產黨者開除，弄得中國既不能容，蘇俄又不能容，姑且利用上海之多國政治潛藏於一時。在這幾年中，我們一面偶然看到中國正統派共產黨即主持江西湖北殺人放火之事業之共產黨，對他之猛烈攻擊，其重要口號之一便是『打倒陳獨秀主義』，一面又偶然在朋友處看見他求賣一部中國語音學的稿子，輾轉聽到他的窮困顛連。他現在是不是現行犯自有法律決定，但他背後沒有任何帝國主義，白色的和赤色的，是無疑的。」傅斯年的話表明兩點：一是對清共後陳獨秀的政治主張的瞭解來自於「正統派共產黨」對「陳獨秀主義」的批判；二是對清共後陳獨秀「窮困顛連」的生活情狀得至於朋友圈的「人際傳播」。事實上，不僅傅斯年，當時其他報刊甚至國民黨對陳獨秀托派政治主張的瞭解也不是來自於對托派刊物的「審讀」，而更多地來自於中共對托派的批判。也由此可以進一步推定，托派刊物的影響並不大。

這一時期陳獨秀主持的托派刊物雖各有分工，但除了《熱潮》主要面向大眾宣傳抗日民主運動外，其他三份刊物多以托派理論、路線的爭辯有關，尤以《校內生活》為代表。應該說，托派在中國的「失敗」除了屢遭打擊之外，另一個重要的原因即是組織內部的路線之爭給組織帶來了嚴重的內耗。事實上，中國托派自產生之日起，即存在路線之爭，爭辯的焦點是陳獨秀的「國民會議」路線，在托洛斯基的「解釋」與「協調」下，托派各組織對「國民會議」路線達成初步的一致，托派組織實現統一。然而，隨著陳獨秀對「國民會議」路線在抗日民主運動背景下的「再闡釋」，托派內部的路線之爭再次出現，終致陳獨秀脫離托派組織，成為「終身的反對派」。

第二節 「黨內民主」的「迷信」與「路線理論」的「爭辯」

陳獨秀轉向托派有三個根本原因：一是中共此時受斯大林操縱的共產國際的影響而實行左傾路線，黨內民主被「盲動主義」、「命令主義」與「官僚主義」所取代，陳獨秀向中央「貢獻」的意見不僅不被採納，反而招來批判與組織處分。二是托洛斯基「不斷革命論」中的「國民會議」路線與陳獨秀革命低潮期「國民會議」思想存在「契合」之處。三是托洛斯基對中國大革命失敗的「論斷」讓陳獨秀產生「知音」之感，讓大革命失敗後陷於痛苦反思中的陳獨秀「豁然開朗」，甚至一定程度上「開釋」了陳獨秀的「責任」。正是由於上述原因，讓陳獨秀在尚存思想分歧的情況下，「接受」了托洛斯基主義，開始組織托派。

應該說，這三個原因既一起推動了陳獨秀轉向托洛斯基主義，也對陳獨秀轉向托洛斯基主義後的報刊實踐產生了重要影響。黨內民主的「缺乏」讓陳獨秀在托派時期非常注重組織內部的民主，組織內部的爭論公開透明，以至組織「始終」軟弱渙散；陳獨秀與托洛斯基在「國民會議」思想上的「契合」並不意味著陳獨秀的「國民會議」路線沒有他基於大革命失敗後對中國國情的思考，也因此「國民會議」成為陳獨秀與托派各組織及相關個人爭辯的中心議題；托洛斯基對斯大林及共產國際有關中國路線的批判讓托氏成為中國革命的「先知」，而陳獨秀對中國革命問題的分析與闡釋也讓托氏深信陳獨秀是推行托派路線不可多得的「領袖」，兩人的「心有靈犀」對中國托派的「統一」至關重要。

應該看到，上述三方面是密不可分，連為一體的。托氏有關中國大革命必然失敗的「預言」讓其在中共內部有了包括陳獨秀在內的「信眾」，他們願意在托洛斯基理論的指導下推進中國革命，但對托洛斯基的「迷信」則必然導致陳獨秀基於個人思考的文字思想成為組織爭辯的焦點，托派對黨內民主的「偏執」則讓組織內的爭辯很難達成意見的統一，由此決定了中國托派的悲劇性角色。基於上述原因，本書稿在前文概述陳獨秀托派報刊實踐的基礎上，主要從「黨內民主」的「迷信」與「路線理論」的「爭辯」兩個方面討論陳獨秀這一時期的言論思想。

一、「黨內民主」的「迷信」

民主集中制內含民主與集中兩個層面，民主意味著組織成員依據一定的原則可以對本組織的各項議題自由發表意見，集中意味著組織依據一定的原則將分散的意見歸納統一為組織意見。從辯證的角度看，民主與集中是矛盾的兩面。民主與集中向來是政黨內部殊難處理的組織議事原則，這一原則也很容易因為政黨高層不同的領導風格以及政黨所面臨的不同社會情狀而發生變化，這又進一步增加了政黨內部施行民主集中制的難度。民主集中制是中共的黨內組織議事原則，更是一項組織紀律，中共黨內的民主集中制首要原則即是個人服從組織，少數服從多數，下級服從上級、全黨服從中央。〔註 20〕陳獨秀作為中共的創始人，民主集中制原則是在其領導下逐步確立與完善的；作為中共的前五任書記，其任內民主集中制原則也得到了較好地執行。比如，黨內的不同意見可以得到較為自由的表達，也沒有因意見不同而採取開除黨籍的「極端」手段。儘管如此，陳獨秀在黨內還是存在所謂「家長制作風」，給人留下了「專橫獨斷、盛氣凌人」的印象，這足以表明民主集中制在政黨內部的操作難度。本書稿此處主要以陳獨秀這一時期公開傳播的文字為文本，分析討論陳獨秀所「迷信」的「黨內民主」的具體內容及意義。

（一）黨員群眾有權對中央政治路線進行自下而上的合法公開的討論

陳獨秀在 1929 年 6 月接觸、學習托派文件理論，在本年 10 月 10 日回覆中央「書面警告」的信中表示，「……這種現象已充分的說明了由黨員群眾合法的討論和公開的自我批評來糾正領導機關之錯誤的政治路線，是絲毫沒有希望的了！」〔註 21〕在 12 月 10 日散發的《告全黨同志書》中，他再次表示，「……非有自下而上黨員群眾合法的公開的討論和自我批評，是不能糾正領導機關嚴重的錯誤路線了。」〔註 22〕上述文字表明陳獨秀主張黨員群眾有權對中央政治路線進行自下而上的公開合法的討論。自下而上帶雖有自發自覺的意思，但卻採用「公開合法」的形式，並結合自我批評達到「糾正」「領導機關錯誤路線」的目的。需要指出的是，上述文字儘管是陳獨秀在轉向托派後公開傳佈的主張，但他提出的這些主張卻是基於其自身黨內言論實踐的反思。

如前所述，從 1927 年「八七會議」被撤銷領導職務至 1929 年 8 月轉向

〔註 20〕中共二大通過的相關決議明確規定「黨的一切決議均取決於多數，少數絕對服從多數」，「黨的內部必須有嚴密的、高度集中的、有紀律的組織和訓練」。
〔註 21〕《陳獨秀致中共中央的信》，1929 年 10 月 10 日。
〔註 22〕《告全黨同志書》，1929 年 12 月 10 日。

托派前，陳獨秀開始了對中國革命的反思，反思之餘也不斷向中央「貢獻」自己的意見。然而，中共中央對這位前任書記的來信與「意見」採取的態度是值得商榷的。在中共六大前採取了「嘲笑」、「譏諷」的態度，六大後圍繞中東路事件則採取嚴厲批判的態度，背離了黨內理性辯論的立場。

針對 1927 年 11 月 10 日瞿秋白臨時中央通過的極左綱領《中國現狀與共產黨的任務決議案》，陳獨秀在 11 日，12 日連續致函中共中央，提出個人建議：針對當前策略，他「提議」「用『四不』口號（不交租，不完糧，不納捐，不還債），更簡單明瞭容易喚起廣大的農民瞭解，而且又可以通行全國。」他擔心他的意見不為黨中央所接受，最後又坦誠地表示：「我見到於革命黨有危險的，我不得不說，我不能顧忌你們說我是機會主義者。」〔註 23〕然而，癡迷於暴動奪取政權但卻連連失敗的國際代表和瞿秋白黨中央，根本聽不進陳獨秀的意見。12 月 9 日，中央覆函陳獨秀，批駁了他的意見。〔註 24〕更為「滑稽」的是，陳獨秀從擔任中共江蘇省委組織部長的兒子陳喬年口中得知，中央將他的意見「當作笑話到處宣傳」，陳喬年進而勸告他不要再給中央寫信了。〔註 25〕陳獨秀大受刺激，於是約有一年半的時間，陳獨秀不再給黨中央寫信了。此外，1928 年 5 月陳獨秀拒絕參加六大時也曾表示，他不再參加中共的領導工作，也不再為自己辯護，更不出面批評別人；可如往常為中央刊物多做些短篇文章；如果六大成績不錯，對共產國際和中共中央將不持反對態度。〔註 26〕這一方面固然表明陳獨秀對六大「寄予極大的希望」，另一方面也表明中共紀律對陳獨秀的「拘囚」。

再如陳獨秀與中共中央圍繞中東路事件所發生的「爭執」。中東路事件中，中共在蘇聯的指示下，提出「擁護蘇聯」、「武裝保衛蘇聯」的口號，甚至說「反對國民党進攻蘇聯，成為中國革命最迫切的主要任務。」中共中央還根據上述口號強行組織群眾罷工遊行，甚至號召「以廣大人民群眾的革命暴動，來消滅

〔註 23〕《中共中央文件選集》（3），人民出版社，2013 年，第 448～449 頁。

〔註 24〕相關批駁文字參見《中共中央文件選集》（3），第 437、445～448 頁。

〔註 25〕見於《鄭超麟回憶錄》，「有一次，喬年到他（指陳獨秀——筆者注）的住所，對他說，你以後不要寫信了，你寫信，他們把你的信當作笑話，在那裡一面看，一面罵，他們並沒有誠意接受你的意見，所以老先生以後就沒有再寫信了。」《回憶錄》之《關於陳獨秀若干問題的解答》第 423～424 頁。又見於陳獨秀《告全黨同志書》，原文如下：「當然對我的意見，不但絲毫不加考慮，而且當作笑話到處宣傳，說這是我仍舊沒有改正機會主義的錯誤之證據。」

〔註 26〕張國燾：《我的回憶》第 2 冊，東方出版社，1998 年，第 366～367 頁。

帝國主義國民黨強盜進攻蘇聯的戰爭。」〔註27〕客觀地說，中東路事件牽涉中國民族利益和民眾民族感情，中共採取的上述「簡單化」的策略，不僅會給南京國民政府的反共反蘇宣傳提供藉口，還會因為脫離群眾而得不到群眾的響應，甚至還會因為黨員的進一步暴露而帶來更大的損失。對此，陳獨秀於7月28日致函李立三中央，指出中央中東路問題的宣傳，要考慮中國民眾的民族感情，因為戰爭一旦爆發，必然以中國為戰場，而「戰爭中最受直接蹂躪的自然是中國人民」。中央提出的「反對進攻蘇聯」「擁護蘇聯」的群眾動員口號，「只有最覺悟的無產階級分子能夠接受」，而對廣大民眾來說則「太說教式了，太超群眾了，也太單調了」，不僅「不能夠動員廣大的群眾，反而使群眾誤會我們只是盧布作用，而不顧及民族利益」。〔註28〕他認為只有通過揭露國民政府的誤國政策，揭穿其「民族利益的假面具」，才能「獲得廣大民眾的同情」，最終實現「保衛蘇聯」的目的。陳獨秀還批評了《中央通告》中提及的以帝國主義與蘇聯戰爭促成世界革命、中國革命高潮的論調，建議中央趕快補發一個通告，以取消第42號通告。客觀地說，陳獨秀的意見是正確的。但是，中共中央在8月3日給陳獨秀的覆信卻全面駁斥了陳獨秀的意見，不僅如此，還上綱上線，認為陳獨秀來函「不只是部分的策略問題的討論，而且包含了很嚴重的原則的問題」，是資產階級左派的口號，「走上了資產階級觀點，忘記了世界無產階級的利益」。〔註29〕王明更進一步，陳獨秀的意見是「反共產國際」「反蘇」，「躲在『毛子不懂中國國際』的宣傳之下，使共產國際的正確意見不能成為全黨的領導中心，對於共產國際的正確指示，表示懷疑、消極、怠工以至於公然反抗」；是「機會主義」，是「中國共產黨內機會主義的歷史繼續」，「變成資產階級的附庸和小資產階級的尾巴主義」；是「放棄革命領導權」，躲在「民族利益」和旗幟之下，犧牲工農群眾的「階級利益」。〔註30〕

陳獨秀無法接受黨中央與王明的批判，於是在8月11日再次致函中央，重申自己在中東路問題上的意見，並指出中央在這個問題上的宣傳方法，在戰

〔註27〕《中國共產黨為八一國際赤色日宣言》，《紅旗》第34號，1927年7月27日。

〔註28〕撒翁：《致中共中央常委同志信——對中東路問題的意見》，《紅旗》第37號，1929年8月7日。

〔註29〕《批評撒翁同志對中東路問題的機會主義的錯誤》，《紅旗》第39號，1929年8月20日。

〔註30〕韶玉：《論撒翁同志對中東路問題的意見》，《布爾塞維克》第2卷第10期，1929年9月1日。

略上有兩個缺點：

> （一）未曾用群眾所瞭解的事實而不僅是我們主觀上的理論，對於中東路問題之本身，加以正確的詳細的解析及打碎國民黨的假面具，能夠使群眾減少民族偏見，不至為國民黨所欺騙而接受我們的宣傳的領導。
>
> （二）「只是」擁護蘇聯這一口號與宣傳，在事實上只能動員無產階級最覺悟分子，而未能在實際利害上激動無產階級以外廣大的群眾，尤其是比較意識落後的群眾，把這些廣大群眾放在鬥爭戰線之外了。

陳獨秀還辯駁說：7月28日的信是不是討論黨的一般宣傳問題，而是專門針對中東路宣傳方針的缺點，「我的意見也並不是主張跟著群眾的落後意識跑，去跟著他們說要收回中東路，而正是要打破群眾的幻想，打破國民黨的假面具，把群眾拉到我們這邊來，在我們口號之下，向反革命的勢力進攻。」而中央「缺少戒心與注意的宣傳策略，固然不是跟著群眾跑，卻也不能爭取群眾」。

在做了進一步澄清的基礎上，陳獨秀「回敬」了王明上綱上線的「批評」，指出中央的錯誤「不是偶然的」，「正是你們簡單化和純粹主觀不看事實的盲動主義精神之表現」。〔註31〕於是，陳獨秀與中央有關中東路問題上的「辯論」由一個具體問題上的宣傳方法和策略上的分歧，就很快「嚴重升級和大大激化了，以致成為陳獨秀很快被開除出黨的一個重要原因」〔註32〕。

應該看到，陳獨秀對「中東路事件」的批評是站在維護中國民族利益和民眾愛國熱情的角度，是出於中共脫離群眾的擔心，並不反對「保護蘇聯」，但其具體策略與共產國際以及受其指示的中共「忽略民族利益」的簡單化的「絕對」的「保護蘇聯」方針是不同的。還需要進一步指出的是，陳獨秀「保護蘇聯」的立場與托洛斯基所持立場也是不同的，托洛斯基要求「要完全犧牲自己來保護十月的勝利」〔註33〕，提出「反對斯大林，保護蘇維埃」口號，不僅如此，托氏還批判了德、法等國托派中認為中東路事件是「蘇聯侵犯了中國自決權」的觀點。〔註34〕本質上，托洛斯基與斯大林在「保護蘇聯」的立場上是相

〔註31〕陳獨秀：《復中共中央的信》，《紅旗》第39號，1929年8月20日。

〔註32〕唐寶林：《陳獨秀全傳》，社會科學文獻出版社，2013年，第569頁。

〔註33〕托洛斯基：《中俄衝突與反對派》，《中國革命問題》，第313頁。

〔註34〕托洛斯基：《保衛蘇聯與反對派——「列寧團」走的是什麼道路——極左派與馬克思主義》，《中國革命問題》，第319頁。

同的，都不惜犧牲其他國家、地區組織的利益以「絕對」的「保護蘇聯」。在這一點上，陳獨秀的中東路立場超越了中共斯大林派和托洛斯基派。需要進一步關注的是，此時陳獨秀已基本接受了托氏理論，如 8 月 5 日致中央的萬言長信即運用托洛斯基主義系統闡述中國革命，批判中共六大路線，但是陳獨秀在 8 月 7 日的信中除了「回敬」王明的「批判」指責中央盲動主義錯誤外，基本看不到托氏的理論印跡，甚至盲動主義的「發現」也不完全來自托氏的「啟發」，而更多來自陳獨秀的獨立思考。正是在這個層面上，我們可以說「黨員群眾有權對中央政治路線進行自下而上的合法公開的討論」的主張是基於陳獨秀自身黨內言論實踐的反思。

應該看到，陳獨秀提出這一主張的目的在於糾正黨內領導的錯誤路線，而且當時中央也的確存在路線的錯誤。我們還應進一步看到陳獨秀的良苦用心，對瞿秋白中央「貢獻」的意見是不忍看到革命同志因為暴動路線而無謂地流血犧牲；對中東路的不同意見則是出於「黨脫離群眾」的擔心。或許在「堅守」革命理論層面，陳獨秀因其過於關注其時社會實際情狀而「理論缺乏」，但在事實層面上，歷史已經證明陳獨秀所見非繆。儘管如此，我們還應看到陳獨秀這一主張的無奈與侷限，黨員群眾通過自下而上公開合法地討論中央政治路線就能避免和糾正錯誤路線嗎？在普遍性意義上，黨員群眾具備討論中央路線正確與否的「能力」嗎？可以肯定的是，並不是每一位黨員都有參與路線討論的「能力」，能夠參與中央路線討論與制定必定是黨內的少數精英；即使每一位黨員都參與討論，這種討論也必定採取分層、集中的形式才能達到較為理想的效果；自下而上的普遍性討論，雖公開合法，雖有自我批評作保證，但極容易走向極端民主，意見無法統一，甚至連一個意見相對統一的路線都無法形成，而其後中國托派內部路線的持續爭論與難以統一恰是對陳獨秀這一主張的另一種形式的「否定」。

（二）反對以紀律手段，扼殺黨內不同意見

陳獨秀認為，黨員群眾自下而上採用「公開」「合法」並結合「自我批評」的形式討論中央路線可以實現對中央路線的「糾偏」。在陳獨秀看來，「公開」「合法」結合「自我批評」的討論是一種「理想」的討論，其中「公開」、「合法」偏重於討論的形式，「公開」意味著意見的公開、身份的公開，「合法」應主要指言論發表符合組織內部的相關規定；「自我批評」指向黨員群眾在參與討論時應持的心理態度，在理想與邏輯兩個層面，「自我批評」意味著批評者

能夠認識到自身意見的不足與缺陷，而這種「自我認知」主要來自於討論過程中的意見「交鋒」，換句話說，「自我批評者」能夠通過不同意見的「交鋒」認識到自身意見的缺陷，當然更意味著「修正」自身的「意見缺陷」。由此，「自我批評」賦予了路線討論的「理性色彩」。因此，「公開」「合法」結合「自我批評」的討論也是一種「理性」的辯論。

既然黨員群眾自上而下公開合法並結合自我自評的討論是一種「理性」的討論，那麼中央對待這種討論自應採取理性辯論的手段，如果採取組織紀律手段，那只會壓制、扼殺黨內不同意見，這是官僚主義、命令主義的表現。陳獨秀強烈反對以紀律手壓制、扼殺黨內不同意見。與此前一樣，陳獨秀提出這一要求也是基於這一時期他在黨內的言論際遇。如前所述瞿秋白中央對陳獨秀所貢獻的意見主要採取譏諷的態度，李立三中央對陳獨秀所提意見的態度則以系統的上綱上線的批判為主，尤以王明為代表。中央這種上綱上線、系統徹底的戴帽主義的批判態度與陳獨秀「理想」中的路線討論的理性態度是根本不同的。有感於此，陳獨秀在轉向托洛斯基主義後給中央的第一封長信「八五信函」中，除了以托洛斯基觀點批評八七會議和六大以來中共在共產國際指導下的錯誤路線外，還明確指出中央為了推行錯誤路線而扼殺黨內民主的狀況，「如果你們老是固執你們的偏狹性，而不顧及黨內德謨克拉西的重要性，而畏不同的意見如蛇蠍，而企圖用中央威權霸蠻的造成你們意見的一致，對於不同的意見，禁止討論，或消極的不在黨報上發表出來，一聽到同志中和你們有不同意見，不管他的內容如何，便簡單的用『小資產階級觀念』『非無產階級意識』『觀念不正確』如此等類沒有內容的抽象名詞來排斥他；更或者給他戴一頂帽子，如『反對派』『托洛斯基派』『某某派』等，來鎮壓住他，且以暗示一般有不同意見的同志免開尊口；這便是有意或無意的阻住了黨的進步。」他又說，「德謨克拉西，是各階級為求得多數意見之一致以發展其整個的階級力所必需之工具；創無產階級民主集權制之一要素，沒有了他，在黨內黨外都只是集權而非民主，即是變成了民主集權制之反面的官僚集權制。在官僚集權制之下，蒙蔽，庇護，腐敗，墮落，營私舞弊，粉飾太平，萎靡不振，都是相因而至的必然現象。」〔註35〕

應該說，陳獨秀指出的黨內民主完全被扼殺的狀況在當時確是客觀存在

〔註35〕獨秀：《關於中國革命問題致中共中央信》，1929年8月5日。該信又稱「八五信函」，後收入《中國革命與機會主義》，上海民志書局1929年10月發行。

的。中央針對「八五信函」約談陳獨秀「不歡而散」後，在 10 月 5 日中共中央政治局通過了《關於黨內機會主義與托洛斯基主義反對派的決議》。決議中，中央站在機械的執行共產國際指示的立場上，不承認陳獨秀向中央所提的意見中存在哪怕是絲毫的合理性的成分，將陳獨秀的觀點斥之為「完全推翻共產國際指導中國革命的一貫的列寧主義的路線；完全推翻六次大會與中央對目前的根本策略而走到了可恥的取消主義！」〔註 36〕「托陳取消派」的名稱從此在黨內廣泛流行。客觀地說，與陳獨秀相比，這一時期黨內高層領導並不長於黨內辯論。當時駐中共的國際代表在給莫斯科的信中曾說：「我們有一些優秀能幹的同志，但沒有任何經驗，常常不聯繫群眾，不瞭解群眾，不善於對基層組織裏的辯論、爭論等現象作出反應……在他們那裡所有人都是『右的』，他們唯一的手段是壓制，或者訴諸紀律」〔註 37〕。既然不善於辯論，那麼只有兩條路可走，一是機械的戴帽主義批判，二是訴諸紀律手段。前者對理論思辨能力不高的普通黨員群眾有效，但對象陳獨秀、彭述之、鄭超麟等黨內理論家不僅缺少效度，反而因實踐層面的「失敗」而導致文字理論上的「破綻百出」，因此，對待後者只能「舞動」紀律大棒了。對陳獨秀即是如此，在上述 10 月 5 日決議前，中央與國際代表針對陳獨秀寫給中央的「八五信函」於 8 月 28 日約談陳獨秀。這次約談的結果無疑是失敗的，不僅進一步激化了陳獨秀與中央的路線分歧，也讓陳獨秀進一步「證實」了中央存在的「官僚主義」與「命令主義」。

陳獨秀在回應中央 10 月 5 日「決議」的《陳獨秀至中共中央的信》（10 月 10 日）中，回憶道：他們擺出一副傲慢的態度，「一切重要的政治問題都拒絕討論，單純的責備我不應該向中央發表不同的意見，堅決的說中央絕對不能容許把我的信公布出來；並且堅決的說中央政治路線沒有原則上的錯誤，加之時局緊張，任何同志都不許發表和中央不同的意見。」最後竟「拿開除黨籍的話來威嚇我，阻止我發表意見」。「用這樣的專橫態度來掩蓋錯誤，用這樣不合理論不合事實的藉口來阻止中國黨內政治問題所急需要的公開討論……我只感覺真如反對派（托洛斯基派）所指謫國際領導機關在政治上組織上官僚化之

〔註 36〕《關於黨內機會主義與托洛斯基主義反對派的決議》，《中共中央文件選集》第 5 冊，中共中央黨校出版社，1990 年，第 503 頁。
〔註 37〕《雷利斯基給共產國際執行委員會東方書記處的第 2 號信》，《共產國際檔案資料叢書》第 8 輯，中共黨史出版社，2002 年，第 115～116 頁。

一證。」陳獨秀還針對10月6日中央對他發出的「書面警告」中要求他「一周內作篇反對派的文章」一事說，「你們既然代我決定了意見，還要我做文章發表意見做什麼？我真想不到你們現在竟至發狂鬧笑話到此地步！這種現象已充分的說明了由黨員群眾合法的討論和公開的自我批評來糾正領導機關之錯誤的政治路線，是絲毫沒有希望的了！」〔註38〕

陳獨秀最後正告中共中央：在你們，絕對沒有理由可以開除發表政治意見的任何同志；在我，只知道為馬克思列寧主義的真理，為全世界無產階級革命利益，結合下層的革命群眾和機會主義上層領導機關奮鬥，而不計其他！我還要告訴你們：黨內的重大政治問題即領導機關政治路線根本錯誤的問題，絕不應該用組織紀律（列寧曾說，無產階級革命政黨的紀律，是要有正確的政治領導為先決條件方會實現，否則一定變成廢話；你們忘記了沒有？）來掩護所能解決的；若用這樣方法無理由的開除同志，如果由此造成黨的分裂，是應該由你們負責的！〔註39〕

在轉向托洛斯基主義之前，陳獨秀根據自身黨內言論實踐提出黨員群眾通過自下而上公開合法和自我批評的方式討論、糾偏中央錯誤路線，然而中央尤其是李立三中央對陳獨秀所提意見的「態度」是令人遺憾的。如果說，此前所提的意見與建議尚是針對具體的問題而發，那麼當陳獨秀轉向托洛斯基主義後，「運用」托洛斯基主義理論「檢討」八七會議以來中央路線時，那麼就由具體的問題「上升」為「路線之爭」。陳獨秀對具體問題的討論尚且被中央批判，對中央路線的公然抨擊則是共產國際指導下的中共所不能容忍的。既然不長於理論的爭辯與討論，那麼中央所能動用的只剩下紀律大棒了。客觀地說，對於志在通過階級鬥爭奪取國家政權的中共來說，黨內的路線之爭向來是殘酷的、微妙的，陳獨秀所希望的通過全黨公開的討論實現路線的轉變只能是一種妄想，也因此，中共中央採取紀律手段處理路線之爭實屬必然。

（三）主張黨內反對派（少數派）的存在

在10月10日駁斥10月5日中央決議的文字中，陳獨秀已經認識到黨內的「命令主義」與「官僚主義」讓「黨員群眾合法的討論和公開的自我批評來

〔註38〕《給中共中央的信》，1929年10月10日。唐寶林看到的是大陸某機關檔案室保存的手刻油印件，顯然是托陳派當時散發的材料。下文10月26日的信同此。轉引自唐寶林《陳獨秀全傳》第573頁。

〔註39〕《致中共中央的信》，1929年10月10日。

糾正領導機關之錯誤的政治路線」沒有「絲毫」希望了，為此，他進一步警告說，如果動用組織紀律尤其是開除黨籍以壓制扼殺黨內不同意見必將導致黨的分裂。而在事實上，陳獨秀早在一個月前亦即 9 月，已經發起成立「中國共產黨左派反對派」(又稱「中國共產黨布爾什維克列寧派」)。因此，陳獨秀的「警告」預示著陳獨秀等人甘願冒著被開除黨籍、分裂中共的「責任」與中央展開「路線之爭」。對陳獨秀而言，因為組織紀律的拘囚，通過黨員群眾合法的討論和公開的自我批評以糾正中央錯誤路線已無可能，剩下唯一的可能是組成黨內反對派，通過少數派的力量與中央多數派進行「抗衡」，這或許能讓中央多數派「接受」其路線的合理性。

對陳獨秀而言，這是一個自然的邏輯。這在陳獨秀因中共中央開除其黨籍而撰寫、散發的《告全黨同志書》有所呈現，他在逐條批駁中央開除其黨籍的理由後，指出中央開除他的實質：「中央開除我的黨籍，這些無理由的理由，都不過是表面的官樣文章。實際是討厭我在黨內發表意見、批評他們繼續過去機會主義、盲動主義……的破產政策」。陳獨秀最後「回顧」了向中央發表意見的原因，「……（黨的路線錯誤）非有自下而上黨員群眾合法的公開的討論和自我批評，是不能糾正領導機關嚴重的錯誤路線了。然而黨員群眾都在組織紀律的拘囚與鉗制之下，一時陷於『敢怒而不敢言』的狀況。此時我實在不忍眼見無數同志熱血造成的黨，就這樣長期的在嚴重錯誤路線之下破滅消沉下去。不得不挺身出來，自從八月初起開始向黨發表意見，以盡我的責任」。」「我寧願受今天被李立三等少數人開除我的黨籍，而不願眼見黨的危機而不力圖拯救，將來要受黨員群眾的責備。我寧願心安理得的為無產階級的利益而受惡勢力幾重壓迫，不願和一切腐化而又橫暴的官僚分子同流合污」。文末他還「號召」全黨同志：「我們每個黨員都富有拯救黨的責任，應該回復到布爾什維克精神與政治路線，一致強固的團結起來，毫不隱諱的站在托洛斯基同志所領導的國際反對派即真正馬克思列寧主義的旗幟之下，堅決的不可調和的，不中途妥協的和國際的及中共中央的機會主義者奮鬥到底……以拯救中國革命。」

而在此前 10 月 26 日，陳獨秀與已被中央開除的彭述之聯名致中共中央政治局公開信，信中陳獨秀與彭述之公開承認自己屬於反對派並闡釋了反對派的存在理由，「你們說我們是反對派；不錯，我們是反對派！我們的黨此時正需要反對派，而且正需要勇敢的對革命對黨負責的反對派，堅決的不和機會主義冒險主義威嚇欺騙手段腐敗官僚的領導機關同流合污，為了革命的利益，為了階級的利益，為了黨的利益，而絕不計及自己個人的利益，儘量的發表正言讜論，使馬克思主義布爾什維克在中國有一線之延，使全黨黨員及全無產階級的群眾不至對黨完全失望！」〔註 40〕我們還可以從彭述之的夫人陳碧蘭回憶其受陳獨秀的「啟發」而轉向托派時的相關文字「窺見」這一邏輯。陳碧蘭在得知彭述之將被開除黨籍時，內心非常矛盾和苦悶，她不願僅僅因為與彭述之的伴侶關係而失去自己的政治生命和生命的寄託。為此她獨自到陳獨秀處向陳請教，「我從某些同志中得到一個消息，說黨中央準備開除你和述之。假如述之被開除，一定會跟著開除我，但我絕不願意跟著他而被黨開除，因為我開始幹革命時，並不認識述之，我既不是跟著他而參加到革命隊伍裏來的，當然也絕不願意跟著他而被黨開除。因此，我現在陷於極度矛盾和痛苦的狀態之中，我想請教您，怎樣才能解除這種矛盾和痛苦？」陳獨秀用「很簡單的話語誠懇而又堅決的態度」回答道：「假如我們被黨開除，並不是因為我們背叛了革命；而是由於黨的墮落，它離開了馬克思主義的政治原則和布爾什維克的組織傳統，這是黨的錯誤，如果黨開除了我，我是不在乎的。」陳碧蘭聽了陳獨秀的話後，覺得「我想，如果黨在政治上和組織上有錯誤，黨員是有責任起而批評和糾正的；為了使批評和糾正的意見發生效力和有力量，在黨內集中一個有力量的反對派也是需要的。」〔註 41〕

於是，1929 年 9 月以陳獨秀為核心的中國托派第二個小組成立時，取名「中國共產黨左派反對派」。這一名稱表明陳獨秀等「無產者社」成員認為他們是中共黨內的一個派，目的在於通過黨內民主糾正中央錯誤路線，實現改造黨、改造國際的目的。然而，這只能是陳獨秀等人的一廂情願，中共黨內根本不允許公開的反對派的存在。因為在根本上，黨內反對派的公開存在違背了中共民主集中制的組織原則，民主集中制少數服從多數，下級服從上級的規定已經明確規定了「在黨的組織原則上不容許有兩個路線同時存在」〔註 42〕，這就從根本上杜絕了少數派的存在空間。不僅如此，陳獨秀少數派所主張的是托洛斯基主義路線，這與中共此時所宗的斯大林主義路線是根本對立的兩條路線。

〔註 40〕《陳獨秀、彭述之致中共中央政治局的信》，1929 年 10 月 26 日，手刻油印件。轉引自唐寶林《陳獨秀全傳》第 585 頁。

〔註 41〕陳碧蘭：《我的回憶》，十月書屋，1994 年，第 284 頁。

〔註 42〕《中共中央文件選集》第 5 冊，中共中央黨校出版社，2002 年，第 394～402 頁。

因此，中共不僅不允許黨內反對派的存在，而且一開始就把陳獨秀等人的活動，當作「反革命」對待，也沒有討論和調和的餘地。〔註 43〕

儘管如此，中國托派受托洛斯基的影響，即使被開除黨籍，即使沒有黨內活動的空間，他們仍以「匡正」「改造」「黨的政策及黨制」為要務的反對派自居，強調「它絕不與共產黨的活動隔絕，它在每個問題中採取它的態度，它在示威罷工等鬥爭中無情的批評正式黨領導之政策的錯誤，並以它自己的信仰，不對正式領導作任何讓步。」〔註 44〕不僅如此，他們還「幻想」以「路線」的勝利而重新回到黨內，「一切事實及經驗證明左派反對派路線的完全正確，沒有理由把我們排斥於黨外，我們應當選舉代表參加大會，並且在會上討論左派反對派恢復黨籍問題，使我們得立刻回到黨內來。」〔註 45〕對於中國托派在黨內「合法」從事反對派活動的希圖，唐寶林認為這反映了中國托派的「天真、浪漫和荒唐」。從組織紀律來看，中國托派的這種「回歸黨內」的「希圖」確實「天真、浪漫和荒唐」，但從兩者所宗的根本理論來看則有其必然性，兩者所宗的根本理論是相同的，都崇尚以馬列主義的階級鬥爭奪取政權，中共的暴動路線自不必說，托洛斯基的「國民會議」路線也因其對階級鬥爭的強調而與資產階級的議會政治存在本質的區別。因此，儘管存在具體路線的差異，但在通過階級鬥爭奪取政權的根本路徑上並無不同，這讓陳獨秀等托派人士看到了「回歸」的可能。此外，反對派因反對而存在，其存在的首要目標是「匡正」黨的錯誤路線並以托氏路線取而代之，這也決定了陳獨秀等托派人士必須「回歸黨內」，否則組織的存在都無必要了。當然，「天真、浪漫和荒唐」背後反映出的是陳獨秀、彭述之等托派人士的認真與奮鬥，無論成功與失敗，這是值得欽佩的。

在陳獨秀「缺席」的情況下，「八七會議」「撤銷」了陳獨秀的領導職務，並讓陳獨秀承擔了革命失敗的「罪責」。從此至轉向托派前，陳獨秀開始了對中國革命的反思，反思之餘也不斷向中央「貢獻」自己的意見。然而，中央對陳獨秀貢獻的個人意見不僅不接受，還採取批判態度，甚至以「開除黨籍」「要挾」「命令」他改變態度。在與中央「文字往來」的過程中，在逐漸接受托氏

〔註 43〕早在 1926 年 6 月，中共中央即在六屆二中全會專門討論黨內托派問題並通過決議，指出托派的反革命性質。參見《中央政治局工作報告綱要》，1929 年 6 月，《中共中央文件選集》第 5 冊，中共中央黨校出版社，2002 年，第 192 頁。

〔註 44〕《中國共產黨左派反對派綱領》，1931 年 5 月 1 日。

〔註 45〕《我們的政治意見書》，1929 年 12 月 15 日。

理論的情境下，陳獨秀逐步提出了「黨員群眾有權自下而上公開合法和自我批評地討論中央路線」，「中央不得以組織手段壓制扼殺黨內不同意見」以及「以黨內反對派的公開活動來糾正黨內錯誤路線」等想法與主張。從言論自由的視角看，上述主張自有一定的合理性，然而，對於以馬列主義武裝思想志在通過階級鬥爭奪取中國革命勝利的中共，尤其是當時革命情境下的中共來說，這些主張「浪漫、天真而荒唐」，毫無實現的可能。儘管如此，轉向托派的陳獨秀還是「吸取」了中共因「黨內民主」缺乏而導致「分裂」的「教訓」，在托派內部「充分」發揚民主，實踐上述主張。從國際層面看，蘇聯黨「黨內民主」的缺乏也是托洛斯基組織托派國際組織的一個重要原因。國際與國內兩種因素結合在一起，讓中國托派特別注重「黨內民主」（或內部民主），從成立托派小組到此後的「統一」與分裂，內部理論路線之辯從沒有停止，這種嚴重的內耗是造成中國托派悲劇的一個重要原因。從實踐層面的失敗而言，托派內部民主的實踐反映出托派的「黨內民主」是一種偏離了「集中」的另一種極端的「民主」，是對「黨內民主」的「迷信」。

二、「路線理論」的「爭辯」

中國托派對「黨內民主」的「迷信」直接導致了另一個後果——內部「路線理論」的「永無休止」地「爭辯」。這種爭辯從中國托派第一個小組「我們的話派」起，貫穿於中國托派存在的始終，其中尤以陳獨秀參加托派時期為烈，事實上，陳獨秀托派時期的路線理論在托派內部飽受爭辯。這一方面是因為陳獨秀組織托派時期推行「黨內民主」，另一方面也說明陳獨秀本人即是爭辯的中心與焦點。「弔詭」的是，在講求「黨內民主」的托派中，陳獨秀最終因為意見的爭辯而被托派臨時中央開除。本書稿在整理、描述托派內部「路線理論」「爭辯不休」的基礎上，討論由爭論所反映出的陳獨秀源於中國實際的個人思考，以及這種思考對托氏基本教義的「背離」。陳獨秀終將成為只代表其個人意見的「終身的反對派」。

（一）托派內部「永無休止」的路線理論爭辯

前述陳獨秀提出的「黨內民主」的主張可以作為中國托派的「共同心聲」。陳獨秀主張允許黨內存在反對派，那托派組織之內自然也可以存在反對派；陳獨秀主張黨員群眾有權自下而上公開合法並結合自我批評討論中央路線，那麼托派內部成員自然認為個人有權公開批評中央路線，只是更偏向於「公開」

而捨棄了「合法」與陳獨秀所堅持的「自我批評」；陳獨秀反對以組織紀律手段壓制扼殺黨內不同意見，托派內部自然也很少使用組織紀律手段尤其是開除黨籍手段壓制不同言論。弔詭的是，雖然陳獨秀擔任托派領袖（包括小組期間）期間沒有使用過開除黨籍的極端手段，但是托派的第一個小組「我們的話派」在成立不久即因不同意見開除同志黨籍，陳獨秀也最終因不同意見而被開除出托派。可以說，中國托派留給後世的最深的印象就是組織內部「路線理論」的永無停歇地爭辯：托派小組內部即有爭辯，托派小組之間也是爭辯不休，「統一」後的「托派」更無法停止內部的爭辯。

托派在中國的第一個小組織是留蘇回國學生發起的「我們的話派」，成立不久他們即因內部不同意見作了「一系列開除決定」，如宋逢春因贊同陳獨秀提出的兩派合併的意見而被說成「投降主義」予以「開除」〔註 46〕；又如因譴責「十月社」「反革命機會主義反對派劉仁靜等人向我們——反對派嚴重進攻」而開除劉仁靜、王文元；再如因對待陳獨秀派加入托派問題上史唐、區芳等人與梁幹喬的分裂。陳獨秀組織的「無產者社」是中國托派的第二個小組織，以陳獨秀、彭述之、鄭超麟等曾經的中共黨內高級領導為主要成員，可即使是這樣，「常委」開會幾乎每次都吵架，而且吵得很激烈，以至鄭超麟用「烏煙瘴氣」來形容。〔註 47〕這種情形一直持續到統一大會召開，無產者社自然消亡時為止。再如劉仁靜與王文元等九人發起成立的「十月社」，也因劉仁靜堅持其 1923 年國共合作時他和張國燾主張的「加入國民黨而對國民黨怠工是布爾什維克路線」的觀點而被十月社在 1930 年 7 月開除。

托派各小組織之間也是爭論不休、互相批判。1931 年 5 月中國托派「統一」前，共有 4 個小組織，按成立時間的先後分別是留蘇歸國的部分青年學生組織的「我們的話派」、黨內陳獨秀派組織的「無產者社」、劉仁靜、王文元等九人組成的「十月社」以及趙濟、王平一等七人組成的「戰鬥社」，此外，還有劉仁靜因被各派排擠而單獨成立的「明天社」。上述托派小組與個人圍繞托派的合併統一爭辯不休，不同的路線理論則是爭辯的焦點。比如「我們的話派」與陳獨秀派的爭辯，當陳獨秀派希望加入「我們的話派」時，「我們的話派」

〔註 46〕上述兩個開除決定均見於《總幹上海區幹組長聯席會議對下列問題的決議》，《反對派內部生活》之二，1930 年 6 月 15 日。引自唐寶林《陳獨秀全傳》第 583 頁，第 612 頁。

〔註 47〕鄭超麟：《鄭超麟回憶錄》，東方出版社，2004 年版，第 437～438 頁。

不僅不歡迎，「而且很厭惡」，通過批駁陳獨秀寫給中共中央的「八五信函」而將陳獨秀派斥為「機會主義」，並設置苛刻條件以阻止陳獨秀的加入，最終讓陳獨秀下定決心成立「無產者社」。又如劉仁靜在策劃「我們的話派」與陳獨秀派的聯合失敗後，油印散發《反對派統一運動之前途》小冊子，兩面開弓，對「我們的話派」與陳獨秀派都進行批判：批評「我們的話派」不吸收陳獨秀派「完全是為了地位」，「懼怕那些有能力的人」，攻擊總幹執行的路線是「投降派路線」〔註 48〕；批評陳獨秀則更為猛烈，宣布陳獨秀派是「假借反對派的招牌」，「實際是舊貨貼上了新商標」，變成了「右派反對派」，他還認為陳獨秀已經「離開革命立場，精神衰敗」，「墮落成為一個失意的政客」，「一個小資產階級民主主義分子」，「我們應該丟掉他」〔註 49〕；而在其組織「十月社」後，不僅重複上述論調，嚴厲批判陳獨秀派，更系統批判「我們的話派」，直接宣布總幹「在理論上和政治上已經死亡」〔註 50〕。與此同時，總幹在得知陳獨秀派另組「無產者社」後，發表《給無產者社一封公開的信》，系統嚴厲地批判陳獨秀的「六大錯誤」。按唐寶林的分析，從「我們的話派」所批判的陳獨秀所謂「六大錯誤」來看，「他們與中共所謂『左傾盲動主義』錯誤的理論、路線、方針、政策和策略方法，無大的區別」〔註 51〕，其實質不過是借路線爭辯之名爭取托派合併「統一」的主導權而已。在「我們的話派」受到托洛斯基批評而與「無產者社」態度緩和，開始準備統一協議會後，十月社（在開除劉仁靜後）以王文元為首卻發表《接到托洛斯基同志的信後我們對於統一的提議》，「死扣」住陳獨秀政治問題上的所謂「五大錯誤」不放，他們還自認為「抓住了陳獨秀反托洛斯基主義錯誤的要害」〔註 52〕。

在托洛斯基的「調和」與陳獨秀的「讓步」下，1931 年 5 月托派小組實現了「統一」，並沿用無產者社的名稱——「中國共產黨左派反對派」。然而，這種「統一」只是表面的統一，內部有關路線的爭辯仍在繼續。比如成立大會

〔註 48〕《劉仁靜給托洛斯基的信》，1929 年 9 月，轉見《托洛斯基檔案中致中國同志的信》第 3 頁。轉引自唐寶林《陳獨秀全傳》第 610 頁。

〔註 49〕列爾士：《一篇虛偽的和可憐的文件——評陳獨秀 12 月 10 日的〈告全黨同志書〉》，1930 年 3 月 30 日。

〔註 50〕《告同志書》，十月社成立之初發布的小冊子。

〔註 51〕唐寶林：《陳獨秀全傳》，社會科學文獻出版社，2013 年，第 613 頁。

〔註 52〕《十月之路》第 1 期，1930 年 10 月 26 日，手刻油印件。轉引自唐寶林《陳獨秀全傳》第 621 頁。

上陳獨秀提出的「全中國表面的統一，可能在國民黨統治下獲致」，即遭大多數代表反對，結果被「撤回」〔註 53〕；陳獨秀起草的《中國土地問題決議草案》也因托派三派代表串聯決定搞一下「老先生」而不予通過〔註 54〕。又如九一八事變後，陳獨秀根據興起的抗日民主運動適時調整了托派的工作路線，率先提出建立「抗日聯合戰線」的策略，但這一策略也遭到托派內部極左派的反對，於是產生了法南區委與托派中央、劉仁靜與托派中央的路線爭辯。這次爭辯不僅導致了法南區委工作的「停滯」，也造成北方區委的「分裂」，一切又「回到統一前各小組織紛爭的狀態中去了」。不僅如此，常委陳獨秀與彭述之之間也產生意見分歧。需要指出的是，陳獨秀面對上述爭辯，並沒有採用開除黨籍的極端手段。1932 年 10 月陳獨秀被捕入監，然而，托派內部並沒有因此而停止爭辯。1933 年 9 月 29 日，托派內部再次因陳獨秀為托派臨委起草的《目前形勢與反對派的任務》爆發爭論，不僅引起獄中的彭述之和獄外的劉仁靜等人的強烈反對，更進一步擴大為更多更左的托派成員反對陳、彭、劉三人的主張，並把歷史上的爭論都扯出來，以至於臨委不得不先集中力量來組織討論，把大家的思想統一起來。此後爭論愈發嚴重，不僅導致臨委不斷「重組」，也導致托派組織祭出開除黨籍手段開除不同意見的成員，陳獨秀最終也被托派中央開除。

可以說，組織內部無休止的爭辯是中國托派最為突出的特點，這種爭辯不僅極大耗費了托派成員尤其是領導層的精力，也讓組織缺乏凝聚力和戰鬥力，始終處於軟弱渙散、瀕臨解散的邊緣。

（二）以陳獨秀為中心的「路線」之辯

在托派內部激烈不止的有關路線理論的爭辯中，陳獨秀可謂是爭辯的中心人物，不僅托派小組內部的爭辯如「我們的話派」、「無產者社」、「十月社」之間的爭辯「繞不開」陳獨秀，托派統一後的爭辯更是以陳獨秀的路線理論為爭辯焦點。這些爭辯中，除了早期出於擔心陳獨秀派獲得合併的主導權而引發的小組爭辯外，其他均是針對陳獨秀提出的路線理論而爭辯，甚至後者也是打著路線理論的幌子掩蓋合併主導權之爭的真實目的。而上述所有圍繞陳獨秀所提路線理論的爭辯的中心是與「國民會議」相關的路線理論問題。

〔註 53〕王凡西：《雙山回憶錄》，東方出版社，2004 年，第 151 頁。

〔註 54〕《宋逢春談話記錄》，1985 年 10 月 12 日，唐寶林訪問並整理。轉引自唐寶林《陳獨秀全傳》第 644 頁。

托派統一前，「我們的話派」批判陳獨秀的「六大錯誤」與「十月社」批判陳獨秀的「五大錯誤」在重要問題上基本相同，主要針對「革命性質」、「無產階級與貧農專政」、「國民會議」、「紅軍問題」及「中東路問題」等五個方面，他們認為在上述五個問題上陳獨秀是反托洛斯基主義的。為此托洛斯基先後寫了兩封長信對上述問題進行「調解」。托洛斯基親自調解的根本目的雖是在於促成中國托派組織的「統一」，但這一行為以及托氏對相關文字的「闡釋」足以說明陳獨秀在上述五大問題上與托氏理論的基本教義是相通的，即使存在差異，但不存在根本上的違和矛盾之處。儘管可能存在托氏因「欣賞」陳獨秀而「遷就」「調適」個人的理論文字的可能，但由此可以反證中國托派各小組對陳獨秀的「攻擊」所帶有的教條主義色彩。事實上，中國托派小組的論調的確帶有僵化教條的色彩。比如：針對革命性質問題，陳獨秀在堅持無產階級革命領導權的基礎上，並不「糾結」於第三次革命的起始性質是民主革命還是社會主義革命，而青年托派則堅持革命「一開始就是社會主義革命」；針對政權問題，陳獨秀提出「無產階級與貧農專政」，青年托派則認為陳獨秀的口號與「無產階級專政」口號「根本對立」；針對「國民會議」問題，陳獨秀認為「國民會議」可以實現並應該為此奮鬥，青年托派則認為「國民會議」不過是反革命時期「團聚群眾」、對抗資產階級的一個策略，與中共的「蘇維埃」口號相對立；針對紅軍問題，陳獨秀從蘇聯十月革命經驗與托洛斯基主義相關理論出發，批評中共「領導農民做游擊戰爭」是對工人運動的「背叛」，攻擊紅軍「大部分是游民無產階級（土匪和潰兵）」，青年托派則從陳獨秀的文字被國民黨用作「圍剿」中央蘇區的「文字工具」的負面影響出發，打擊陳獨秀為首的陳獨秀派；針對中東路問題，青年托派的指責與中共對陳獨秀的批駁並無二致。客觀地說，除了紅軍問題而外，在其餘四個方面問題上，青年托派都「拘泥」於托洛斯基的基礎教義，而其中前三個問題因涉及根本路線問題而密切關聯。陳獨秀認同國民會議路線並將之作為一個重要的奮鬥目標，正是因為他認為「第三次革命」的起始性質並非社會主義革命，而是「民主主義的鬥爭」，甚至直至革命勝利後也將存在一個「民主主義」的時期，所以他才提出了「無產階級與貧農專政」的口號，這一口號既保證了無產階級的領導，也體現了一定程度的民主要求。這既反映出陳獨秀的個人思考，也為其後圍繞「國民會議」路線的爭辯埋下了伏筆。

托派統一後不久，隨著「九一八」事變的發生，全國興起了抗日民主運動，陳獨秀據此調整了托派的工作策略，率先提出建立「抗日聯合戰線」的策略，然而這一策略卻遭到托派內部極左派的反對。陳獨秀在《一個緊急的政治問題》〔註 55〕、《政治決議案——目前形勢與我們的任務》〔註 56〕、《告全黨同志書》〔註 57〕等托派文件中闡釋了「抗日聯合戰線」，要求召集國民大會，「在適當地點召集全體人民代表的國民會議，領導全國範圍的反日反國民黨的鬥爭」，「全部政權交國民會議」；呼籲與中共合作領導反日反國民黨運動，「一切共產主義者聯合起來……我們左派反對派在一切行動中都準備和全黨同志攜手前進」；還進一步呼籲以中共為核心召集國民會議，「我們的黨——中國共產黨，……不但是無產階級的黨，並且應該站在民族領袖地位；它此時即應號召民眾自動的建立全權人民代表的國民會議，來代替國民黨政府領導全國的反日鬥爭……紅軍一與某一工業城市政治中心城市（如武漢）民眾運動匯合起來，即應在那裡召集國民會議，做反日反國民黨鬥爭之總機關」，「為執行以上的任務，我們……積極要求我黨的領導機關改變策略，召集緊急會議，以謀整個黨策略上組織上的統一，在未統一前，力求在一切行動上的合作」。然而，托內內部的極左派強烈反對上述路線，其中以「法南區委」、「北方區委」以及以托派理論權威自居的劉仁靜等最為激烈。法南區委發了《意見書》，逐條批駁了常委《決議案》，認為決議「在結論上又表現了尾巴主義、機會主義的傾向，而且一半投降了斯大林派」。〔註 58〕陳岱青更是將反日救國運動稱之「在虛偽的民族主義範圍以內翻筋斗」，北方區委任曙也反對「組織群眾與武裝群眾聯繫起來」的口號，劉仁靜則怒罵利用敵人間利害衝突的共同行動，是「等於我們在革命中應當與搶劫的盜匪共同行動」，是為了暫時利益，降低自己的尊嚴，減弱自己的革命氣魄。為此陳獨秀不得不發表《反極左錯誤》〔註 59〕予以駁斥。辯論的最終結果並沒有帶來路線思想的統一，反而又重新回到了統一前各小組紛爭的狀態。需要指出的是，這次爭辯儘管內容較多，但爭論的中心仍然是陳獨秀提出的「國民會議」路線。青年托派希望以一己之力領導無產階級實現革命的勝利，陳獨秀則希望聯合中共與左傾資產階級成立反日反國民

〔註 55〕《火花》第 1 卷第 7 期，1932 年 1 月 28 日。

〔註 56〕《校內生活》第 3 期，1932 年 5 月 20 日。

〔註 57〕《火花》第 1 卷第 7 期，1932 年 1 月 28 日。

〔註 58〕《法南區委陳岱青等人致常委的信》，1932 年 3 月 14 日，《校內生活》第 3 期，1932 年 5 月 20 日。

〔註 59〕獨秀：《反極左錯誤》，《校內生活》第 5 期，1932 年 9 月 1 日。

黨聯合戰線通過「國民會議」實現無產階級革命的勝利。

陳獨秀被捕入監後，托派內部再次因陳獨秀為托派臨委起草的《目前形勢與反對派的任務》〔註 60〕以及《幾個爭論的問題》〔註 61〕而爆發爭論，這一時期的爭論又可分為兩個階段。第一階段主要是因上述兩篇文章的發表引起與劉仁靜、彭述之及其他極左托派份子之間的爭辯，這場爭辯大致到 1934 年 2 月陳獨秀發表《應該這樣答覆嗎？》告一段落。第二階段大致從 1934 年 4 月陳其昌臨委與格拉斯、史朝生等人爭辯起，到陳獨秀因尹寬《評雪衣的〈現局勢與我們的政治任務決議草案〉》〔註 62〕及兩封《給雪衣的信》〔註 63〕中對陳獨秀所提路線的批判而發表《無產階級與民主主義》、《關於民主主義的幾點根本思想》予以回應止。在《幾個爭論的問題》中，陳獨秀對托派內部長期爭論的五大問題發表了自己的意見：針對民主運動問題，陳獨秀批評反對派中存在對民主主義的錯誤認識，即「民主主義的口號是資產階級的，在資產階級統治之下做做改良主義運動，到了民眾運動高漲起來，便用不著它，無產階級只有在社會主義的口號，蘇維埃口號下奪取政權」；針對「民眾政權」口號問題，陳獨秀認為「『民眾政權』本來只是在民眾運動高漲而還未達到能夠提出無產階級鬥爭奪取政權這樣的中間鬥爭環境中一個臨時的鼓動口號」，「民眾政權並非資產階級的政權」，並強調「一切策略，一切口號，都有它的時間性，都會因易時而變質，由正確而變為不正確甚至錯誤」；針對國民會議問題，陳獨秀再次肯定通過國民會議路線（十月革命的道路），批評極左派的對國民會議的誤解，「國民會議只能是資產階級統治形式」，「國民會議只能是兩個革命間反動時期的口號」，「國民會議不能解決任何問題」等等；針對經濟復興問題，主要批駁劉仁靜「中國革命再起要依靠經濟復興後，無產階級力量強大，才有勝利的可能」的觀點，認為「資本主義發達自然是社會的進步」，「我們可以承認幼稚的資本主義國家，只要那裡有了無產階級運動，只要那裡有了無產階級之有力的同盟軍，那裡便有無產階級革命之可能。如果認為必須資本主義發達到和先進國相接近的程度，那裡的無產階級才能負擔革命的任務，那麼，『無產階級革命』這一名字，必須從落後國家的字典

〔註 60〕《目前我們的形勢與任務》，1933 年 9 月 29 日

〔註 61〕《幾個爭論的問題》，1933 年 10 月 8 日，《政治問題討論集之二——國民會議與蘇維埃》，1934 年 5 月 12 日

〔註 62〕《肅清機會主義》，1935 年 9 月 4 日，鉛印小冊子。

〔註 63〕《給雪衣同志的信》，1935 年 11 月 15 日，手刻油印小冊子。

中永遠除去。」針對帝國主義進攻蘇聯問題，陳獨秀指出斯大林關於帝國主義武裝進攻蘇聯的說法是個謊言，「帝國主義者不是瘋子。他們武裝進攻蘇聯必須依據它們的可能與必要，不會作冒險的嘗試。現時帝國主義有武裝進攻蘇聯的可能嗎？現在的蘇聯已經不是以前的蘇聯了，在帝國主義紳士們的眼中，它已經是一個不易欺侮的潑皮……斯大林派誇張帝國主義進攻蘇聯的危機，是掩蔽國內危機的煙幕彈。」陳獨秀此文發表後，如同在托派中炸響了一枚地雷，連同他的九月政綱，受到了劉仁靜、彭述之及其他極左派分子的猛烈反擊；與此同時，劉仁靜與彭述之以及其他極左派分子之間，也互相批判，形成了一場大混戰。每人都說自己是「真正的托洛斯基者」，對方是「可恥的機會主義者」，直到 1934 年 1 月 16 日，陳獨秀在一篇文章末尾，為托派的發展總結出三條路線：一是「胡年的路：經濟復興，主要的是抵制日貨以開闢國內市場」；二是「區白的路：反蔣就是執行民主民族鬥爭任務」；三是「雪衣的路：國民會議鬥爭，在這一鬥爭中打擊國民黨軍事專政以至無產階級奪取政權發展中國經濟」。陳獨秀問：「我們走那條路呢？」〔註 64〕陳獨秀最終申明自己的基本觀點是：「打倒國民黨、國民會議萬歲」，不但是「我們的基本路線，並且可用為在現時的宣傳口號」。〔註 65〕陳獨秀與史朝生臨委的爭辯則因為陳獨秀介入了史朝生派與陳其昌派的「權力」鬥爭中。陳獨秀雖身在獄中，但因其重要的地位，兩派人士均重視陳獨秀的意見，陳獨秀在《雪衣給其昌、趙濟、朝生的信》〔註 66〕、《雪衣最近來信》〔註 67〕中，「不自覺地把自己放在托派總書記的位置上」，對雙方尤其是史朝生派的做法提出了批評，這引起了史朝生派的不滿，史朝生臨委發表《中央委員會給雪衣同志的信——關於表示政治立場及怎樣解決組織問題》〔註 68〕，對陳獨秀「錯誤路線」展開嚴厲的批判，並警告陳獨秀「除非他徹底改變立場，我們的組織與他之間不可能再保持任何關係」，這是史朝生臨委要開除陳獨秀的「警示」。這場「鬧劇」以史朝生臨委被捕而結束。

〔註 64〕雪衣：《我們走那條路》，《政治問題討論集之二——國民會議與蘇維埃》，1934 年 5 月 12 日。

〔註 65〕頑石：《我對於幾個問題的意見》，1934 年 5 月 12 日，《政治問題討論集之三——現階段的形勢與反對派任務》下冊，1934 年 10 月 22 日。

〔註 66〕《雪衣給其昌、趙濟、朝生的信》，《校內生活》第 13 期，1935 年 2 月 8 日。

〔註 67〕《雪衣最近來信》，《校內生活》第 13 期，1935 年 1 月 15 日。

〔註 68〕《中央委員會給雪衣同志的信——關於表示政治立場及怎樣解決組織問題》，《校內生活》第 13 期，1935 年 2 月 8 日。

不幸的是，新成立的以李福仁、陳其昌、王文元、尹寬等人組成的新的臨委再次與陳獨秀發生路線之辯，陳獨秀為新成立的臨委起草了《現局勢與我們的政治任務決議草案》的綱領性文件，表示他對獄外托派組織的關切，但遭到了尹寬的強調批判。尹寬撰寫萬字長文《評雪衣的〈現局勢與我們的政治任務決議草案〉》〔註69〕和兩封《給雪衣的信》，對陳獨秀展開了嚴厲的批判。尹寬將陳獨秀的草案斥之為「代表史大林派的極左主義之另一極端的右傾機會主義」，認為「（陳獨秀）右派接受無產階級獨裁的口號，但在實行上放棄這個口號即把它送到渺茫的將來，目前只是籠統的民主運動或國民會議運動。他們從反對直接奪取政權上，根本取消了無產階級奪取政權的鬥爭；從反對直接革命形勢上根本取消了革命發展的一切可能的條件」，「在我們，蘇維埃是目的，國民會議是鬥爭的策略和方法。但右派的愚蠢是把策略和方法當作根本路線，把國民會議本身當作唯一可寶貴的東西。」他甚至還說陳獨秀「專門擴大反動的局勢」，完全抹殺革命發展可能的條件，因為「根本取消了革命的鬥爭，只剩下空洞的『民主的國民會議』」。問題的嚴重性還在於，尹寬的「萬言書」代表了托派臨委的觀點。陳獨秀最終認識到他與托派內部佔優勢地位的極左派之間在革命性質、任務及「國民會議」口號問題上長期爭論的焦點是「民主」問題。於是他在對人類由氏族社會以來民主主義發展史系統研究的基礎上，以「孔甲」筆名發表《無產階級與民主主義》駁斥尹寬的觀點。此後又引起王文元《論無產階級與民主主義》〔註70〕與陳獨秀《關於民主主義的幾點根本思想》兩文之間的辯駁。

這次爭辯的後果無疑是嚴重的，陳獨秀不僅繼續堅持他的「國民會議」路線，而且進一步發展到以民主主義的視角論證其合理性，而這一評價視角也意味陳獨秀開始從歷史的、普遍主義的角度審視人類社會的民主問題，這實為其思想再次轉變的濫觴，也預示著陳獨秀終將離開托派，成為只代表其個人意見的「終身的反對派」。

（三）「激烈」爭辯背後陳獨秀的獨立思想

上文已經描述了托派內部永無停歇的路線爭辯以及這些爭辯均與陳獨秀起草或闡述的托派路線有關。這種狀況一方面反映了陳獨秀在中國托派的

〔註69〕《肅清機會主義》，1935年9月4日，鉛印小冊子。
〔註70〕《火花》第3卷第4期，1936年9月25日。

重要地位，儘管這種地位更多是「象徵性」的，已經沒有了昔日的「威信」和「地位」；另一方面反映出陳獨秀的路線理論與中國托派尤其是內部極左派所秉持的托派教義間存在的「裂隙」。這種「裂隙」從陳獨秀接觸托洛斯基有關中國革命的文字伊始即存在，歷經爭辯，「裂隙」越來越大，終致陳獨秀脫離托派成為「終身的反對派」。從堅持無產階級革命的領導權來看，陳獨秀並沒有背離托派基本教義，但是在中國「第三次革命」的性質以及「國民會議」路線方面，陳獨秀始終存有自己的想法。當前學界通常認為陳獨秀轉向托派後成為托洛斯基主義的忠實擁護者，沒有自己的思想主張，本書稿即通過分析托派內部圍繞陳獨秀路線理論的爭辯而分析爭辯背後所反映的陳獨秀的獨立思想。

與其他托派成員接受托氏教義不同，陳獨秀對托洛斯基主義的「接受」是歷經「一層一層討論」的，「到其餘人都百分之百地贊成托洛斯基觀點時，他（陳獨秀）還有不同意見」〔註 71〕。這個不同意見主要是在下次革命性質與當前革命口號兩個問題上，陳獨秀不能「完全接受」托氏有關中國革命「一開始便是社會主義革命」以及「無產階級專政」的口號。唐寶林在《陳獨秀全傳》中認為陳獨秀在當前革命口號和下次革命性質兩個問題上不能完全接受其他人對托洛斯基有關論述的理解。這並不符合事實，實際上，陳獨秀對上述兩個問題的保留態度並不是源自他人對托氏論述的理解與轉述，儘管托氏其後為了中國托派組織的統一「調和」了他本人與陳獨秀的相關論述。然而，這兩個問題其後一直成為托派內部爭辯的中心議題。這充分表明陳獨秀在初始階段的保留態度直接來自他本人對托氏理論文字的閱讀而非他人的轉述。

陳獨秀本人也在後來《我們爭論之中心點》回憶了此事，「在過去『無產者社』開始組織時，關於引起下次革命之因素的，是民主的要求還是社會主義的要求，曾有個劇烈的爭論，而最大多數的意見都認為是後者。叛徒馬玉夫和已經脫離革命的蔡振德，以及其他的人們，都曾經認為將來的中國革命性質既然是社會主義的而不是民主主義的，彷彿一沾染民主主義，便有點機會主義的嫌疑；馬玉夫並且認為中國在經濟上也已有實行社會主義革命的程度（任曙現在還有這樣的見解），反對分析將來的革命性質專從政治鬥爭出發；這樣的意見，在過去『無產者社』中也曾經過好幾次爭論，才漸漸在表面上消滅下去……

〔註 71〕鄭超麟：《鄭超麟回憶錄（上）》，東方出版社，2004 年，第 427 頁。

（但）始終並沒得到很明確的解決。」〔註72〕

陳獨秀的文字有兩點需要注意，一是對將來的中國革命（或第三次革命）的性質是社會主義的還是民主主義的存在分歧；二是這一分歧雖經討論，但沒有根本消除。陳獨秀認為民主主義是下次革命的因素，因此下次革命具有民主主義的性質，而大多數意見則持反對意見，認為下次革命是社會主義性質的，與民主主義無涉，不僅如此，還認為一旦「沾染民主主義」就必然會犯「機會主義」的錯誤。陳獨秀此處雖沒有涉及革命口號或革命路線，但他對革命性質的認識必然決定他提出的中國革命的口號與路線，是「無產階級專政」還是「無產階級與貧農專政」，是實行「蘇維埃」還是「國民會議」的路線。對陳獨秀而言，中國革命所具有的民主主義性質是毋庸置疑的，他在托派「統一」後不久即在《火花》撰文《中國往何處去》〔註73〕，提出中國的出路是「無產階級的民主主義運動」——即由「無產階級領導（或專政）下的民主主義運動」不斷地發展到「社會主義」。由此，陳獨秀在堅持無產階級領導權的基礎上必然選擇「無產階級與貧農專政」的口號以及「國民會議」的基本路線。

以上表明陳獨秀在接觸托洛斯基伊始並非全盤接受托氏理論，不僅如此，陳獨秀對托氏「國民會議」路線的「接受」與「堅持」也有其基於中國國情的「思考」。當然，這並不是說陳獨秀與托氏基本教義是背道而馳的，在領導無產階級以城市為中心開展並實現無產階級革命的勝利這一基本教義上，陳獨秀在整個托派時期都嚴格遵守了托氏這一基本教義。然而，在僵化保守的中國托派中，陳獨秀根於中國國情的個人思考必然引起爭辯，其對中國革命具有的民主主義性質、「國民會議」等觀點則始終是托派內部持續爭辯的焦點。這在上文「以陳獨秀為中心的『路線』之辯」部分已經作了介紹，此處不再贅述。本書稿此處試圖在前文的基礎上，對「爭辯」所反映的陳獨秀的獨立思想作一概括。

在陳獨秀托派時期的思想中，民主主義佔有一個重要的基礎的地位。陳獨秀認為民主主義是下次革命得以產生的一個重要原因，因而下次革命的性質具有民主主義的性質，不僅如此，無產階級領導的「下次革命」理應完成民主主義的革命任務，由此才能進到社會主義。換句話說，陳獨秀雖然堅持無產階

〔註72〕獨秀：《我們爭論之中心點》，1931年11月4日，《火花》第1卷第5期，1931年11月7日。

〔註73〕《火花》第2卷第2期，1931年9月28日。

級對革命的領導權，但認為革命過程中存在一個不可逾越的民主主義階段。既然民主主義在陳獨秀的思想中佔有如此重要地位，那麼導致陳獨秀與李福仁托派臨委最終分裂的《無產階級與民主主義》以及後續的《關於民主主義的幾點根本思想》所表現出的無產階級民主思想則是其民主思想的必然「發展」與「流露」。由此可見，「民主」確是貫穿陳獨秀思想的一條主線。為了實現無產階級民主，陳獨秀必然提出「無產階級與貧農專政」的口號，因為這一口號既保證了無產階級的領導，也體現了一定程度的民主要求。在陳獨秀的想像中，在無產階級民主主義革命階段，無產階級（城市工人階級）與貧農的聯合專政既包含堅持無產階級的領導權，也確實表現出一定程度的民主，因此青年托派批判「無產階級與貧農專政」背離了托氏「正統」的「無產階級專政」理論確是抓住了「要害」。也因為陳獨秀如此看重民主，陳獨秀才會「輕鬆」地接受托氏的「國民會議」，並進一步將托氏「國民會議」理論由鬥爭的策略和方法上升到「根本路線」來看待。最能反映陳獨秀「國民會議」思想的是其提出的抗日聯合戰線主張，陳獨秀希望聯合中共與左傾資產階級成立反日反國民黨聯合戰線通過「國民會議」實現無產階級革命的勝利。儘管俄國革命在一定意義上體現了俄共通過「國民會議」實現了無產階級革命的勝利，但這並不意味在中國就能成功。利用「國民會議」實現無產階級革命的勝利，首先要求無產階級政黨有足夠的「實力」「參與」「國民會議」，並能「左右」甚至「決定」「國民會議」的議程，顯然無論是托派還是中共在其時並不具備這種「實力」，甚至即使中共與托派聯合起來也未必具有這種領導實力；其次「國民會議」路線要求堅持無產階級的領導權，然而這種領導權顯然不是陳獨秀所宣稱的批評監督權，批評監督要想取得效力，被監督者從諫如流的態度至關重要，顯然其時國民政府也缺少這種態度。因此，陳獨秀的「國民會議」路線根本沒有實現的可能，也因此托派內部反對意見認為的「國民會議」作為反革命時期與中共的「蘇維埃」口號相對的托派「團聚群眾」、對抗資產階級的一個策略有其合理性。儘管沒有實現的可能，但我們仍能從中窺見陳獨秀對民主主義的「崇信」，也正是由於他對民主主義的崇信，他才能最終轉變思想，實現對列寧與托洛斯基有關無產階級專政理論的「超越」。

按照自由主義關於真理愈辯愈明的論述，激烈的爭辯能夠帶來明晰的能為人所接受的「真理」。如果政黨的理論路線可以納入「真理」的範圍，那麼政黨內部激烈的爭辯也是達至正確理論路線的必然路徑，當然實踐層面的政黨內部的路線鬥爭也可以進一步促成正確理論路線的勝出。然而，對於缺少實踐而偏向文字爭辯的中國托派來說，「真理」始終難以辯明。究其原因，中國托派對托洛斯基教義的「迷信」與「教條」已經嚴重妨害了論辯本身，中國托派不但因陷於托洛斯基教義無法拓寬思考的視野，無法根據變化的革命情境及時調整自己的思考，而且也缺乏陳獨秀所強調的論者參與論辯所應有的自我批評的態度，態度一旦先行，不僅容易否認對方論點的合理性，更容易抓不住論辯的中心與重點，從而使得爭辯無法成為真正的論辯〔註 74〕。因此，托派內部的爭辯注定是無結果的，也注定了托派在中國政黨史上的悲情角色。如果說，這種爭辯帶了一些真理的話，那麼這些真理也不是關於中國革命的理論路線層面，而是陳獨秀的辯論態度以及經由論辯產生的某些思想文字所內蘊的「真理性」。儘管有學者認為陳獨秀與其他托派對托氏教義的遵從只是五十步與百步的差別，但我們仍要看到相較於其他托派眾人，陳獨秀勇於承認自己的錯誤，敢於根據變化的情境調整革命策略，還有他那持續前進的有關民主的認知。當然，這也注定了他終將脫離托派成為只代表其個人意見的「終身的反對派」。

第三節　「少數派」的「自由」與「組織」的「統一」

前文從黨內民主的迷信與路線理論的爭辯兩個方面闡述了托派內部的言論生態與言論狀況，並指出對黨內民主的迷信與對路線理論的爭辯已經嚴重內耗了組織的戰鬥力，預示了中國托派的悲劇性角色。本節將討論「少數派」的「自由」與「統一」與「組織」的關聯，分析陳獨秀強調的「少數派」的「自由」能否帶來組織的統一？如果能夠帶來「統一」，那又需要什麼樣的條件？

一、「少數派」的「自由」：沒有行動的自由

什麼是「少數派」的「自由」？陳獨秀在其文字中並沒有對此做嚴格的說明，但我們可以根據陳獨秀以及其他托派成員的文字對此進行大致的界定。在前文「『黨內民主』的『迷信』」部分中「主張黨內反對派（少數派）的存在」

〔註 74〕陳獨秀在《應該這樣答覆嗎？》（《政治問題討論集之二——國民會議與蘇維埃》，1934 年 5 月 12 日）批評彭述之只會「亂造謠言和亂抄革命文件」，避而不提辯論的中心問題，而「滿紙的題外遊詞，這樣的答覆只是他表示自己沒有爭辯能力」。

小節對此有所闡述。從陳獨秀與陳碧蘭的相關文字來看，成立少數派的根本原因在於黨員群眾通過合法的討論和公開的自我批評以糾正中央錯誤路線已無可能，剩下唯一的可能是組成黨內反對派，通過少數派的力量與中央多數派進行「抗衡」，以實現糾正黨內錯誤路線的目的。由此來看，「少數派」的「自由」主要指向組織內部的言論表達自由。這種少數派的自由是否涉及行動層面的自由呢？答案是否定的，陳獨秀在常委決議遭到北方區委的抵制時指出，「（對於常委的決議），必須絕對執行，誰在組織上行動上不服從該決定，常委就認為誰是不想留在反對派組織之內，有意破壞反對派的組織，必須予以最後的制裁……誰不願意參加新特委，必須書面聲明理由，以憑常委審查處置，否則即以違反紀律論」〔註 75〕。可見在陳獨秀看來，少數派的自由主要是言論表達自由，而不涉及行動的自由。這個原則與中共的民主集中制原則並無二致，組織成員可以有發表意見的自由，但多數意見一經通過則必須得到無條件的執行。換句話說，成員可以「保留」個人少數意見但必須執行多數意見。因此，陳獨秀提出的所謂「少數派」的「自由」只是思想的自由與發表意見的自由，而沒有「自由行動」的自由。

問題是，組織成員能否在保留意見的狀態下投入多數意見支持的組織工作呢？從傳播效果產生的由認知到態度再到行動層面的漸進性發展來看，組織成員很難在持保留意見的情況下投入多數意見支持的組織工作。因為少數意見一旦公開表達則意味著行動獲得了持少數意見個體在認知與態度層面的支持，如果組織成員在意見保留的情況下投入、承擔個人主觀上並不支持的組織工作，則意味著組織成員在行動與認知、態度層面的「斷裂」。這種「斷裂」必然對工作產生消極影響，使得組織成員無法「忘我」地投入革命工作。因此，組織雖然在原則上同意可以「保留意見」，但必然通過「學習」「討論」等手段「消除」「少數意見」，「頑固保留少數意見」的同志最終只能在革命工作中靠邊站，「無產者派」小組中陳獨秀派的大多數成員如彭述之、尹寬、鄭超麟等人在轉向托派前即是如此。另一個方式則是組織成員為了不在革命大潮中「落伍」，主動「轉變」「調適」個人的認知與態度，最終捨棄少數意見而擁抱多數意見，從而能夠「忘我」地投入組織的工作。陳獨秀在擔任中共總書記期間，在某些議題處於少數意見時，如國共合作採用黨內合作方式，即主動調適個人思想以符合組織

〔註 75〕《常委給北方特委的信》，1932 年 7 月 25 日，《校內生活》第 4 期，1932 年 10 月 1 日。

決議，積極宣傳、「闡釋」組織決議，「模範」地遵守了「民主集中制」原則。當然，主動「調適」的行為已經表明放棄了少數意見。因此，客觀地說，組織成員很難在保留意見的狀態下投入多數意見所支持的組織工作。〔註 76〕

因為行動與思想的一致性，所以托派主張的「少數派」的「自由」僅強調言論的自由而忽視行動的自由是存在內在矛盾的。換句話說，如果有了言論的自由，那麼理應擁有行動選擇的自由。儘管托派強調自己是中共的黨內反對派，但中共並不允許黨內反對派的存在，因此，對中共而言「少數派的自由」只是一個「偽命題」，但對中國托派而言則是一個「真命題」。中國托派因強調反對派的自由，因此托派內部自然允許存在不同的派別，不僅幾個意見相同的人可以成立一個派，甚至劉仁靜與他的夫人也可以成立一個夫妻店式的「明天派」，這些派別在享有內部言論自由的同時，也必然要求行動選擇上的自由，因此，以中共的民主集中制原則來要求托派內部對中央路線持有異議的派別執行托派中央路線是行不通的。比如法南區委不僅一再發文公開批判常委的《政治決議案》〔註 77〕，而且在行動上也拒絕散發中央的《為日軍佔領淞滬告全國民眾書》，對常委的一再警告也置若罔聞，甚至致函常委宣稱「現在我們沒有高過常委及我們間之最高機關——例如全國臨時的代表大會——是無力解決我們間之一切政治紛爭的。」「自今天起，我們離開了一切區委的職責」，「一切問題得留到代表大會和國際方面去解決」。〔註 78〕再如北方區委，北方

〔註 76〕事實上，組織對於持少數意見但又積極投身工作的成員，也明確要求其放棄少數意見，這意味著思想的改造與統一是首要的，工作的能力是排在第二位的。王文元、吳季嚴等人從蘇聯歸國後希望通過在黨內忘我工作而糾正黨的錯誤的理想的幻滅可以證明這一點。「至於在實際工作中，我們也有了決定，即絕對服從紀律，按照民主集中制行事。這就是說，雖然在總的路線（六大決議）與個別策略上我們與黨的多數意見不同，但在工作中，我們必須按照多數意見做；非但要和多數人一樣做，而且要做得比他們更積極、更勇敢、更好，藉以取得信仰，以便在下一次討論路線或政策的會議上，或明或暗地，或多或少地（這一切要視情形而定），能夠提出我們不同的看法，糾正黨的錯誤……」，遺憾的是，中共中央在得知他們位列托派的名單後，首先要求他們轉變思想，與托派劃清界限，否則只能開除出黨。參見王文元《雙山回憶錄》「回國工作——被逐出黨」一節，第 104～133 頁。

〔註 77〕《法南區區委擴大會議對於常委最近政治通告——目前局勢與我們的任務的意見書》及 3 月 14 日法南區委給常委的信，均載《校內生活》第 3 期，1932 年 5 月 20 日。

〔註 78〕法南區委陳岱青等 5 人《致常委的信》，1932 年 6 月 22 日，《校內生活》第 4 期，1932 年 10 月 1 日。

區委首先因為反對常委的路線和政策而分裂為以汪澤楷為首的「舊臨委」和以任曙為首的「臨時工作委員會」，在常委「命令」二者糾正錯誤並立即無條件統一時，遭到雙方的抵制。托派常委試圖另起爐灶，成立北京特委，重振北方托派組織，但還是因受到舊成員的抵制工作難有進展，這表明陳獨秀常委的紀律警告〔註 79〕根本無效。

理論上，托派堅持的「少數派」的「自由」既然包含言論自由，那麼，由言論自由必然延伸到行動選擇（不工作、反工作）的自由，然而，這種觀點本身即是矛盾的，也是無法實踐的，與列寧主義政黨的民主集中制原則存在根本的衝突。這決定了托派難以形成有效的決議，即使有了比較正確的決議也難以推行，這就讓托派的革命更多地停留在思想層面，在實際的革命實踐層面難有起色，這就注定了中國托派的悲劇性角色。

二、「組織」的「統一」：「妥協」、「表面」的統一

如前所述，1931 年 5 月中國托派終於「統一」，但是這種「統一」是在托洛斯基的「調解」與陳獨秀的「妥協」下的「統一」，是一種「表面」的「統一」。上文各節雖對托派組織的「統一」與「分裂」有所涉及，但沒有專門討論托派組織狀況，此處即在前文「少數派的自由」基礎上討論托派組織的「統一」與「分裂」，重點分析托派為何始終處於分裂的狀態？

中國的托派是在尊崇托氏教義的基礎上建立起來的，儘管與中共在具體路線上不同，但在無產階級領導奪取中國革命的勝利這一根本目標上是相同的，也共同信奉馬克思與列寧主義。這決定了托派也是一個志在奪取政權的政黨，領導革命的是無產階級，根本途徑是階級鬥爭，其採用的「國民會議」路線因堅持無產階級的領導而有別於資產階級的「國民議會」，其作為革命低潮期的具體策略也並不否認階級鬥爭的根本地位。因此，托派既不能參與南京國民政府的「議會」，也因其「非法性」而沒有公開的活動空間。然而，托派又不能「靜待」無產階級革命的勝利，必須積極推動無產階級的革命進程，即使在革命低潮期也要通過「國民會議」實現無產階級專政的目標。然而，如前所述，無產階級領導下的「國民會議」策略本身不具可行性，無論是托派還是中共甚至即使中共與托派聯合起來也未必具有這種領導實力。相較而言，中共的

〔註 79〕見上文《常委給北方特委的信》，1932 年 7 月 25 日，《校內生活》第 4 期，1932 年 10 月 1 日。

暴力革命才是實現無產階級革命的可靠路徑，「槍桿子裏出政權」，「國民會議」則根本無法實現無產階級專政。因此，從路線本身即決定了托派革命只能是理論的革命，在實踐層面缺少可行性。這意味著托派對理論與實踐採取了不同的態度，更強調理論指導實踐，而輕視實踐對理論的修正。這種傾向又因對黨內民主的迷信與對少數派自由的強調進一步「放大」為路線理論的永無休止的爭辯。比如當時只有十幾人的托派竟然有四個政綱〔註80〕，相互攻擊無法統一；再如陳獨秀根據形勢變化提出的「抗日聯合戰線」策略一經提出即遭批判。根本上，中國托派的革命性質與其革命路線在呈現「理想」性的同時又表現出「分裂」的特性，這種「分裂」是托派難以「統一」的重要因素之一。

與中共相比，中國托派在「統一」之前即是「分裂」的，「統一」也是倉促的聯合，缺少路線與理論方面的根本共識。中共是在各地馬克思主義小組的基礎上成立的，雖有共產國際的推動，但成立前各小組對馬克思列寧主義進行了較為系統的學習與討論，中共的成立具有「水到渠成」的意味。此後，中共從二大起日益組織化與嚴密化，這保證了組織的統一。中國托派正好相反，統一前即存在四個主要的托派組織，不僅小組內部存在意見相異甚至出現因此開除黨籍的情況，小組之間也相互攻擊，意見極不統一，前文對此已有論述，此處不贅；「統一」也是在尚存分歧情況下的「統一」，陳獨秀對此有一定的認識，「在整個共產國際分奔離析的情況下，左派反對派在各國都不能一開始就達到統一的組織，在中國更遇到特別困難的環境。……在這種種打擊之下，中國左派反對派在開始的時候就很難從一個成熟的政治派別形成一個統一的組織。現有的各小組織都是在分散的狀況中個自成立起來的。因為有各自成立的小組織之存在，就不免具有小組織的排他性；各不相下，甚至互相攻訐，真正政治問題的討論都難免別生枝節。」〔註81〕事實上，即使陳獨秀本人也是在思想有所保留的情況下加入托派的。陳獨秀幻想「統一」後通過爭辯可以消除分歧，達成真正的「統一」。畢竟托派成員要麼是類如陳獨秀派的曾經的黨內高層，要麼是類如王文元等留蘇青年，文化理論水平不高的工人成員並不多，因此理論上確實具備通過爭辯與紀律約束實現組織的統一。然而，問題是有兩面性的，成員文化理論水平高確實提高了爭辯的激烈程度，但卻難以達成統一的意見。不寧唯是，組織的紀律手段不僅無法約束反對意見，反而成為反對意見

〔註80〕分別是陳獨秀、史朝生派、陳其昌派以及尹寬等起草的政綱或草案。
〔註81〕《無產者》第9期，1931年1月20日。

攻擊常委的手段，比如以召開全國臨時大會以反對、「限縮」常委的職責，導致常委決議常常淪為一紙空文，托委中央也一換再換。尤為不幸的是，與中共存在一個逐漸紀律化與嚴密化的過程不同，中國托派自統一後，先後遭遇三次重要的搜捕，搜捕中常委幾乎一網打盡，這一方面讓常委經常添添補補，甚至全部換選；另一方面也讓常委難以正常開展工作，工作也集中於路線的爭辯，這些都影響到托派組織的紀律化與嚴密化。因此，與中共相比，中國托派自成立起即存在分裂的趨向。

中國托派強調「少數派」的「自由」，這種「自由」與馬列主義政黨的民主集中制原則相背。因此，中共既不承認這一反對派的存在，托派內部也無法通過集中形成「統一」的「整體」。中國托派除了思想的革命外，路線幾無實現的可能。托派在「思想理論」上的「革命」主要表現為托派內部的極左路線，拒絕一切因形勢變化而導致的路線調整，這就導致在極左的同時又犯了保守主義的錯誤。這一切注定了中國托派在誕生之日即存在分裂的傾向，注定了其在中國政黨史上的悲劇性角色。

小結

大革命失敗後，陳獨秀雖被剝奪了職務，但他對革命的反思讓其逐步轉向托洛斯基主義並最終組織托派，成為托派的「領袖」。這一時期陳獨秀先後主辦《無產者》、《火花》、《熱潮》、《校內生活》，這是他辦報生涯的「尾聲」，「遺憾」的是，「尾聲」並沒有帶來太大的「影響」，而導致這一結果的一個重要原因是托派刊物內容太過囿於理論路線之辯，而這又可進一步歸因於托派對少數派自由的強調。對少數派自由的強調一方面反映了托派對黨內民主的迷信，另一方面又導致組織內部爭辯不休，這注定了托派在中國政黨歷史上的悲劇性角色。

步入托派的陳獨秀無疑也具有「悲劇性」，他對托洛斯基的基本教義是崇信的，這讓他難以捨棄托派，因之也陷入托派的路線爭辯中，不僅難有實際的革命動作，也逐漸偏離了中國革命的主航道。當然，從思想家的視角來看，儘管囿於托派，但陳獨秀還是表現出一定的思想的獨立性。相較於托派其他眾人，陳獨秀既勇於承認並修正自己的錯誤認知，也敢於根據變化的革命情境調整革命策略，更為重要的是陳獨秀有關民主的認識在持續地「推進」，這不僅表明「民主主義」在陳獨秀思想中的基礎地位，也為超越列寧與托洛斯基無產階級專政理論提供了可能，這也預示陳獨秀終將脫離托派成為只代表其個人意見的「終身的反對派」。

第六章　終身的反對派：晚年無黨派時期的言論實踐與傳播思想（1938～1942）

1937 年 8 月陳獨秀從南京出獄，在南京稍作停留後，即赴武漢，在停留武漢的大半年時間中，陳獨秀試圖展開實際的革命動作，但無果而終，1938 年 7 月又轉重慶，隨即又移居江津，終至在江津度過其困頓的最後的四年光陰。

本章主要討論陳獨秀晚年無黨派時期的言論實踐與傳播思想，研究時段主要定在 1938～1942 年，這是陳獨秀的晚年時光。1937 年 8 月 23 日陳獨秀出獄，11 月 21 日陳獨秀致信托派臨時委員會，明確表明「只注重我自己的獨立思想」，「已不隸屬於任何黨派」，奠定了陳獨秀此後思想言論的基調。此後直至入川前的一年多時間，陳獨秀屢就抗戰發表意見，並力圖有所「行動」，但終以失敗告終。入川後尤其是困守江津時期，陳獨秀已沒有實際的革命「動作」，而只剩下反思性的文字。晚年時期的陳獨秀由托派終致成為無黨派——「終身的反對派」，儘管難有實際的政治活動，但其思想言論仍不乏閃光之處，體現了思想家獨立思想的本色。

第一節　晚年無黨派時期的言論實踐

本章主要研究陳獨秀晚年無黨派時期的思想言論實踐，首先有必要對「晚年」與「無黨派」做一簡單的理清與說明，在此基礎上，簡要概括陳獨秀這一時期的思想言論實踐。

一、「晚年」與「無黨派」

（一）「晚年」

晚年主要指陳獨秀從 1937 年出獄到 1942 年離世這 5 年時間。1937 年 8 月 23 日陳獨秀出獄，9 月 9 日由南京乘船去武漢，1938 年 7 月武漢失守前乘船赴重慶，8 月 3 日又移居江津終致 1942 年 5 月 27 日逝世。在陳獨秀的一生中，這是他生命的晚年。從實際的政治活動來看，相較於後半生革命生涯中的中共與托派時期相比，陳獨秀已逐漸脫離了黨派活動，雖有開展革命行動的「冀圖」，但無果而終，最終成為「終身的反對派」，成為思想的「反思者」與「革命者」，這也意味著陳獨秀革命生涯的「結束」，在此意義上，也將這一時期稱為陳獨秀的「晚年」。

（二）「無黨派」

晚年時期的陳獨秀雖與托派藕斷絲連，而且抗戰初期在武漢與托派王文元、濮德志等人試圖採取實際的革命「動作」，但無果而終，不僅如此，陳獨秀此時的想法與主張也已「背離」托派路線，陳獨秀公開聲稱其已不隸屬任何黨派，只代表個人的意見。晚年的陳獨秀除了與托派尚有牽連外，沒有參與其他的黨派活動。因此，可以將陳獨秀這種脫離組織，只重個人的狀況稱之為「無黨派」。

與「無黨派」相關的一個問題是陳獨秀這一時期與托派的關係。有觀點認為陳獨秀至死都是托派，如托派人士劉平梅〔註 1〕，又如鄭超麟和王文元〔註 2〕，

〔註 1〕劉平梅根據陳獨秀想要撰寫但沒有完成的「重新估計布爾什維克理論及其領袖的價值」的反思性文字《俄國革命的教訓》，以及陳獨秀身前的最後一篇論文《被壓迫民族之前途》中「有班人詆毀我們所擁護的前期蘇聯，和有班人所吹拍我們所痛惜的後期蘇聯」的文字，認為陳獨秀否定的是後期史大林「官僚專政」時期的蘇聯，對前期列寧「無產階級」時期的蘇聯持擁護態度。劉平梅據此認為陳獨秀至死仍然是托派，沒有做「終身反對派」。（參見劉平梅《中國托派史》，香港新苗出版社，2005 年，第 168 頁。）

〔註 2〕鄭超麟在陳獨秀悼文中稱「（陳獨秀）不愧為俄羅斯二十世紀初葉的偉大思想家和偉大人物的同志，不愧為列寧托洛斯基的同志，不愧為中國布爾什維克——列寧托洛斯基黨的領袖……第四國際中國支部曾以中國這樣這一個偉大思想家和偉大人物為領袖，是足以自豪的。」（參見意因：《悼陳獨秀同志》，《國際主義者》第 3 期，1942 年 6 月 25 日。）王文元也認為，「假使『天假以年』，在往後的歷史事變影響之下，他多半仍將是托派的同志。」（參見王凡西《雙山回憶錄》東方出版社，2004 年，第 250 頁。）事實上，唐寶林訪談現存中國托派老人時，發現他們都認為陳獨秀至死「仍是托派的同志」。（參見唐寶林《陳獨秀全傳》社會科學文獻出版社，2013 年，第 884 頁。）

再如唐寶林根據《陳獨秀給托洛斯基的信》中所「流露的感情和立場」，「自然」地「斷定」「他（陳獨秀）不得不承認他的基礎還是托派，也只能是托派」〔註3〕。對這一問題的考察可以分為兩點：首先是陳獨秀這一時期的思想主張與托洛斯基思想路線的異同，如果相同，自然能說明陳獨秀是托派，如果相背，只能說明陳獨秀與托派雖有接觸，但已越走越遠，以致最終成為「終身的反對派」；其次是對陳獨秀這一時期與托派人士的藕斷絲連甚至書信往來能否足以斷定陳獨秀是托派做一個理清。需要進一步指出的是，對上述兩個問題的考察也主要集中於陳獨秀出獄後至入川前後這一段時間的思想、行為的考察，因為陳獨秀到重慶後月餘即移居江津，江津時期陳獨秀與托派幾無實際的接觸〔註4〕，而且愁於「生事」〔註5〕，既忙於文字學著述，也逐步形成其所謂「陳獨秀最後論文和書信」的反思性文字。因此，對上述兩個問題的考察主要聚焦於陳獨秀出獄後與入川前後（以陳獨秀 1938 年 11 月給托洛斯基致信為止）。

首先第一個問題，考察陳獨秀這一時期的思想主張與托洛斯基思想路線的異同。陳獨秀抗戰初期的思想主張主要有兩個方面：一是「擁護國民黨政府領導抗日」，二是支持共產黨建立統一戰線。「擁護國民黨領導抗日」這個主張在其《我的抗戰意見》與《陳獨秀先生抗戰文集》中均有表達。如他聲稱：「因『九一八』的刺激，反日空氣彌漫了全中國，政府也有了二三年的軍事上的努力，於是乃有今日的抗日戰爭。」〔註6〕他還稱國民黨政府是「堅決抗戰到底的政府」，「我們應該相信政府確有抗戰到底的決心，是不會中途妥協的了。政府曾昭告全中國人全世界上的人了，『中途妥協即千古罪人』言猶在耳，忠豈忘心。人民不應該再懷疑政府了。」陳獨秀還一再強調「民族利益高於黨派利

〔註3〕唐寶林：《陳獨秀全傳》，社會科學文獻出版社，2013 年，第 827 頁。

〔註4〕江津時期陳獨秀與高語罕二人被列入國民政府重點監視的「托派人員」（參見易嘯夫：《重慶稽查處內幕》，《重慶文史資料》第 37 緝，1992），陳獨秀在給高語罕的信中也說：「他們（指國民黨密探——筆者注）願探的三件事：（一）我們與幹部派有無關係；（二）我們自己有無小組織；（三）有無反對政府的秘密行動。我們一件也沒有。」（此信手稿原件存於北京中央檔案館，轉引自唐寶林《陳獨秀全傳》第 863 頁。）上述史料足以表明江津時期陳獨秀與托派幾無實際的接觸。

〔註5〕陳獨秀向著名佛教大師歐陽競無借《武榮碑》字帖時有詩「貫休入蜀唯瓶缽，臥病山中生事微。歲暮家家足豚鴨，老饞獨羨武榮碑。」道盡江津時期生活清苦困頓之狀。

〔註6〕陳獨秀：《抗日戰爭之一意義》，《我的抗戰意見》，華東圖書公司，1938 年，第 5 頁。

益」，呼籲全國民眾，尤其是「共產黨及其他黨派，都以在野黨的資格絕對擁護抗日戰爭；一致承認國民黨一黨政權及其對於抗日戰爭之軍事最高統帥權」〔註7〕；贊成共產黨倡導的以國共合作為中心的「抗日民族統一戰線」的主張，陳獨秀在南京出獄後即與南京八路軍辦事處籌備處的葉劍英、博古聯繫，表示擁護抗日民主統一戰線政策，還曾向葉劍英聲明：「我的意見，除陳獨秀外，不代表任何人。我要為中國大多數人說話，不願為任何黨派所拘束。」〔註8〕來到武漢後，在王明到達武漢前，中共駐武漢代表處與陳獨秀的關係「竟可說是有好的」〔註9〕。應該說，陳獨秀上述兩個主張與托派「打倒國民黨」及「反對聯合戰線」的主張根本相異。事實上，抗戰爆發後，托洛斯基及第四國際明確指示中國托派「打倒國民黨」、「反對第二次國共合作」。1937年8月第四國際專門通過的關於中日戰爭的決議案中，也明確提出「打倒國民黨！」「打倒日本帝國主義！」的口號〔註10〕；托洛斯基在致里維拉的信中也指示，「一面要積極參加」抗戰，「一面政治上準備推翻蔣介石。」〔註11〕托洛斯基更極力反對第二次國共合作：「共產國際的中國支部遵照著莫斯科的命令……又在重複著這個同樣的致命的政策。」〔註12〕因此，在兩個根本性的思想路線上，陳獨秀與托洛斯基存在明顯的差異。

除了上述差異外，陳獨秀的具體行動方案也有別於托派路線。對此，王文元有著近距離的觀察〔註13〕。據王文元回憶，陳獨秀首先否定了王文元與濮德志先後提出的創辦托派刊物的想法，陳獨秀認為能夠「領導革命運動」的「只有那些主張民主和自由，同時又擁有武裝實力的黨派。」唯一可行的辦法是，「一方面以自由及民主的寬廣政綱去團結反國而不阿共的政治流派，另一方面則積極跑進抗日的武裝隊伍去，為未來任何變化預先取得有利於革命的可靠保證」。〔註14〕據此，陳獨秀一方面與「革命軍人」何基澧聯絡，試圖在軍

〔註7〕陳獨秀：《抗戰中的黨派問題》，《陳獨秀先生抗戰文集》第5集，亞東圖書館，1938年。

〔註8〕陳獨秀：《致〈新華日報〉的信》，1938年3月17日，《血路》第12期；《武漢日報》1937年3月19日；《掃蕩報》1938年3月20日。

〔註9〕王凡西：《雙山回憶錄》，東方出版社，2004年，第227頁。

〔註10〕《第四國際執行委員會書記局關於中日戰爭決議案》，《中國革命問題》，第272頁。

〔註11〕托洛斯基：《論中日戰爭致里維拉的信》，《中國革命問題》，第351頁。

〔註12〕托洛斯基：《伊羅生著〈中國革命悲劇〉序》，《中國革命問題》，第364頁。

〔註13〕1937年王文元出獄後從南京來到武漢，與陳獨秀同住了月餘。

〔註14〕王凡西：《雙山回憶錄》，東方出版社，2004年版，第216頁。

隊中有所行動，成為「擁有武裝實力的黨派」；另一方面又積極與章伯鈞、章乃器等第三黨、救國會及其他民主人士聯繫，試圖組成一個新的聯合戰線，以期在抗日陣營中獨樹一幟，「不擁國，不阿共」，為努力抗日，勝利後建立獨立、民主、自由的新中國為目標。〔註15〕儘管上述兩種實際「行動」先後失敗了，陳獨秀最後一次的救國實踐以「夭折」而告終，儘管在上述兩種行動中，王文元、濮德志、羅漢等托派人士參與了陳獨秀所布置的相關工作，但上述兩種實際行動與托派傳統上重文字輕實踐的做法是很不同的。

陳獨秀的上述主張和行動必然與新成立的彭述之托派臨委產生分歧。在托派臨委批判羅漢與中共接觸一事並遷怒陳獨秀後，陳獨秀於 11 月 21 日回信痛斥托派臨委，該信即是著名的《給陳其昌等的信》。該信有兩點值得注意，一是明確闡明他個人與托派臨委的分歧；二是明確告知托派臨委他個人與托派組織不再有隸屬關係（即不存在組織）。就路線分歧來說，陳獨秀說，「你們亂罵史國（即中共與國民黨），尤其是罵史，雖然不是原則上的錯誤，政策上則是非常的錯誤。如此錯誤下去，不知將來會走向何處去！……我對於史合作，在原則上是可以的，……」陳獨秀還分別批評了羅世藩、趙濟、寒君、陳其昌、鄭超麟等托派成員的觀點，即使陳獨秀對寒君、陳其昌「還有點幻想」，也不是因為「他們關於最近局勢的見解和我接近」，而是因為「他倆的工作精神比較積極」，至於彭述之與尹寬，「即使意見相同，我也誓不與之共事，況且根本意見相差很遠」。這足以表明陳獨秀與托派臨委及主要同志間存在很大的分歧。信末，陳獨秀說，「我只注重我自己的獨立思想，不遷就任何人的意見，我在此所發表的言論，已向人廣泛地宣傳過，只是我一個人的意見，不能代表任何人，我已不隸屬任何黨派，不受任何人的命令指使，自作主張自負責任。將來誰是朋友，現在完全不知道。我絕對不怕孤立。」〔註16〕這表明陳獨秀已經採取了一種超脫於托派的態度，這種態度雖不等於明確脫離托派，但其觀點已經顯示了無黨派的特徵。事實上，此後在托派內部各種路線中，陳獨秀的路線只代表其個人的路線，也不再受到更多的關注，「托派中亦無人完全同意他的意見」〔註17〕。

〔註15〕王凡西：《雙山回憶錄》，東方出版社，2004 年版，第 222 頁。

〔註16〕陳獨秀：《給陳其昌等的信》，《陳獨秀的最後論文和書信》，上海自由中國出版社，1948 年，第 24 頁。

〔註17〕王凡西：《雙山回憶錄》，東方出版社，2004 年版，第 234 頁。

其次，再對這一時期陳獨秀與托派人士的「藕斷絲連」，甚至書信往來尤其是 1938 年 11 月 3 日陳獨秀致托洛斯基的信所反映出的陳獨秀與托派的關係進行理清。陳獨秀這一時期與托派人士是有來往的，比如在武漢時期進行的「夭折」了的「救國實踐」中，即有王文元、濮德志與羅漢等托派成員的「參與」；陳獨秀與托派臨委及其他人士也有書信往來，不僅上文所引《給陳其昌等的信》中有所透露，而且《陳獨秀給托洛斯基的信》也是陳其昌到江津與陳獨秀交流意見後的「產物」。然而，上述往來與書信能否說明陳獨秀仍是托派呢？顯然，在意見根本相異的情況下，往來與書信並不能說明陳獨秀仍是托派。陳獨秀與王文元、濮德志、羅漢等人的實際往來，是因為後者尤其是王文元認識到陳獨秀主張中的某些合理性，尤其是陳獨秀必須「有所實際行動的主張」，但這並不意味著王文元完全接受了陳獨秀的思想，而且隨著行動的「夭折」，他們尤其是王文元又迅速「回歸」上海托派。換句話說，陳獨秀並沒有從思想層面「說服」後者。因此，對這一問題真正需要討論的是 1938 年 11 月 3 日《陳獨秀給托洛斯基的信》中所反映出的陳獨秀與托派的關係。

這封信是陳其昌歷經萬難繞道香港經過重慶再到江津專程與陳獨秀交流意見後的「產物」。陳獨秀在信中用「我們」一詞向托氏「進言」，希望托氏運用其聲望來挽救中國的托派事業。唐寶林根據《陳獨秀給托洛斯基的信》中所「流露的感情和立場」，「斷定」「他（陳獨秀）不得不承認他的基礎還是托派，也只能是托派」。唐寶林認為，陳獨秀在信中只反對托派的「極左派」傾向及托派領導集團，不反對托派組織；只反對托派的「極左」路線和政策，不反對托派的理論基礎和基本原則。他還據此進一步認為這是陳獨秀想做「無黨派人士」失敗後的思想回歸。〔註 18〕應該說，唐寶林的分析有一定的道理，陳獨秀與托派之間複雜的關係也為這種讀解提供了可能。問題是，托派的左派面目是「天生」的，「極左派」的傾向早就存在，陳獨秀對極左派的批判從托派統一時即以開始，但始終無法扭轉，以至於陳獨秀在信中給中國的托派組織下了一個悲觀的結論——「這樣一個關門主義的極左的小集團（其中不同意的分子很少例外）當然沒有發展的希望；假使能夠發展，反而是中國革命的障礙」。唐寶林所稱信中陳獨秀用以批判、「蔑視」中共的理論與原則——以工人為基礎以城市為中心的思想原則——是托派的理論原則也可以進一步討論。事實上，與其說這是托派的基本理論原則，不如說是列寧主義乃至馬克思主義的理論

〔註 18〕唐寶林：《陳獨秀全傳》，社會科學文獻出版社，2013 年，第 825～828 頁。

原則，中共這一時期在探索中國革命道路的同時並沒有否認上述理論原則，而陳獨秀武漢時期只有對列寧的「歎服」，而全無托氏的「蹤跡」〔註19〕，因此以陳獨秀堅持工人為基礎與城市為中心的思想原則來「斷定」陳獨秀堅持的是托派的基礎理論原則是有疑問的。至於唐寶林指稱的陳獨秀想做「無黨派人士」失敗後的思想回歸問題，筆者認為，與其說回歸「托派」，倒不如說是「忠告」托派眾人，不僅江津時期陳獨秀因為受到監視已無行動的可能，這封信也是陳其昌受托派臨委委託（背後自然是托洛斯基的要求）歷經艱辛到江津與陳獨秀交換意見，在明知已無實際行動可能的情況下，提出由「民主民族革命」「從頭做起」這一根本違背托派基本原則的「設想」，雖然這能代表陳獨秀「最後一次救國實踐」失敗後的反思，但並不能說明他對托派的「回歸」。

當然，與此相關需要進一步討論的一個問題是，為何中國托派組織對陳獨秀的組織關係如此重視？不僅陳獨秀只代表個人意見的聲明引起托派內部軒然大波，中國托派成員如劉平梅、王文元等人也不認為陳獨秀脫離了托派，甚至認為陳獨秀以托派而終。劉平梅、王文元等人觀點已在前文提及，此處不贅。此處對陳獨秀宣布只代表個人意見的聲明發表後中國托派的反應進行簡介與討論。托派中央在看到陳獨秀的信後，雖然有成員主張與陳獨秀立刻「決裂」〔註20〕，雖然托派中央也在多數人的贊成下，通過了《我們對於獨秀同志的意見》的提綱，嚴厲指責陳獨秀「完全採取了『超黨』的，即『超階級』的立場，根本違背了馬克思主義的『階級對階級』的基本觀點」，然而，在「附言」中，又以和解的口吻表示：「我們希望 D.S.同志能站在革命的利益上來互相討論和批評，以便最後獲得共同一致的正確結論。」〔註21〕托派組織對陳獨秀的這種「曖昧」態度，除了與托洛斯基對陳獨秀的「賞識」與「袒護」的原因外〔註22〕，另一個重要的原因則是陳獨秀對托派本身

〔註19〕王凡西：《雙山回憶錄》，東方出版社，2004 年，第 216 頁。

〔註20〕《臨委給國際的報告——關於 D.S.同志問題》，《保衛馬克思主義》卷 1，第 28 頁。這是托派多數派 1946 年所印的油印小冊子。轉引自唐寶林《陳獨秀全傳》第 822 頁。此外，極左派劉家良也主張決裂：「陳獨秀及其附和者對中國資產階級存在著強烈的幻想……據我們觀察：這個機會主義者（一個標準的機會主義者）是沒有希望了。與他決裂只是一個時間問題。」《劉家良致李福仁的信》，1937 年 11 月 21 日，《托洛斯基檔案中致中國同志的信》第 69 頁，注釋 1。

〔註21〕《我們對於獨秀同志的意見》，《保衛馬克思主義》卷 1，第 7 頁。

〔註22〕連根：《托洛茨基與陳獨秀》，《國際主義者》第 3 期，1942 年 6 月 25 日。

所具有的重要意義，不僅陳獨秀的路線理論值得托派為之「辯論」，而且陳獨秀對於托派有著重要象徵意義，甚至可以稱其為中國托派的精神領袖。陳獨秀在五四時期與大革命時期奠定的歷史地位是托派其他成員無法比肩的，也是中國托派必須倚重的重要資本，以至於陳獨秀的被捕與辯訴都可以看作是影響有限的托派第一次成功地獲得了全國民眾的「關注」。事實上，不管托派內部如果「處理」陳獨秀，但在外界看來，陳獨秀就是「托派」，以至於陳獨秀試圖開展最後一次救國實踐時，必須發表「只代表個人意見」，「已不隸屬任何黨派」的聲明。因此，在「精神領袖」的象徵意義上，陳獨秀與托派有著無法割裂的關聯，也因此，中國托派組織對陳獨秀的組織關係非常重視。儘管如此，我們仍然不能否認陳獨秀晚年的無黨派的立場，甚至退一步說，即使陳獨秀此時仍有「回歸」「托派」的念頭，但這種「念頭」並不是持續的，「回歸」之前已有不同於托派的路線與實踐，「回歸」不久即開始對列寧與托洛斯基的無產階級專政理論展開反思與批判，這種短暫的不可持續的「書信文字」形式的「回歸」反映的也只能是陳獨秀逐漸形成的「無黨派」的立場。

也正在上述意義上，本書稿將陳獨秀的晚年（1938～1942）稱為「無黨派」時期。

二、晚年無黨派時期的言論實踐

與前兩章使用「報刊實踐」不同，本章使用「言論實踐」一詞來描述陳獨秀這一時期的報刊實踐，原因在於：一是陳獨秀這一時期對托派報刊實踐出現了否定的態度，也沒有創辦或主辦報刊；二是陳獨秀否定托派報刊實踐的同時，卻積極走進民眾演講，為報刊撰文，並結集出版自己的文字。因此，用「言論實踐」更為「貼切」。

（一）對托派報刊實踐的否定

與陳獨秀轉向革命以來積極投身政黨報刊實踐不同，這一時期陳獨秀對托派報刊實踐採取了否定的態度。王文元《雙山回憶錄》中有兩處文字憶及陳獨秀對創辦托派刊物實踐的否定態度。第一處是王文元的單獨倡議被否定。王文元來到武漢與陳獨秀相見不久即提出創辦刊物的提議，但他的這個提議被陳獨秀「無情」地否定了。陳獨秀認為：「不但無可能，而且無必要」。

他認為，「只有那些主張民主和自由，同時又擁有武裝實力的黨派才能成為革命運動的領導者」，因此，「舊的一套工作方法得拋棄，今後如果還想在中國的政治鬥爭中起若干作用，必須採取新的方法，走新的路徑」，像上海托派中央那樣，「坐在租界的亭子間裏喊抗戰，沒有在實際行動上跨前一步，沒有鄭重地投身於政治的乃至軍事的鬥爭。不論任何時候，任何條件，總是將革命之所有能事歸結於辦一張可憐的報紙」，絕「沒有出路」。〔註23〕第二次是王文元、濮德志在陳獨秀聯絡中間勢力試圖有所行動時提出的。王、濮兩人認為，為爭取群眾，必須首先要打破群眾「對幾個所謂民主黨派可能發生的幻想。要打破他們的幻想，我們必不可與他們締結聯盟，必須保持獨立。在具體問題上儘管可以和他們採取共同行動，但在思想與政治上，我們卻必須對他們進行批評」。〔註24〕為此，有必要創辦一張「我們的報」，以便發表「我們」獨立的主張和對同盟者進行批評。陳獨秀對此「非常生氣」，再次否定了創辦托派報刊的主張。事實上，陳獨秀此時也沒有創辦刊物的意思，陳獨秀在接受《抗戰》週刊記者採訪時被問及，「聽說陳先生要辦一個刊物，確否？」陳獨秀明確表示：「沒有這個意思。現在各報紙雜誌都肯登我的文字，我何必自己辦刊物呢。」〔註25〕

與此同時，陳獨秀也不像此前那樣積極撰文參與托派內部的路線爭辯。這一時期陳獨秀與托派中央的文字往來主要有兩封信件，即《給陳其昌等人的信》與《陳獨秀給托洛斯基的信》〔註26〕。第一封是因為羅漢與中共聯絡，托派中央遷怒陳獨秀，陳獨秀所做的回信。第二封則是陳其昌歷經萬難繞道香港到重慶再到江津專程與陳獨秀交流後的「產物」。如前所述，第一封信表明了陳獨秀「只代表個人」、「已不隸屬任何黨派」的立場；第二封信是陳

〔註23〕王凡西：《雙山回憶錄》，東方出版社，2004年，第215頁。

〔註24〕王凡西：《雙山回憶錄》，東方出版社，2004年，第222～223頁。

〔註25〕《抗戰期中的種種問題》，《抗戰》第一卷第六期，1937年10月16日。

〔註26〕除了上述兩封信件外，陳獨秀在江津時期與濮清泉、王凡西、趙濟、鄭超麟等托派人士也有書信往來，這在《給西流等的信》、《給連根的信》、《給西流的信》等信件中均有明確的「表示」。上述信件是構成「陳獨秀最後論文和書信」的部分文字，陳獨秀晚年的「思想輝煌」也部分得益於與上述托派成員的書信交流。但需要指出的是，與上述托派人員的交流並不意味著陳獨秀積極撰文參與托派內部的路線爭辯。因為在根本上，上述信件並沒有像以前那樣引起托派內部的爭論，「因為陳獨秀既已自動申明不代表托派，托派中亦完全無人同意他的意見」。（參見王文元《雙山回憶錄》第234頁。）

獨秀「衷告」托氏與中國托派眾人，指出中國革命需從民主民族革命開始。需要進一步指出的是，與此前標題鮮明的討論托派路線的議論性文字不同，這兩篇文字均是信件，兩封信件也是陳獨秀回應托派臨委指責與回應托洛斯基及臨委的意見才撰寫的，具有被動回應的特徵，這種被動的回應性信件與積極主動的論辯性文字可以說明陳獨秀已經厭倦了托派內部的路線爭辯。或者按唐寶林的話說，「他與托派內部的極左傾向做了不懈的鬥爭，寫了無數的文字，實在已經倦了，現在終於有了擺脫他們的機會。」〔註27〕王文元在其《回憶錄》中還提供了另一個「證據」，陳獨秀還否定了王文元提出的要他（陳獨秀）向托派中央「報告」他們在武漢打算開展的「實際行動」的建議〔註28〕，這也表明陳獨秀排斥拒絕與托派中央的無論是文字還是行動方面的聯繫。

應該看到，抗戰初期陳獨秀在武漢試圖開展「愛國救亡」行動的同時卻否定托派的報刊實踐，這與此前中共時期與托派時期陳獨秀對政黨報刊的重視是截然不同的。導致態度轉變的一個重要原因是托派內部只重爭辯而缺少實際行動。在陳獨秀的心目中，報刊如果只糾結於組織內部的爭論，而不能「深入」民眾，也就失去了創辦的意義。此外，為了與第三黨等少數黨派在抗日救亡運動中結成「陣線」，也沒有必要創辦派性色彩嚴重、批判性極強的政黨刊物。當然，這並不意味著陳獨秀放棄了批評權，面對國民黨與中共兩大「實力派」，陳獨秀仍然是要批評權的。比如陳獨秀批評國民黨，「提出思想信仰之統一為黨派合作抗戰的條件問題，這未免太過幻想了，而且對於各黨派合作抗日是一種有毒害的幻想！」〔註29〕在國共摩擦問題上，他批評國民黨「未能拋棄招降的態度」，主張：「國民黨承認共產黨及其他在野黨派，都公開合法存在，要求他們全力抗日，而不採取招降的態度，並且不妨礙在野黨對政府黨統治的批評。」〔註30〕在他的抗戰綱領中，主張全民抗戰，要求：「在野各黨派及一般人民都應有政治的自由，集會結社言論出版之自由」；「解除人民痛苦，如減少工人工作時間，解決貧農耕地問題，限制高租高利，廢除苛捐雜稅和保甲制

〔註27〕唐寶林：《陳獨秀全傳》，社會科學文獻出版社，2013年，第821頁。

〔註28〕王凡西：《雙山回憶錄》，東方出版社，2004年，第220～221頁。

〔註29〕陳獨秀：《各黨派應如何鞏固團結》，《陳獨秀先生抗戰文集》第5集，亞東圖書館，1938年。

〔註30〕陳獨秀：《抗戰中的黨派問題》，《陳獨秀先生抗戰文集》第5集，亞東圖書館，1938年。

度，停止徵工、拉夫等。」〔註31〕陳獨秀對中共也是有所批評的，事實上，陳獨秀最終是在三派圍攻中，尤其是國、共兩黨的「圍攻」中逝去。由此足以看出陳獨秀對批評的堅持。

（二）晚年無黨派時期的言論實踐

陳獨秀對托派報刊實踐的否定並不意味陳獨秀對報刊言論實踐的否定，陳獨秀否定的是只重內部爭論無法走進普通民眾的托派報刊實踐。總體來看，這一時期陳獨秀儘管沒有創辦或主辦報刊，但其言論實踐仍是積極的，不僅形式多樣，內容也主要圍繞抗戰與國家命運前途展開。

在形式上，陳獨秀不僅積極發表演講演說，還利用一切機會在各式報刊尤其是大眾報刊發表文字，還積極刊印自己的單篇文字與演說文字，與朋友的書信也不乏意見思想的交流與討論。就演說來看，有案可查的共有 7 次，分別是：

陳獨秀晚年演說一覽表〔註32〕

編號	演說名稱	演說地點	時　間	備　註
1	抗日戰爭之意義	武昌華中大學	1937.10.6	收入《抗日戰爭之意義》
2	我們要得到怎樣的勝利及怎樣得到勝利	漢口青年會	1937.10.15	收入《我對於抗戰的意見》
3	怎樣才能夠發動民眾	武漢大學	1937.11.21	收入《我對於抗戰的意見》
4	為自由而戰	武昌藝專	1937.11	收入《準備戰敗後的對日抗戰》
5	民族解放與婦女解放	漢口市立女中	1938.1	收入《準備戰敗後的對日抗戰》
6	抗戰中川軍之責任	中央廣播電臺	1938.7.14	收入《民族野心》
7	資本主義在中國	重慶民生公司	1938.7.16	收入《民族野心》

〔註31〕陳獨秀：《抗戰中應有的綱領》，《我的抗戰意見》，第 28 頁。

〔註32〕此處對陳獨秀這一時期著述的整理主要依據任建樹主編《陳獨秀著作選編》（上海人民出版社），華中圖書公司《我對於抗戰的意見》1938 年 3 月，上海抗戰研究社《怎樣使有錢者出錢有力者出力》1937 年 12 月。

陳獨秀還通過亞東圖書館刊印自己的單篇文字與演說文字，具體如下：

亞東圖書館印行陳獨秀著述一覽表

編號	著述名稱及印行時間	收錄文字	備註
1	抗日戰爭之意義，1937.11	抗日戰爭之意義	原華中大學演講
2	我對於抗戰的意見〔註33〕，1938.2	自序	
		我們要得到怎樣的勝利及怎樣得到勝利	原漢口青年會演講
		怎樣才能夠發動民眾	原武大講演
		民族解放與婦女解放	原漢口市立女中講演
		抗戰中應有的綱領	
3	怎樣使有錢者出錢有力者出力〔註34〕，1937.12	打倒消極先生	原刊於《民族戰線》創刊號，1937.11.8
		「言和即為漢奸！」	
		多謝敵人的飛機與大炮	原刊於《宇宙風》第51期，1937.11.11
		怎樣使有錢者出錢有力者出力	原刊於《宇宙風》第52期，1937.11.21
		我對於魯迅之認識	原刊於《宇宙風》第52期，1937.11.21
4	準備戰敗後的對日抗戰，1938.1	準備戰敗後的對日抗戰	
		抗戰到底	
		為自由而戰	武昌藝專講演
5	從國際形勢觀察中國抗戰前途〔註35〕，1938.4	各黨派應如何鞏固團結？——答《抗戰行動旬報》徵集抗戰集體意見問題之一	
6	民族野心，1938.8	抗戰中川軍之責任	原為中央廣播電臺演講
		民族野心	
		資本主義在中國	重慶民生公司演講
		抗戰一年	

〔註33〕除亞東圖書館外，華中圖書公司1938年3月也印行《我對於抗戰的意見》，並於4月再版。

〔註34〕除了亞東圖書館印行外，上海抗戰研究社在1937年12月該書，封面有陳獨秀手記。

〔註35〕此後三本著述均由廣州亞東圖書館印行。

7	告日本社會主義者，1938.11	敬告僑胞——為暹邏《華僑日報》作	
		我們為什麼而戰？	

陳獨秀這一時期還積極在各式報刊上發表文字，除了上文被亞東圖書館收入的報刊文字外，陳獨秀還發表了下列報刊文字。

陳獨秀晚年報刊文字一覽表

編號	文章名稱	報刊	刊期	備註
1	從第一雙十到廿六雙十	宇宙風	1937.10.2 第 49 期	
2	石庵自傳		51，52，53 期	
3	辛亥革命之回顧與前瞻	武漢日報	1937.10.10	
4	抗戰期中的種種問題	抗戰	1937.10.16，第 1 卷第 6 期	
5	抗戰中的黨派問題	血路	1938.2.19，第 6 期	
6	致《新華日報》	掃蕩報	1938.3.20	
7	從國際形勢觀察中國抗戰前途	政論	1938.3.5，第 1 卷第 5 期	
8	抗戰與建國		1938.4.25，第 1 卷第 9 期	
9	「五四」運動時代過去了嗎？		1938.5.15，第 1 卷第 11 期	
10	我們斷然有救		1938.6.5，第 1 卷第 13 期	
11	國民黨究竟決心採用那一種政治經濟制度		1938.6.15，第 1 卷第 14 期	
12	告反對資本主義的人們		1938.8.5，第 1 卷第 19 期	
13	「八一三」		1938.8.15，第 1 卷第 20 期	
14	告日本社會主義者		1938.9.5，第 1 卷第 22 期	
15	我們不要害怕資本主義		1938.9.15，第 1 卷第 23 期	
16	我們為什麼反對法西斯特		1938.11.15，第 1 卷第 29 期	
17	論游擊隊	青年嚮導	1938.7.23，第 3 期	
18	說老實話		1938.7.30	
19	蔡孑民先生逝世後感言	中央日報	1940.3.24	
20	告少年	新新新聞	1940.1.11	長詩

除以上文字外，還有被稱為「陳獨秀最後論文和書信」中收錄的文字，具體如下：

《陳獨秀最後論文和書信》收錄文字一覽表〔註 36〕

編號	名　稱	時　間	編號	名　稱	時　間
1	給陳其昌等的信	1937.11.21	7	給 Y 的信	1941.1.19
2	致托洛斯基	1938.11.3	8	致 S 和 H 的信	1941.1.19
3	給西流等的信	1940.3～4	9	戰後世界大勢之輪廓	1942.2.10
4	給連根的信	1940.7.31	10	再論世界大勢	1942.4.19
5	給西流的信	1940.9	11	被壓迫民族之前途	1942.5.13
6	我的根本意見	1941.11.28	12	給 Y 的信	1942.5.13

由上述陳獨秀發表的文字可以看出，陳獨秀晚年的言論實踐主要聚焦於民族與民主兩個方面：民族方面主要針對抗戰發表了一系列的意見，民主方面主要是對民主與專政的相關論述。事實上，民族與民主兩個方面又是緊密聯繫的，通過民主以獲得民族戰爭的勝利，民族戰爭的爆發也給民主的擴大提供了「機遇」。

抗日戰爭的全面爆發再一次讓「救亡」成為時代的主題，陳獨秀晚年的言論實踐積極響應了「救亡」的時代主題，他通過演講、為報刊撰文、結集出版個人文字「走進」並「喚起」民眾的抗戰「熱情」。與此同時，陳獨秀堅持個人獨立的思考，不僅對專政與民主問題進行了持續、深入地「反思」，也對中國抗戰與世界大勢不時發表「意見」，這些「反思」與「意見」雖有一些「偏頗」，但仍不發灼見真知，在此意義上，陳獨秀在「救亡」的同時仍在堅持「啟蒙」。

第二節 「只注重個人獨立的思想」與「終身的反對派」

「只注重個人獨立的思想」是陳獨秀《給陳其昌等的信》中表達的觀點，該信是陳獨秀在嘗試「獨立」的「救亡實踐」而遭到托派臨委批判時寫給陳其昌等托派臨委的。這封信具有重要的象徵意義，不僅是陳獨秀之於托派的「告

〔註 36〕依據的版本是 1948 年上海自由中國出版社刊印的《陳獨秀的最後見解（論文和書信）》。

別信」，也是陳獨秀的「宣言書」，不僅意味著陳獨秀要重新探索救國的道路，也奠定了陳獨秀晚年思想的基調。

胡適稱陳獨秀為「終身的反對派」，陳獨秀晚年也自認是「終身的反對派」。這一稱謂主要是指陳獨秀的一生都持反對立場，尤其是轉向革命後由共產黨轉向托派，再由托派轉向「無黨派」的立場轉變。鄭超麟在陳獨秀去世的悼文中，「清晰」描述了陳獨秀一生的「繁複而急劇」的「轉變」過程，王文元三十年後再次闡釋了在陳獨秀身上所反映出的「現代中國思想」的「躍進」。

應該看到，陳獨秀因思想的轉向而導致了其個人行動在政治上最終歸於失敗，其思想的急劇轉向也導致了其理論上的「侷限」，然而，這並不意味陳獨秀的思想僅以「反對」、「轉變」見長，事實上，陳獨秀不僅是「中國最勇敢的思想家」，也是「歷史上最偉大的革命家之一」。本書稿此處即討論「只注重個人獨立的思想」與「終身的反對派」及兩者間的關聯。

一、「只注重個人獨立的思想」

本文對陳獨秀「只注重個人獨立的思想」的討論，主要以殷海光提出的有關中國自由主義者的「三大特徵」為參照，分析的文本主要是陳獨秀在《給陳其昌等的信》中提出表達的思想觀點，「我只注重我自己的獨立思想，不遷就任何人的意見，我在此所發表的言論，已向人廣泛地宣傳過，只是我一個人的意見，不能代表任何人，我已不隸屬任何黨派，不受任何人的命令指使，自作主張自負責任。將來誰是朋友，現在完全不知道。我絕對不怕孤立。」〔註37〕這是因為：一方面上述文字反映出陳獨秀對思想獨立性的重視與強調，另一方面殷海光提出的「三大特徵」則是強調獨立思想對於「真正」的自由主義者的重要性，兩者在「獨立的思想」這一點上相契合。

（一）中國自由主義者的「三大特徵」

殷海光在討論中國自由主義者時曾提出「三大特徵」——「必須具有獨自的批評能力和精神，又不盲從權威的自發見解，以及不依附任何勢力集體的氣象」〔註38〕。在殷海光看來，真正的自由主義者，他的思想一定是獨立的。基於此，我們可以借用這三大特徵來考察陳獨秀「只注重個人獨立的思想」的觀點。

〔註37〕陳獨秀：《給陳其昌等的信》，《陳獨秀的最後論文和書信》，第24頁。

〔註38〕殷海光：《自由主義的趨向》，史華慈等《近代中國思想人物論：自由主義》，臺北時報文化出版事業有限公司，1985。

在殷海光給出的自由主義的「三大特徵」中，獨自的批評能力和精神居首位。獨自的批評能力，應該是指從事批評的主體不僅應該具備發現問題的能力，還要具備將發現問題的能力轉化為批評問題的能力，而且這種轉化能力是依靠主體獨立完成的，反映出主體獨立思考的印跡。批判精神，則是指這種獨自的批評能力不是偶發性的，而是一種常態性的存在，反映出主體從事批評實踐的內在自覺性，只有自覺地常態性的批評實踐，才能稱為批判精神。

「不盲從權威的自發見解」，是殷海光描述的自由主義「三大特徵」的第二個特徵。這個特徵上承「必須具有獨自的批評能力和精神」，提出了兩個更高的要求：首先要求主體在從事批評性話語實踐時，對所批評的對象以及所運用的論證資源必須有著「完整」地理解；其次要求主體的批評話語，必須具有一定的原創性。惟其如此，產生的見解才能體現出「不盲從權威」的色彩。當然，這兩個要求又是密切關聯的，任何批評性的話語實踐，要得出具有原創性意義的「創見」，就必須對其所批評的對象以及所運用的論證資源有著「完整」的理解，否則不僅無法產生「創見」，反而容易產生「謬見」。要獲得對所批評的對象以及所運用的論證資源的「完整」理解，就必須採用批判性的接受態度（亦可稱為討論學理的態度）。當然，這並不意味著採用批判性的接受態度，就必然能夠獲得「完整」的理解，但這確是獲得「完整」理解的正確路徑〔註 39〕。

殷海光界定自由主義者的第三個特徵，是「不依附任何勢力集體的氣象」。何謂「勢力集體」呢？對這個詞語的解釋，關鍵在於「勢力」。「勢力」，本質上是指主體擁有的一種力量，但這種力量又具有「威勢」的意味，即這種力量能夠妨礙其他主體的正當權利。因此，凡是能夠妨礙主體行使正當權利的集體，都可以被稱為「勢力集體」。自由主義認為，言論自由是人的基本權利之一。因此，殷海光所謂「勢力集體」，可以理解為妨礙主體言論自由的集體。需要指出的是，勢力集體不僅對集體之外的言論表達自由施加影響，也對集體內部個體言論的自由表達施加壓力。

（二）「只注重個人獨立的思想」

以上述殷海光的「三大特徵」來考察陳獨秀「只注重個人獨立的思想」，

〔註 39〕需要指出的是，有些批評性話語實踐只對批評對象本身展開反思和追問，並不需要引入新的論證資源。

可以發現，陳獨秀「只注重個人獨立的思想」有如下特徵：一是獨立的批評能力與批判精神；二是不遷就任何人的意見，不隸屬任何黨派，不怕被孤立。對上述內容的考察有一個重要背景首先需要交代，陳獨秀自轉向共產革命以來，歷經中共、托派與晚年無黨派三個時期，中共與托派作為政黨組織符合殷海光所謂的「勢力集體」，對陳獨秀個人獨立的思想言論也必然會產生影響，這是毋庸置疑的。也因此，晚年無黨派時期陳獨秀「只注重個人獨立的思想」就帶有了濃厚的反思色彩。本書稿對「只注重個人獨立的思想」的討論重在考察政治組織（勢力集體）壓力下陳獨秀「獨立的思想」的表現。

獨立的批評能力與批判精神。晚年無黨派時期的陳獨秀雖逐漸脫離托派，但他與部分托派人士仍有書信的往來，不僅如此，陳獨秀還同時受到國共兩黨的高度「關注」。事實上，號稱陳獨秀「最後的思想輝煌」的《陳獨秀最後論文與書信》即是在國、共、托三面「圍攻」中而產生。換句話說，陳獨秀面對三種政黨類「勢力集體」仍然表現出了獨立的批評能力與批判精神。比如陳獨秀對蘇聯是「墮落工人國家」的批評不僅超越了托派眾人，也超越了托洛斯基〔註 40〕。再如陳獨秀站在民主主義視角對列寧和托洛斯基關於無產階級專政理論的批判與「重估」〔註 41〕，托派中央為此專門通過《關於 DS 對民主和獨裁等問題的意見的決議》對陳獨秀「民主與專政」的觀點展開系統批判。再如陳獨秀入川後在《民族野心》、《論游擊隊》、《說老實話》以及《資本主義在中國的發展》等文中對中共基本理論和路線的批評，這又招致中共以陳伯達《評陳獨秀的亡國論》、李心清《斥陳獨秀的投降主義理論》為代表的批判，陳獨秀由「右傾機會主義」「晉升」為「右傾投降主義」。再如陳獨秀對戰爭與世界形勢的分析——《戰後世界大勢之輪廓》——中採用的「警察自己」、「喚起別人」、「加緊事前之努力」的「悲觀」而非「樂觀」的「估計」，引起各方責難與批評，不僅部分「民眾群起而聲討」〔註 42〕，國民黨軍事委員戰時新聞監察

〔註 40〕早在 1934 年莫斯科審判發生時，陳獨秀即產生「蘇聯乃墮落的工人國家」的「印象」，但直到 1939 年蘇德協定簽署後，陳獨秀才從理論上才公開撰文對托洛斯基的「蘇聯看法」表示異議，其批判的理論依據是「沒有高於資產階級制度的民主，根本不可能是工人國家」，而中國托派眾人一直到 1949 年前仍持托洛斯基的觀點。（參見王文元《雙山回憶錄》第 240 頁）這表明陳獨秀對蘇聯的認識上的獨立思考與批判。

〔註 41〕陳獨秀：《我的根本意見》，《陳獨秀最後論文和書信》，1940 年 11 月 28 日。

〔註 42〕羅宗文：《江津三晤陳獨秀》，唐寶林編《陳獨秀與中國》總第 55 期，2006 年 2 月號，第 6 頁。

局也認為該文「內容乖謬，違反抗戰國策」，飭電各新聞檢查處室「注意檢扣」〔註 43〕，國民黨中央宣傳部更以「顧慮對蘇外交」為由直接禁止《大公報》刊登續篇《再論世界大勢》。儘管這一時期陳獨秀的相關文字在思想理論與表達方式層面存在一定的「侷限」，但是很難否認陳獨秀文字中所內含的「預見性」與「警示性」，尤其是身後頗受讚譽的有關民主的思想，這在戰時僵持困境下殊為難得。此處雖沒有分析陳獨秀的相關文字，但從上述國、共、托三方對陳獨秀文字的批判態度已經足以反映陳獨秀的批評能力與批判精神。

不遷就任何人的意見，不隸屬任何黨派，不怕被孤立。如前所述，陳獨秀「只注重個人獨立的思想」帶有濃厚的反思色彩。中共與托派時期，面對組織的「壓力」，陳獨秀需要嚴格「遵守」組織賴以建立的理論思想基礎，需要「說服」組織內部的少數意見，這就決定了陳獨秀不得不遷就相關意見，從列寧、托洛斯基等人的革命論述到對組織內部各種不同的意見，甚至有時需要「修正」自己的個人意見以「符合」組織的多數意見。事實上，陳獨秀在中共與托派時期對馬、列、托等人文字的大段地「僵化」「教條」的「引用」與「解釋」即是出於內部「妥協」與個人「調適」的需要。因此，「不遷就任何人的意見，不隸屬任何黨派」實是陳獨秀對組織之於內部個人思想言論的壓力進行深刻反思後的「產物」，最能體現陳獨秀晚年思想的「反思性」特徵。事實上，陳獨秀這一時期也努力「跳開」馬、列、托尤其是後兩者的革命理論。比如在武漢時期，陳獨秀對王文元表示「列寧最了不起的地方就是不被馬克思的現成公式所束縛，在不同的時間和環境，大膽地決定不同的政治口號和鬥爭方法」，批評嚴格遵照托氏理論的托派中央。到了江津時期，陳獨秀則開始「反思」批評列寧和托洛斯基的無產階級民主與專政理論。儘管陳獨秀依賴的「理論」基礎是「樸素」的民主主義和民族主義，但他的思想言論已經逐步跳脫了此前黨派時期的理論框限，呈現出「獨立發聲」的色彩，政治上的獨立發聲也必然導致國、共、托三派的「圍攻」。既然要堅持獨立的批評與批判，再不遷就任何人的意見，也不再隸屬於黨派，那麼陳獨秀對政治問題的「發聲」必然會遭到「圍攻」，個人也必然要面對被孤立的境遇。「不怕被孤立」表明陳獨秀對此早有認知，「將來誰是朋友，現在完全不知道」。

陳獨秀晚年無黨派時期提出的「獨立的思想」是對其此前政黨時期思想言

〔註 43〕《國民黨軍事委員會戰時新聞監察局檔案新指字第 8452 號公函》，中國第二歷史檔案館藏。引自唐寶林《陳獨秀全傳》第 875 頁。

論實踐的反思，也奠定了其晚年言論實踐的基調，陳獨秀對國內政治與世界大勢的獨立發聲讓其成為「中國最勇敢的思想家」〔註 44〕。儘管殷海光提出的「三大特徵」是用以考察、界定中國式自由主義者的標準，但是用之考察陳獨秀「獨立的思想」則更能發現其可貴之處。這一時期陳獨秀將其批評、批判的矛頭對準了國、共、托三大「勢力群體」，國民黨在政策上予以查禁，中共除了系統批判還兼以「漢奸」大帽抹黑醜化，托派內部無論是多數派還是少數派都撰文批判。暫且不論陳獨秀的批評與批判是否「正確」、「合理」，僅從他面對勢力集體尤其是國共兩黨勇於發言來看，陳獨秀即稱得上王文元所謂「中國最勇敢的思想家」，更何況陳獨秀的批評與批判仍有其深刻警醒之處。

二、終身的反對派

胡適稱陳獨秀為「終身的反對派」，陳獨秀也接受胡適對他的這一指稱。從革命行動來看，陳獨秀先後反對過同盟會、國民黨、共產黨與托派；他的思想也處於不斷的演進之中，以致學界用「變化太快」來描述陳獨秀的一次次「轉向」。然而，在這「快速」「轉向」的背後，是其對於民族獨立、民主自由的不變的價值追求。

（一）思想、行動的快速「轉向」

「終身的反對派」源於陳獨秀《致 S 和 H 的信》，信中說：「……『圈子』即是『教派』。『正統』等於中國宗儒所謂『道統』，此等素與弟口胃不合，故而見得孔教道理有不對處，便反對孔教；見得第三國際道理有不對處，便反對它；對第四國際，第五國際，第……國際亦然。適之兄說弟是一個『終身的反對派』」，實是如此，然非弟故意如此，乃事實迫我不得不如此也。……」〔註 45〕可見胡適稱陳獨秀為「終身的反對派」，陳獨秀也自認是「終身的反對派」。陳獨秀為何自認是「終身的反對派」呢？由上述文字可以推出原因在於陳獨秀立思想、行動的不斷轉變——由文化批判轉向共產革命，由中共再到托派，最後成為托派的反對者。這是陳獨秀對於個人思想、革命經歷的自覺體認。

鄭超麟在陳獨秀去世後描述了陳獨秀思想「繁複而急劇」的轉變過程：「陳

〔註44〕雙山講述，方丈譯《陳獨秀的生平與思想》，香港《新觀察》第 6 期。轉引自唐寶林《陳獨秀全傳》第 885 頁。

〔註45〕陳獨秀：《陳獨秀致 S 和 H 的信》，《陳獨秀最後論文和書信》，第 42 頁。

獨秀同志能夠從盧騷主義，進於雅各賓主義，進於列寧主義托洛斯基主義。這個繁複而急劇的過程，完成於一個人的一生中，而且每個階段的轉變時候，這個人又居於主動的領導地位」;「從盧騷到羅伯斯庇爾和巴貝夫相隔半個世紀；從羅、巴諸人經過傅立葉到馬克思也相隔半個世紀；從馬克思、恩格斯到列寧、托洛斯基又相隔半個世紀。但歐洲這個漫長的過程，中國於半個世紀之間就可以過盡了……但中國這個發展縮在一個人之身，而且不到幾年。」鄭超麟據此稱陳獨秀「不愧為法蘭西十八世紀末葉的偉大思想家和偉大人物的同志」,「不愧為俄羅斯二十世紀初葉的偉大思想家和偉大人物的同志，不愧為列寧托洛斯基的同志，不愧為中國布爾什維克——列寧托洛斯基黨的領袖……第四國際中國支部曾以中國這樣這一個偉大思想家和偉大人物為領袖，是足以自豪的。」〔註 46〕王文元 1975 年進一步闡釋了鄭超麟的論點,「先進國從啟蒙運動的年代到社會主義革命的年代，一般要經過幾百年（如英法）。不夠先進的國家（如俄國）也經過了八、九十年。但是在落後的中國卻僅是二十年，而且是反映在甚至是現在一個人身上」,「現代中國思想的躍進清晰地反映在陳獨秀的身上」;「給陳獨秀做一個總評價。照我看來，陳獨秀這個人，雖然政治上是失敗的，理論上有侷限，但是他不僅是中國最勇敢的思想家，而且是歷史上偉大的革命家之一。」〔註 47〕另一位曾經的革命同志彭述之在陳獨秀逝世後則批判陳獨秀「有始無終」,「以一個光耀的民主主義者踏上中國的政治舞臺，而以一個最不名譽的民主主義者鑽進他的墳墓裏去」,「從革命的無產階級陣營退到反動的資產階級陣營」〔註 48〕。

上述三人對陳獨秀的評價褒貶不一，但都指出陳獨秀思想快速轉變的特點。與陳獨秀的「自認」不同，鄭超麟是站在中法、中俄革命思想的對比視角，王文元則進一步擴展為啟蒙與革命思想的對比，兩人都論述了陳獨秀思想與行動的「急速」轉變——陳獨秀以「二十年」的時間「完成」了在英法需要「幾百年」，俄國需要「八九十年」的思想發展進程,「現代中國思想的躍進清晰地反映在陳獨秀的身上」，不僅如此，陳獨秀還通過自己的思想轉向推動了現代中國思想發展的躍進。

〔註 46〕意因：《悼陳獨秀同志》,《國際主義者》第 3 期，1942 年 6 月 25 日。

〔註 47〕雙山講述，方丈譯《陳獨秀的生平與思想》，香港《新觀察》第 6 期。轉引自唐寶林《陳獨秀全傳》第 885 頁。

〔註 48〕犀照：《悼陳獨秀》,《鬥爭》第 6 卷第 1 期。轉引自唐寶林《陳獨秀全傳》第 885 頁。

綜上，無論是陳獨秀的「自認」，還是胡適、鄭超麟、王文元乃至彭述之等人對陳獨秀的評價，陳獨秀是中國近現代史上思想、行動急速轉變的第一人，在轉向的次數、速度方面無人能及，陳獨秀確實是「終身的反對派」。

2. 不變的價值追求

在《致S和H的信》的信中，陳獨秀在承認自己是「終身反對派」的同時，也道出了其中的「苦衷」，「乃事實迫我不得不如此也」。這個「事實」即是「道理有不對處」，亦即只要道理（理論或教義）存在不對之處，陳獨秀即要對此進行反對和批判。那麼陳獨秀反對、批判的標準是什麼呢？陳獨秀在信中也進行了交代，《致S和H的信》原文如下：

> ……弟自來立論，喜根據歷史及現時之事變發展，而不喜空談主義，更不喜引用前人之言以為立論之前提，此種「聖言量」的辦法，乃宗教之武器，非科學之武器也。近作根本意見，亦未涉及何種主義，第七條主張重新估計布爾什維克的理論及其領袖（列寧、托洛斯基都包含在內）之價值，乃根據蘇俄二十餘年的教訓，非擬以馬克思主義為尺度也。倘蘇俄立國的道理不差（成敗不必計），即不合於馬克思主義又誰得而非之。「圈子」即是「教派」。「正統」等於中國宗儒所謂「道統」，此等素與弟口胃不合，故而見得孔教道理有不對處，便反對孔教；見得第三國際道理有不對處，便反對它；對第四國際，第五國際，第……國際亦然。適之兄說弟是一個「終身的反對派」，實是如此，然非弟故意如此，乃事實迫我不得不如此也。譬喻吃肉，只要味道好，不問其售自何家。倘若味道不好，因其為陸稿薦出品而嗜之，是迷信也；倘若味道好，因其陸稿薦出品棄之，而此亦成見也。迷信與成見，均經不起事變之試驗及時間之淘汰，弟兩不取之。紙短話長，不盡萬一，惟弟探討真理之總態度，當以此得為二先生所瞭解也。……

在信件中，陳獨秀以「探討真理之總態度」來概括其判斷標準。由上述引文可知陳獨秀的「總態度」——反對空談主義，更反對「聖言量」，主張以「歷史及現時之事變發展」評價「主義」。陳獨秀以重估布爾什維克理論及其領袖的價值為例，提出以「蘇俄二十餘年的教訓」，而非馬克思主義為評判「尺度」，並進一步認為，倘若蘇俄立國的道理不差，即使「不合於馬克思主義又誰得而非之」。可見陳獨秀採取的是以實踐、歷史的「教訓」作為考察「真理」與「主義」的標準。值得注意的是，「教訓」一詞的負面意涵暗示著陳獨秀採取的是一種質疑和批判的前置立場，這種前置立場也必然讓陳獨秀拒絕「迷信」與「成見」，因為「迷信」意味著全盤接受與愛屋及烏，「成見」意味以偏概全與惡其胥餘，兩者都不是批評應持的科學態度，自然也經不起實踐與歷史的檢驗。

陳獨秀以實踐的、歷史的「教訓」作為探討真理的總態度，反映出陳獨秀採取了一種普遍的質疑和批判的前置立場。這種立場頗為嚴苛，因為在這種前置立場下，任何真理和主義都不可避免地存在實踐的與（或）歷史的「教訓」。陳獨秀為何要堅持這種嚴苛的討論立場呢？除了反映出陳獨秀對批判的「崇信」外，還透露出陳獨秀對民主自由、民族獨立的不懈追求。換句話說，陳獨秀希望借助「批判」這一「武器」實現對「武器」（真理與主義）的「批判」，最終實現民族的獨立與民眾的自由幸福。在這個意義上，民族的獨立與國民的民主幸福是陳獨秀不變的價值追求。

應該看到，「獨立的思想」與「終身的反對派」之間有著緊密的關聯性。因為有「獨立的思想」才可能成為「終身的反對派」，要成為「真正」的「終身反對派」也必須以「獨立的思想」為基礎。正是在陳獨秀這種「繁複而急劇」的轉變中，可以看出陳獨秀獨自的批評能力以及在此過程中呈現出的批判精神。與此相應的，是「轉變」背後所隱藏的陳獨秀對民族獨立、人民民主這兩個不變的價值追求，這也是陳獨秀獨立思想的中心議題。在這個意義上，「轉變」不是「變節」，「轉變」也不可恥。

第三節　獨立的思想與言論自由

陳獨秀自清末投身革命以來，一直主張言論自由，晚年的陳獨秀在獨立思想的基調下，更是對民主自由論題尤其是無產階級民主與專政問題進行了深刻地反思，由此也構成了他「最後的思想輝煌」。本書稿嘗試通過對陳獨秀獨立的思想的分析，討論思想自由與言論自由的關聯，認為只有思想自由方能體現言論自由的真正價值，而思想的自由則離不開陳獨秀所謂的「獨立的思想」。

一、獨立的思想與自由的思想

如王文元所述陳獨秀是「中國最勇敢的思想家」，前文「只注重獨立的思想」部分也論述了陳獨秀「獨立的思想」的表現，此處重點分析獨立的思想與思想的自由的關聯。

同時代的人大多承認陳獨秀在「事工」方面是「失敗」的，但在思想方面卻是「成功」的。如昔日政敵吳稚暉在輓聯中稱其「思想極高明，政治大失敗」；曾經的同志王文元在譽之為「中國最勇敢的思想家」與「（中國）歷史上偉大的革命家之一」的同時，認為陳獨秀「政治上是失敗的，理論上有侷限」；傅斯年則將陳獨秀稱為「中國革命史上光焰萬丈的大彗星」。值得注意的是，曾稱陳獨秀為「終身的反對派」的胡適在晚年則認為，「獨秀早年的思想大都是淺薄的；除了他晚年從痛苦中體驗出來的『最後』幾點政治思想是值得表彰之外，我也總覺他是一個沒有受過嚴格學術訓練的老革命黨，而不是一個能夠思想的人。」〔註49〕那麼陳獨秀能否思想呢？是否如胡適所說是一個不能夠思想的人呢？筆者認為，陳獨秀當然是一個能夠思想的人，而且是一個敢於思想，思想極高明的「中國革命史上光焰萬丈的大彗星」，然而，其思想又因其「終身」的反對立場無法「獨衷」某一理論，從而導致王文元所說的「理論上的侷限」。作為一位思想家卻沒有自己的「系統完整」的思想理論，確是一種「缺憾」，在這個意義上，陳獨秀確如胡適所說「不能夠思想」。然而，辯證地看，這種「缺憾」並不能「足證」陳獨秀「不能夠思想」。

事實上，對陳獨秀而言，思想理論的「系統完整」並不是他追求的目標。陳獨秀認為，「一切理論和口號都有其時間性與空間性」，一切道理（或主義）也必須經受實踐的與歷史的「教訓」的「檢驗」。陳獨秀的這種「獨立」的思想言論態度必然讓其無法「獨衷」某一理論，也無法「修正」某一理論，最終必然走向「終身的反對派」。可以說，陳獨秀「獨立的思想」是另一種「思想進路」，這種「思想進路」讓陳獨秀長於從批判的視角檢討各式主義與理論。需要進一步指出的是，陳獨秀這種普遍的質疑和批判的「思想進路」，既有別於為反對而反對的言論態度，也有別於吹毛求疵的言論態度，因為後兩者是從個人或勢力集體的立場出發，與陳獨秀對民族獨立、民主自由的根本追求是不同的，不僅如此，陳獨秀的「質疑和批判」是建立在對其過往思想言論實踐進行反思的基礎上，帶有濃厚的「自反」的特徵。因此，陳獨秀不僅勇於思想，還善於思想，確是「中國革命史上光焰萬丈的大彗星」。

通常認為，思想作為主體的一種心理活動，是一種自在的思維活動，任何形式的外力都無法干預。在此意義上，思想確是自由的。然而，需要指出的是，

〔註49〕胡適：《致李孤帆》，《胡適書信集》，上海：外語教研出版社，2012年，第486～487頁。

主體絕對意義上的思想的自在性與思想自由還是有所區別的，主體任何形式的自在思想行為，都存有思想的藩籬，這決定了思想並不是自由的，因此，自在的思想並不能簡單地等同於自由的思想。要想實現思想的自由，首先必須認識到思想藩籬的存在，進而突破思想的藩籬，獲得新的思想。這才是真正的自由的思想，也只有在這個意義上，才能稱得上思想自由。思想的藩籬，是指阻礙自由思想的一種類似集體無意識的慣性思維，文化和意識形態是形成慣性思維的最主要的因素。對於大部分人來說，自由思想並不是件容易的事情，否則，思想家就沒有存在的必要了。由此來看，陳獨秀「獨立的思想」內含的「自反」性讓其具有了自由思想的特徵，而胡適、王文元所指出的陳獨秀思想理論的缺陷恰恰反映了胡、王等人思想的不自由。

二、思想自由與言論自由

相對思想自由的內在性，言論自由則是外顯的，是主體思想的一種對外呈現或宣示。因為言論自由是外顯的，所以易被打壓，需要保護；因為思想自由是內在的，思想自由通常被內含於言論自由之中，所以保障言論自由等同於保障思想自由，思想自由往往沒有予以突出的強調，這也是言論自由被突出強調的重要原因。當然，這也是思想自由容易被忽略的一個原因。

思想的自由重要嗎？沒有言論自由的思想自由是自由嗎？薩托利在《民主新論》中，即認為思想的自由算不上真正的自由，認為缺乏言論自由的思想自由具有犬儒的色彩。本書稿認為，思想的自由是重要的。無論是對何種發展形態的社會，思想的自由都是重要的。

言論自由是自由主義報刊理論的核心觀點。自由主義報刊理論強調「意見的自由市場」和「意見的自我修正」，認為觀點愈辯愈明，人們最終會選擇「真理」。我們現在都知道，「意見的自由市場」是建立在相信人類具有理性、相信理性、選擇理性的基礎上，惟有如此，觀點才會愈辯愈明；也認識到，理性並不是人類的唯一面相，「意見的自由市場」，「意見的自我修正」，不僅依賴於辯者的理性傳播，還決定於受者的理性接受。這就容易出現觀點難以辯明，或者人們並不接受被辯明的意見的情形，所以自由主義報刊理論被社會責任理論修正。然而，問題到此就結束了嗎？

老實說，沒有結束。因為對社會責任的強調仍是對媒體提出的要求。客觀地說，對社會責任的強調並不能回到自由主義報刊理論的前提假設——理性的人。因此，重要的問題是如何讓傳受雙方採取理性的態度進行傳播活動。這就需要依靠思想自由。因為思想自由要求主體在認知活動中突破思想的藩籬，打破已有認知活動中的慣性思維，從而實現主體在認知活動中的「進步」，這就能夠為傳播活動，社會議題帶來良好溝通的效果。否則，不僅容易偏離客觀、公正的傳播態度，傳播的也多是頑見與劣見，也不利於社會議題的溝通。正是在這個意義上，思想自由與言論自由有了真正的「交集」。應該說，思想自由與言論自由的關係是緊密聯繫的，言論自由的保護對象與最終目標是思想自由，思想自由則是言論自由的前提與基礎。如果思想不自由，言論自由的價值會大大貶損。人們固然可以質疑缺少言論自由的思想自由的價值，反過來，缺乏思想自由的言論自由的價值也是大可懷疑的。

陳獨秀專門論述思想自由、言論自由的文字並不多，但是我們從陳獨秀晚年「獨立的思想」實踐可以看出，陳獨秀不僅重視言論自由，如在不同文字中均強調反對黨派及個人的言論自由；他還很重視思想自由，從《給陳其昌等的信》確立「獨立的思想」起到《被壓迫民族之前途》最後一篇文字，反映了其「獨立思想」的軌跡。事實上，就陳獨秀本人而言，自由思想已經成為其「自覺」的思想實踐。也正是如此，陳獨秀才能在其困苦、閉塞的晚年結出輝煌的思想果實，至今仍燁燁生輝，為人樂道。

如果言論自由包含思想自由，那麼陳獨秀言論自由思想的最大特色在於其「獨立的思想」以及「終身反對派」的「思想進路」。這種獨特的思想進路讓陳獨秀成為「中國最勇敢的思想家」，成為「中國革命史上光焰萬丈的大彗星」。儘管囿於各種原因，陳獨秀的某些思想言論表現出偏頗的特性，這導致了國、共、托三派的「圍攻」，然而，這並不能否定陳獨秀這種獨特「思想進路」的價值，事實上，這是陳獨秀對於言論自由思想的補充和貢獻。

小結

晚年陳獨秀逐漸脫離了托派，成為「終身的反對派」。在武漢時期最後一次救國實踐夭折後，陳獨秀已無實際的革命行動，而只剩下「獨立的思想」。在「獨立思想」的基調下，陳獨秀對此前的革命經歷展開了反思，在否定托派政黨報刊實踐的同時，積極發表演講、為各類報刊撰文、通過書信與托派及相關人士交流意見，在此過程中陳獨秀形成了號稱最後思想輝煌的「最後的意見」。在成為一名「終身的反對派」的同時，也遭到國、共、托等「勢力集體」的「圍攻」與「批判」。陳獨秀最終在三派的圍攻中「孤獨」地逝去。

在江津閉塞、困苦的境遇下，陳獨秀所貢獻的「最後意見」雖然存在「缺陷」，但都可以予以「同情地理解」。最可寶貴的是，陳獨秀「獨立的思想」與「終身的反對派」的思想提供了一條陳氏特色的「思想進路」，以一種普遍的質疑和批判的前置立場，以實踐的歷史的「教訓」「討論」各式理論與主義，「尋找」實現民族獨立、民主自由的「真理」。由此，陳獨秀不僅是中國最勇敢的思想家，也確是「中國革命史上光焰萬丈的大彗星」。

結語　獨立地思想：陳獨秀報刊實踐與傳播思想再探析

陳獨秀在《實庵自傳》中曾自況，「我的一生差不多是消耗在政治生涯中」，而且「大部分政治生涯」都歸於「失敗」〔註1〕。與陳獨秀政治生涯相伴的是其文字生涯，從1897年南京鄉試結束後刻印散發《揚子江形式論略》，到1942年離世前發表的《被壓迫民族之前途》以及《給Y的信》，陳獨秀的一生也幾乎耗費在文字，尤其是報刊文字的寫作中。從行動尤其是革命的行動與結果來看，陳獨秀確實是「失敗」了，然而，行動與結果的「失敗」是否意味著指導其行動的「思想」也「失敗」了呢？如果成功的實踐緣於正確的理論，那麼中國共產主義革命的結果已經充分證明了陳獨秀革命思想尤其是後期思想的「失敗」。問題是，思想既源於現實也超越現實，行動無法脫離現實，思想卻可以超越現實。從這個意義層面看，陳獨秀「失敗」了的思想仍有討論的必要。另一方面，陳獨秀是中國歷史上最為傑出的啟蒙思想家之一，這意味陳獨秀具有「卓越」的思想能力，這種「卓越」的思想能力與其失敗的革命思想和行動之間存在的關聯性也是值得討論的。而從其文字尤其是報刊文字的「當下性」及「反思性」來看，陳獨秀的文字既是對其時現實政治的發言，也包含對其「革命生涯」的反思。也因此，從新聞傳播學的專業視角討論陳獨秀的報刊實踐與思想，有其獨特的理論價值。

縱觀陳獨秀的一生，其報刊言論實踐與社會革命活動相伴而行、水乳交

〔註1〕陳獨秀：《實庵自傳》，《宇宙風》第51期，1937年11月11日。

融。儘管如此，如以參加中共革命化界，還是顯示出鮮明差異。其前期的報刊實踐與其社會革命活動交替進行，後期的報刊言論實踐則成為其革命的「手段」。參加中共革命前，陳獨秀的報刊實踐與其社會革命活動基本上是交替進行的。清末新政時期，陳獨秀與章士釗共編《國民日日報》，對《國民日日報》「舒緩」面相做出了貢獻〔註2〕；報紙停刊後，與章士釗、劉師培、林白水等報刊同人日趨「激烈」不同，陳獨秀選擇回鄉創辦面向底層民眾的《安徽俗話報》，而當他接受章士釗、劉師培、蔡元培、張繼等革命同志的「召喚」轉向革命後，《安徽俗話報》則成為「雞肋」，以至於汪孟鄒「無論怎麼和他商量，說好說歹，只再辦一期，他始終不答應，一定要教書去了」〔註3〕。辛亥革命勝利後，他受孫毓筠之邀，回皖理政。在其一年半的從政經歷中，絲毫不見報刊蹤影。〔註4〕二次革命失敗後，陳獨秀逃往上海，以「編輯賣文為生」。1914年7月，陳獨秀東渡日本參編《甲寅》雜誌，在知識界對《愛國心與自覺心》一文由「詰問叱責」到「合轍」的態度反轉後，陳獨秀決然創辦《新青年》(《青年雜誌》)，雜誌創刊之初即確立「改造青年之思想，輔導青年之修養，為本誌之天職。批評時政，非其旨也。」這個發刊聲明明確表示「批評時政」不是報刊的辦刊宗旨，而且總體來看，《新青年》尤其是陳獨秀轉向中共革命之前的《新青年》還是遵守了不涉時政的辦刊宗旨。〔註5〕《每週評論》以「談政治」為主，但其「批評現實」也是一種「思想啟蒙意義上的批評」〔註6〕，創刊之初對「公理戰勝強權」的強調即是明證，事實上，即使其後轉向「強力擁護公

〔註2〕陳長松：《陳獨秀前期報刊實踐與傳播思想研究》，中國社會科學文獻出版社，2015年，第55頁。

〔註3〕汪原放：《回憶亞東圖書館》，學林出版社，1983年，第16～17頁。

〔註4〕1911年12月21日，安徽軍政府成立，陳獨秀受邀回皖就任都督府秘書長。1912年4月，陳獨秀辭職，重辦安徽高等學堂並任校長，後自任教務主任。1913年上半年，因學生鬧事被趕出學校。1913年7月12日，二次革命爆發，陳獨秀逃往上海。

〔註5〕關於《新青年》「批評時政，非其旨也」，即雜誌是否「談政治」，學界有不同的觀點。本報告認為，陳獨秀將刊物定位為面向青年的思想啟蒙刊物，內容必然要涉及政治，但是這種對政治的討論，是從思想啟蒙、改造社會的意義上展開，刊物並不主動參與其下現實政治的討論，不僅如此，而且主動與其下現實政治拉開距離，陳獨秀再三表明「批評時政，非其旨也」。這與章士釗《甲寅》主要討論「調和立國」所強調的對現實政治的參與是不同的。

〔註6〕陳長松：《陳獨秀前期報刊實踐與傳播思想研究（1897～1921）》，中國社會科學出版社，2015年，第179頁。

理」，甚至陳獨秀走上街頭散發傳單，但這種自發的政治行動與參加中共革命後的革命活動也不可同日而語。以上表明，陳獨秀參加中共革命之前，其報刊言論實踐活動與其參與的現實的政治革命活動保持了相當的距離。

1920 年夏，陳獨秀在經過「短暫」的學習與討論後，接受了共產主義，開啟了其後半生的革命生涯。此後直至 1942 年病逝，陳獨秀政治立場雖有變動，但始終圍繞政治發言，表達黨派、個人的政治觀點，政治革命成為其報刊實踐的中心內容。陳獨秀由思想領袖轉為革命領袖，其報刊實踐相應地也發生了「轉向」——不僅內容由啟蒙轉向革命，報刊本身也直接成為其革命的「手段」。上海共產主義小組甫成立，陳獨秀即將《新青年》（第八、第九兩卷）改造為中共上海發起組刊物，「顏色越來越濃」，與此同時，他還先後指導創辦《共產黨》（1920 年）、《勞動界》（1920 年）、《夥友》（1920 年）、《廣東群報》（1920 年）。中共正式成立後，他指導創辦了《嚮導》（1922 年）、《前鋒》（1923 年）、《熱血日報》（1925）等刊物，並且刊發了大量文字，甚至當仁不讓地成為中共報刊宣傳「第一人」，為中共的發展鋪設了一條「直路」。陳獨秀轉向托洛斯基主義後，參與指導創辦了《無產者》（1930 年）、《火花》（1931 年）、《校內生活》（1931 年）、《熱潮》（1931 年）等托派刊物，雖充分體現了陳獨秀所強調的黨內民主與言論自由，但埋下了托派終將「失敗」的因子。從 1937 年 8 月出獄至 1942 年 5 月病逝，陳獨秀逐漸脫離黨派色彩，成為一名「終身的反對派」，在否定托派報刊實踐的同時，卻又積極從事各式報刊言論實踐，先後出版發行《我的抗戰意見》（華中圖書公司，1938 年）、《陳獨秀先生抗戰文集》（亞東圖書館，1938 年）以及死後結集出版的《陳獨秀最後論文和書信》（1948 年），並在《東方雜誌》、《宇宙風》、《政論》、《青年嚮導》等刊物上發表文字。可以說，在陳獨秀後期的革命生涯中，報刊是其革命的手段。

「啟蒙」與「救亡」是近代中國的歷史難題，也是中國近代知識分子面臨的真實困境，也是近代中國報人投身報刊實踐的重要時代背景。「救亡」關涉的民族危機是近代國人辦報的一個重要背景，也是近代國人辦報的一個重要原因；「啟蒙」與近代報刊媒介密切相關，報刊雜誌是近代中國的「啟蒙」運動賴以展開的主要媒介。事實上，無論是「救亡」還是「啟蒙」，近代報刊和近代報人都深深「介入」其中。在從事啟蒙與救亡的眾多報人中，陳獨秀是其中的「佼佼者」。陳獨秀不僅直面困境，而且努力破除困境，並且終其一身。事實上，無論是其報刊實踐，還是其革命活動，都是為了「救亡」的需要，都緣於其深沉的「愛國情懷」。在這個意義上，無論是陳獨秀前期的報刊啟蒙實踐，還是後期的革命報刊實踐，不僅反映了「救亡」與「啟蒙」的歷史意義，更表現出知識分子「救國救民」的愛國熱忱，這在同時代報人中也是獨特的。

參加中共革命前，陳獨秀的報刊實踐矢志於啟蒙，與其社會革命（尤其是革命）活動保持了相當的距離，成就了中國啟蒙報刊史上的「元典」。在清末新政時期在皖創辦底層啟蒙刊物《安徽俗話報》，不僅風行一時，海內聞名，而且也為安徽這一內陸地區吹來一縷「開民智」的新風，成為清末啟蒙刊物的「佼佼者」。在五四新文化運動時期創辦的《新青年》與《每週評論》，更是以思想啟蒙為宗旨，不僅引領了五四新文化運動，也成就了中國新聞傳播史上啟蒙報刊的「元典」。儘管陳獨秀的啟蒙報刊實踐不可避免地存在一定的「缺陷」，但如果我們放寬考察的視域，擺脫革命的話語方式，就能發現陳獨秀創辦的《安徽俗話報》、《新青年》、《每週評論》，以及他參與並扮演重要角色的《國民日日報》與《甲寅》月刊等報刊所貫穿的思想啟蒙特徵，如果承認這些報刊對中國思想文化以及中國新聞傳播實踐都產生了重要的影響，那麼，我們就能發現陳獨秀的報刊實踐在中國新聞傳播史上所具有的「唯一性」。應該看到，這種「唯一」性是由具體的「質素」構建起來的。陳獨秀的報刊實踐表現出了高度的開放性，他以「百家平等，不尚一尊」的自由平等精神指導辦報，渴望社外文字加入討論，努力擴大作者隊伍，不僅其主辦的《新青年》與《每週評論》是中國新聞史上最具開放性的思想言論性報刊，而且他對章士釗主辦的《國民日日報》、《甲寅》（月刊）的開放性面向也有很大的貢獻，甚至連早期的《論略》也表現出尋找「海內同志」的「渴望」。陳獨秀有著很強的受眾意識，不僅其報刊實踐的受眾呈現出由士族子弟到學堂學生到國民到下層民眾再到青年學生的發展趨勢，內容也呈現出由「學問」、「時事」到「學說」、「公理」的演變，由最初的開通一省風氣，到最終掀起中國歷史上最為動人的思想革命。這充分表明其報刊實踐成功地將受眾定位、內容定位與地域定位結合在了一起，這對於思想性刊物尤為難得。陳獨秀的報刊文字也是獨領風騷的，其《安徽俗話報》時期的白話實踐已經多有創造，到了五四時期，則成功引領了白話文實踐，「隨感錄」的文采飛揚與一針見血，論說文的條分縷析與講求邏輯。事實上，陳獨秀不僅僅是白話文運動的發起者，他也從藝術性與邏輯性兩個維度成功證明了白話文的「優越性」。陳獨秀的報刊實踐也是極富創造力的，「隨感錄」的設立，《每週評論》的「評論性」特徵，「通信」欄在《新青年》

時期的發揚光大，《國民日日報》的「舒緩」與格式創新，這些都與陳獨秀存在密切的聯繫，反映出其報刊實踐的創造性，甚至連創設西學藏書樓、發起「勵志學社」與愛國演說會，也都具有鮮明的創新色彩。事實上，這也是其報刊實踐能夠引領報界潮流，「開通」「轉變」風氣的重要原因。

加入中共革命後，報刊言論實踐即成為其革命實踐的重要組成，不僅是宣傳革命的陣地，也是組織革命的機關，報刊成為革命的重要一環。在擔任中共領袖期間，陳獨秀利用其報刊實踐所長，在有力宣傳馬克思列寧主義的同時，促進了中共的成立與發展壯大，對中共黨報黨刊體系與思想的建立做出了重要的貢獻，將中共的政黨報刊推向了一個新的高度。他是中國接受列寧式馬克思主義的第一人，是中共早期報刊的創辦人、指導者與重要的撰稿人。他與基爾特社會主義、無政府主義的論戰，在知識精英中有力宣傳了馬克思列寧主義；他面向工人、婦女、學生、行會會員的發言，啟發了普通民眾的階級覺悟；他的報刊實踐還促成了各地共產主義小組的建立與「純化」；他還依據黨內的民主集中制原則「妥善」處理了黨內早期的不同聲音，避免了「分裂」，為中共早期的組織發展鋪設了一條「直路」。大革命的失敗讓陳獨秀陷入了「反思」，而此後中共中央的暴動路線又進一步加劇了他的「痛苦」。在他的意見不被中央接受後，他逐步轉向托洛斯基主義並最終組織托派，成為中國托派的「領袖」。在轉向托洛斯基主義成為托派領導人後，他先後主辦《無產者》、《火花》、《熱潮》、《校內生活》，其報刊實踐重點在於宣傳托洛斯基主義，並試圖通過公開論辯的方式統一思想、成立組織。這是陳獨秀辦報生涯的「尾聲」，「遺憾」的是，「尾聲」並沒有產生太大的「影響」。一方面，托派報刊因囿於內部爭辯而無法進入社會大眾的閱讀視野，唯一一份面向社會的刊物——《熱潮》在出了六期後即因內部爭論而停刊；另一方面，托派報刊永無休止的爭辯既不利於形成統一的路線，也無助於托派組織的發展壯大。在這個意義上，陳獨秀托派時期的報刊實踐無疑是失敗的。然而，其對於「黨內民主」與「少數派的自由」的討論仍有其歷史意義。晚年的陳獨秀在全民族抗戰及二戰全面爆發的大背景下開展報刊活動，儘管再也沒有具體的辦刊活動，但他主要圍繞抗戰、二戰後國家、民族、人民的前途與命運發言。晚年的陳獨秀雖與托派「藕斷絲連」，但在思想與組織上逐漸「脫離」了托派，最終成為「終身的反對派」。陳獨秀的報刊思想也發生了變化，他以無法走進民眾為由徹底否定了托派的報刊實踐，與此同時，他又積極發表演講、為各類報刊撰文、通過書信與托派及相關人士交流意見，利用一切機會讓自己的文字與思想為社會各界所瞭解。在此過程中，陳獨秀形成了號稱代表其最後思想輝煌的「最後的意見」。「最後的意見」雖受到國、共、托等「勢力集體」的「圍攻」，但卻成功「再現」了陳獨秀不怕被孤立的獨立思想家的本色，其有關民主自由的「最後的意見」至今仍有警示意義。在這個層面上，陳獨秀晚年的思想言論實踐雖然「落寞」，但仍稱得上成功。

陳獨秀前期報刊實踐矢志啟蒙，後期報刊實踐篤行革命，兩者不僅存在相當的區別，也反映其辦刊思想和行動「繁複而急劇」〔註 7〕的「演變」。通常認為，這種「繁複而急劇」的「演變」反映陳獨秀思想的「淺薄」，理論的「缺乏」，甚至是一個「不能夠思想的人」。〔註 8〕然而，支撐其「繁複而急劇」的演變背後恰是陳獨秀個人的「獨立的思想」。這是必然的，因為陳獨秀的「本色」是一位啟蒙思想家。清末革命風潮中，與章士釗、劉師培、林白水等報刊同人日趨「激烈」不同，「革命排滿」並非陳獨秀的辦報旨趣，他提倡書報出版必須遵守國家秩序，不得「訕謗詆毀，致涉叫囂」，期望通過學理的「輸灌」，志氣的「激發」，改造民眾思想，挽救民族危局。在日本提出滅亡中國的「二十一條」的危急時刻，陳獨秀拋出內含「有惡國不如無國」論調的《愛國心與自覺心》一文，對國人尤其是知識精英來說，不啻於晴天驚雷，一經發表即被「詰問叱責」——「何物狂徒，敢為是論」，然而，時局很快證明了陳獨秀所見非謬，時人紛紛以「自覺心自覺也」。由此陳獨秀也被譽為「汝南晨雞，先登壇喚」，預示著陳獨秀將以思想家的身份，迎來屬於他的時代，新文化運動即將全面展開。五四新文化運動時期是陳獨秀報人生涯的巔峰，他以《新青年》與《每週評論》掀起了中國近代史上最為動人的思想革命。《新青年》對中國

〔註 7〕鄭超麟：〈悼陳獨秀同志〉，載鄭超麟：《鄭超麟回憶錄（下）》，東方出版社，2004 年，第 413～415 頁。

〔註 8〕胡適曾說「獨秀早年的思想大都是淺薄的；除了他晚年從痛苦中體驗出來的『最後』幾點政治思想是值得表彰之外，我也總覺他是一個沒有受過嚴格學術訓練的老革命黨，而不是一個能夠思想的人。」（參見胡適：〈致李孤帆〉，《胡詩全集．胡適致友人書（下冊）》，頁 4203。）或如王文元所論「理論上有偈限」（參見雙山講述，方丈譯《陳獨秀的生平與思想》，香港《新觀察》第 6 期。），或如後世學者唐寶林所論，「理論的缺失」是陳獨秀一生「最大的弱點」，「他沒有系統的深思熟慮的因而堅定不移的理論基礎。」，「於是他先是信仰法蘭西民主主義，再是信仰列寧斯大林主義，最後又信仰托洛斯基主義，常常被牽著鼻子走。」。（參見唐寶林：《陳獨秀全傳》，社會科學文獻出版社，2013 年版，第 529～531 頁）。

傳統文化進行了「徹底而全面」的反思，不僅引領了新文化運動，也造就了新文化運動的「元典」，這也讓中國傳統知識資源最終淪為學術資源。《每週評論》的創辦，標誌著陳獨秀開始談論現實政治，這是思想啟蒙意義上的「談政治」，「隻眼」即能帶給讀者「光明」，陳獨秀的迅速「覺醒」帶動了五四青年的快速「覺醒」。中共時期，也正因為其「獨立的思想」，在受到共產主義革命理論的「框限」時，其報刊文字仍表現出可貴的啟蒙「色調」，其「薄弱」的思想中也透露出他「素樸」的「民主理念」。托派時期，陳獨秀雖囿於托派基本教義，但相較於托派其他成員，還是表現出思想的獨立性。他勇於承認並修正自己的錯誤認知，敢於根據變化的革命情境調整革命策略，更為重要的是他對民主「認識」的持續「推進」。這不僅表明「民主主義」在陳獨秀思想中的基礎地位，也為超越列寧與托洛斯基無產階級專政理論提供了可能。晚年的陳獨秀終於跳脫了黨派的「框限」，成為只代表其個人意見的「終身的反對派」，在此期間寫作的「最後的意見」不僅是對其革命生涯的反思，也是其對民主自由的普遍的終極認知，其內含的警示意義和普適意義是不言而喻的，這確是陳獨秀貢獻的最後的「輝煌思想」。

通常，能否構建一個較為完整、系統的思想理論體系是判斷一位思想家（無論是啟蒙思想家還是革命思想家）的重要標準，甚至是唯一標準。如果以此作為標準，那麼陳獨秀顯然稱不上思想家，儘管他能夠獨立的思想，但他並沒有形成一個完整、系統的思想理論體系。然而，如果陳獨秀本人並不像胡適或如王文元、唐寶林所期望的那樣「著意」於構建屬於自己的思想理論體系，那麼顯然需要轉換考察的視角。事實上，如果我們站在「同情與理解」的視角，可以發現，陳獨秀提供了一條陳氏特色的「思想進路」，以一種普遍的質疑和批判的前置立場，以實踐的歷史的「教訓」「討論」各式理論與主義，「尋找」實現民眾幸福、民族獨立的「解放之路」。〔註 9〕

陳獨秀轉向革命後，在其政治生涯中，逐漸形成了「一切理論和口號都有其時間性與空間性」的認識。在絕對意義上，陳獨秀的命題當然是成立的，任何一種理論只有不斷與時俱進才能永葆先進。理論的與時俱進，究其實質就是要根據不斷變化的時空情境對理論進行「適時」地調整和修正。這也意味著任

〔註 9〕此部分具體內容可參見陳長松：《終身的反對派：論陳獨秀的思想進路》，《報刊革命：陳獨秀後期報刊實踐與思想研究（1921～1942）》，花木蘭文化出版社，2022，第 161～180 頁。

何理論都不是完善的，都需接受基於時空情境的修正。由此，理論的迷信被打破。如果進一步從認識論意義來考察，上述文字還表明了陳獨秀對「真理」的態度，時空的絕對性與真理的相對性讓建構一種永恆的真理成為「奢望」，如果不存在絕對不變的「永恆」真理，只存在「相對」適時修正的真理，那麼陳獨秀自然無法獨衷於某一理論或真理，當然他也不會刻意修正、完善某一理論或真理使之成為永恆的「真理」。在陳獨秀看來，建構一個完善的理論既非必要，也無可能，由此陳獨秀必然成為「終身的反對派」，陳獨秀也必然在理論上存在缺憾。可以說，在認識論上，陳獨秀有關理論和口號時空性的論述實是其思想進路的前提。

儘管陳獨秀意識到時空性對理論或真理的「框限」，不存在所謂絕對的永恆的理論或真理。然而，時空並不發揮指導作用，革命實踐仍有賴於革命理論的指導。只有根據特定的時空情境靈活地運用理論或真理，才有可能取得革命實踐的成功。當然，這仍不足以保證革命實踐必然取得成功，於是就存在一個檢驗理論（或真理）的標準。陳獨秀在《致 S 和 H 的信》的信中較為集中地論述了檢驗標準問題，他稱之為「探討真理之總態度」，亦即以實踐、歷史的「教訓」作為考察「真理」與「主義」的標準。通常而言，教訓與經驗相對，但在本義上「教訓」也是一種「經驗」，是一種從失敗或錯誤中取得的「經驗」。也因此，經驗意味著成功，教訓意味著失敗與不足。另一方面，經驗與教訓總是相伴而行，有成功的經驗，必然也存在失敗（或不足）的教訓。理論而言，只看到經驗而看不到教訓，或者只看到教訓而忽略經驗都不是辯證客觀的態度。那麼陳獨秀突出「教訓」的標準有什麼意義呢？以「教訓」為標準，意味著陳獨秀要「刻意」找尋存在的問題，而問題的找尋則需要一種質疑和批判的前置立場。換句話說，「教訓」一詞的「負面」意涵暗示著陳獨秀採取的是一種質疑和批判的前置立場。這種前置立場必然讓陳獨秀拒絕「迷信」與「成見」，因為「迷信」意味著全盤接受與愛屋及烏，「成見」意味以偏概全與惡其胥余。這種前置立場強調「主義」（或真理）只有經過實踐的歷史的教訓的檢驗方能被接受，這也反映出質疑和批判在陳獨秀思想進路中所佔的重要地位。

應該說，這種檢驗標準因其採取的普遍的質疑與批判的前置立場而顯得頗為「苛刻」。在這種前置立場下，任何真理和主義都不可避免地存在著實踐的與（或）歷史的「教訓」。換句話說，這個立場很容易因「泛化」而導致「問題」無處不在。然而，這個立場並不意味著陳獨秀有意讓「教訓」泛化，更不意味著陳獨秀會隨意查找「教訓」。事實上，陳獨秀採取的實踐的歷史的教訓的檢驗標準存在一個思想的底線，這個底線即是愛人道、愛國家與愛真理。當然，這也是陳獨秀一生的價值追求。陳獨秀早在 1903 年底《國民日日報》後期即已確立愛人道、愛國家與愛真理的思想底線。愛人道，即是「以人為本」，要求捍衛人的尊嚴，提高人的地位。對陳獨秀而言，愛人道更多地指向底層民眾，關心底層民眾的生存與幸福，反對導致底層民眾人道主義災難的各式行為，用傳統話語表達就是「憂民」。愛國家可以理解為一種愛國主義情結，是一種個人或集體對「祖國」的積極和支持的態度。陳獨秀的愛國家與愛人道是密切相關的，一定意義上，甚至可以說愛人道是愛國家的前提。因為陳獨秀對國家的熱愛不是無條件的，只有為大多數民眾謀益幸福的國家才可愛。從 1903 年的《論增祺被拘》，到 1914 年的《愛國心與自覺心》，再到 1920 年的《國慶紀念底價值》，陳獨秀都主張國家應保障多數國民的幸福。可以說，陳獨秀的這種「愛國觀」也反映了其「真理觀」，他所追求的真理是能夠保障多數民眾生存和幸福的「真理」。陳獨秀投身共產革命的根本原因即在於只有「社會主義的政治」才主張「實際的多數幸福」（亦即「社會主義」是實現「實際的多數幸福」的「真理」）。陳獨秀的「三愛」是有內在邏輯的，由愛人道到愛國家再到愛真理，每一「愛」都是後者的前提。因為愛人道所以需要愛國家，因為愛國家所以需要愛「真理」，「真理」必須有助於建成一個保障國民生存和提升民眾幸福的國家，一旦「真理」無助於愛國家、愛人道，甚至直接造成民眾的人道主義災難就必然遭到陳獨秀的批判和捨棄。陳獨秀對中共中央中東路路線與口號的批評，對托派極左派工人無祖國路線的批判均是出於愛國家的考量；晚年形成的「最後的意見」中對民主的強調與對列、托革命理論的反思則是出於愛人道的考量；如果帶來的教訓是反人道的，類如「格柏烏政治」及「法西斯主義」所造成的人道災難，陳獨秀更是全力批判與反對。可見愛人道、愛國家與愛真理是陳獨秀一生的思想底線。

在陳獨秀所持的普遍的質疑與批判的前置立場的檢驗下，各式理論與教義很難通過「事變之試驗及時間之淘汰」。由此，陳獨秀的思想必然處在不斷地轉變與演進過程中，在無法獨衷某一理論（或真理）的同時，也無法創建自己較為系統的思想理論。陳獨秀對此也有清晰的認識。陳獨秀在《給陳其昌等的信》中，「我不懂得什麼理論，我決計不顧忌偏左偏右，絕對力求偏頗，絕對厭棄中庸之道……」的態度可以理解為「反理論」的立場；「只注重個人獨立的思想」、「不遷就任何人的意見」、「自作主張自負責任」以及「絕對不怕孤立」的態度可以理解為「勇猛」的批評立場。由此來看，「終身的反對派」意味陳獨秀的「反理論」立場——既不獨衷於某一理論，也不會創建某一理論。當然，陳獨秀理論上的「欠缺」並不意味著他「不能思想」，恰恰相反，陳獨秀是中國近現代史甚至中國歷史上最為傑出的思想家之一，王文元所謂「中國最勇敢的思想家」並非過譽之詞。且不說陳獨秀以「一份刊物」掀起了中國歷史上最為動人的思想革命——五四新文化運動，即就他「失敗」了「事工」而言，其中的思想也不乏歷史意義與當下意義。陳獨秀以一種普遍的質疑和批判的前置立場，在基於個人反思的基礎上，以實踐的歷史的「教訓」「討論」各式理論與主義。這種思想進路不僅能夠讓陳獨秀勇敢地思想，還能讓抓住問題的關鍵，直指「要害」。比如從中共轉向托派時有關「黨內民主」與「少數派的自由」的思考與論述，再如晚年脫離托派時形成的關於無產階級民主與專政的「最後的意見」。或許陳獨秀的相關意見和思想在「實踐」上難度很大甚或可能性為零，在思想的體系與邏輯上也欠缺「完整」與「自洽」，但我們很難否定陳獨秀的「意見」，其內含的警示意義和普適意義是不言而喻的，事實上這是我們必須努力達致的理想之一。

陳獨秀一生雖具有多重身份，但簡單來說主要有兩種基本身份——領袖身份與報人身份。領袖身份是指陳獨秀作為思想領袖與革命領袖的身份，具體是指五四新文化運動中的「總司令」身份及轉向革命後的中共總書記與托派領袖身份。報人身份主要是指陳獨秀無論是作為思想領袖，還是作為革命領袖，報刊都是其開展思想啟蒙與組織政治革命的重要載具。應該看到，兩種身份對理論的要求是不一樣的，相對來說，領袖身份需要理論的完整與自洽，報人身份更強調批評與當下性。領袖身份（無論是思想領袖還是革命領袖）需要陳獨秀努力成為一名完整與自洽的理論家。然而，如前所述，陳獨秀採取的「反理論」的態度決定了他採取了另一條「終身反對派」的思想進路，根本不可能成為外界所期待的「理論家」。另一方面，陳獨秀的報人身份也對其「終身反對派」的思想進路產生了深刻地影響。

應該看到，陳獨秀積極投身報刊實踐的同時，報刊也對陳獨秀思想進路的形成產生重要影響。報刊屬於大眾傳媒，面向的受眾是不定向的社會大眾，刊載的內容也以社會當下關切為主，並且要求定期連續地出版。由此決定了報刊媒介即時性與開放性的媒介特性，報人必須對外界話語保持高度的對話性，換句話說，報人必須時刻關注並回應來自外界的信息與反饋。這一方面有利於取得「即時」的傳播效果，另一方面則不利於敘事尤其是理論敘事的完整與自洽，這是一把「雙刃劍」。事實上，世事變幻莫測，也很難有一個全知全能的宏大敘事能夠予以解釋與預測，這也必然導致眾說紛紜、見仁見智的情況。不僅如此，中國近代報刊雖是舶來品，但其發生發展也深受中國語境的影響。這一方面表現為報刊必須發揮普利策所謂「船頭的瞭望者」的社會功能，需要時刻關注社會風險，及時發出警告；另一方面中國近代報刊的發生發展與日益嚴重的民族危機相伴而行，報刊的政治功用成為國人報刊實踐追求的首要目標。嚴格來說，兩者之間還是存在著矛盾之處的，前者強調從微觀入手，通過具體問題的發現與解決實現社會的進步；後者需要從宏觀著手，通過社會動員與社會工程手段實現政治功用。

陳獨秀的報刊實踐是追求政治功用的，與此同時，陳獨秀也時刻關注社會，「警醒」中國人。綜觀陳獨秀一生從事的報刊實踐，無論是前期的啟蒙報刊實踐，還是後期的革命報刊實踐，都緊貼社會實際，針對社會現實發言。陳獨秀是中共早期領導人與托派同志中寫作時評最多的人〔註 10〕，黨內同志無人能敵；陳獨秀也一再強調理論與口號存在的時空性問題，這兩點足以說明陳獨秀對時勢的關注與回應是超於常人的。陳獨秀報刊實踐中對時事的熱情投入必然影響其理論敘事的完整與自洽，不寧唯是，甚至還會造成個人理論立場的「自反」。陳獨秀自認的「終身的反對派」的立場與身份，以及鄭超麟所描述的陳獨秀思想「繁複而急劇」〔註 11〕的轉變過程都可以印證陳獨秀理論立場的「自反」。而在理論層面，陳獨秀確實沒有提出什麼系統、完整的理論，一方面，他提出的思想命題都屬於宏觀的絕對意義上的命題，缺少微觀的相對主義的考量；另一方面，他所提的相關理論如「二次革命論」、「無產階級革命領導權」、「國民會議」等又因囿於具體的時空情境而更像是組織的「臨時路線」，不僅「背離」了馬、列、托等人的相關革命理論，也留下了被質疑、被討論的話語空間。從根本上說，報刊是陳獨秀從事社會批判的「利器」，他希望借助報刊這一「批判的利器」實現對「武器」（真理與主義）的「批判」，最終實現

〔註 10〕如陳獨秀在《前鋒》第 1～第 3 期共刊發 16 篇「寸鐵」；以「撒翁」為筆名在《布爾什維克》發表 102 篇「寸鐵」短評；在托派刊物《熱潮》目前存世的 5 期共刊發 72 篇「時事短評」。

〔註 11〕鄭超麟：〈悼陳獨秀同志〉，載鄭超麟：《鄭超麟回憶錄（下）》（北京：東方出版社，2004），頁 413～415。

民族的獨立與民眾的幸福，由此既決定了陳獨秀對「理論」不求甚解，只求「大致把握」的「接受」態度〔註12〕，也必然對陳獨秀思想進路的形成與發展產生深刻影響，他只能成為「終身的反對派」。

19世紀30年代中期，陳獨秀在南京獄中創作《金粉淚》五六十首七言絕句組詩，其中最末一首絕句為「自來亡國多妖孽，一世興衰照眼明。幸有艱難能煉骨，依然白髮老書生」。儘管南京獄中並不是陳獨秀人生歷程的終點，但該首絕句形象地點出了陳獨秀對自己個人一生的「定位」——「白髮老書生」，陳獨秀終其一生都在思考、探索救國救民的理想之路。在中國的歷史與文化語境中，「書生」通常是個雖有理想卻又無力的悲劇性形象，而「老」字更平添了「蒼涼」與「悲壯」的色彩。

毋庸諱言，陳獨秀在中國近現代革命過程中乃至中國近現代歷史中就是這樣的悲劇性人物。就其報刊實踐來看，近代中國兩次思想啟蒙運動的不徹底性，讓陳獨秀所服務的普羅大眾，難以走近、接受陳獨秀；他對傳統文化徹底、絕不妥協的批判精神，則注定要為近代中國傳統文化的「斷裂」接受後世的「清算」；他為五四青年開啟了理性之光，相應地也「應該」對五四青年日後的左傾或右傾，選擇不同的道路，承擔一定的「歷史責任」。而從其投身革命實踐的效果特別是結局看，他以書生的理想主義從事殘酷的政治鬥爭，其結果必然以「失敗」而告終，他在舊民主主義革命時期及新民主主義革命當中的兩次「落伍」，也充分印證了這一點。中國傳統文化的「成敗論」無疑加劇了「悲劇性」的色彩。最為「可悲」的是，當其他《新青年》同人忙於跑馬圈地、從事學術著述的時候，他將其主要時間和精力都投入了寫作報刊「時文」以及從事實際的革命工作，當他轉入學術著述時，選擇的又是冷僻過時的「小學」，這不可避免地造成了他在中國學術史上的地位「闕如」。此外，陳獨秀將其一生的絕

〔註12〕羅志田在分析陳獨秀對馬列理論的「接受」時曾指出，陳獨秀對馬列主義的接受「不過是在立場上轉向了馬列主義，並未系統掌握其理論。惟以其對學理一貫敏銳的感覺，他對馬列主義也有大體的把握，並很快與自己的固有主張結合起來」。參見羅志田：《他永遠是他自己——陳獨秀的人生與心路》)。雖然羅文所用例證的可信度是值得商榷的，但他還是指出了陳獨秀對馬列主義「接受」的某些特徵：一是陳獨秀對學理有著「一貫敏銳的感覺」，這讓他善於把握馬列主義的基本要義；二是他對馬列的接受是與其故有的主張相結合的。事實上，這些特徵是陳獨秀「接受」各式理論的一貫態度，對馬列主義是如此，轉向革命前對待西方的各式學理也是這個態度。陳獨秀的這個態度雖可以理解為對理論不求甚解，但他的確能夠「大體把握」各式理論。

大部分時間都投身於中國革命，生前被捕五次〔註 13〕，晚年困死江津，身後更是飽受爭議，這導致了陳獨秀研究資料的不足，除了報刊文字之外，不僅陳獨秀本人少有其他存世的文字，而且其時、其後論及陳獨秀的真正具有史料價值的文字也不多，甚至即使存世的部分報刊文字，其作者也存在爭議。由此形成了在陳獨秀研究中陳獨秀本人話語的「缺席」狀態，這也導致了後來有關陳獨秀的研究眾說紛紜，因為不同的研究者往往可以作出各種「合理性解釋」，甚至憑著主觀臆斷就隨意塗抹。

然而辯證地看，這些「可悲之處」未必真正「可悲」。陳獨秀的報刊實踐與其社會革命活動二者交替進行的事實表明，他是近代中國知識分子「知行合一」的踐行者和表率。其不乏真知灼見的「知」，體現了知識分子獨立思考追求真理的可貴品質，其不計得失、義無反顧的「行」，則彰顯出執著率真的人格魅力。可以毫不誇張地說，陳獨秀不僅是近代中國轉型期的思想巨人，也是變革社會的行動巨人，他不僅在領導革命活動、推動社會進步方面功不可沒，而且也給中國思想史、文化史和新聞史等諸多領域留下了一筆寶貴遺產。如果我們承認近代中國的兩次思想啟蒙運動不夠徹底，為此需要在某種程度上進行再次啟蒙的話（正如不少有識之士所指出的那樣）；如果我們承認，五四時期陳獨秀、胡適、魯迅等先賢提出的思想命題對於現代中國仍需要認真對待的話，我們就能「發現」陳獨秀報刊實踐及其傳播思想的長效價值。因為不僅在清末民初的特定語境中，它曾經起到了振聾發聵的警醒作用，而且對於轉型期的中國社會而言，在邁向現代化的征程中，它仍然具有某種借鑒意義和啟迪作用。

隨著時間的推移和研究的不斷深入，歷史人物的真正價值終究是會被發掘和認識的。事實上，新世紀以來興起的陳獨秀研究讓我們有理由相信，陳獨秀由於種種原因而被「封存」「遮蔽」的「本色」，將會在客觀公正全面的歷史研究與評價中逐步「顯影」，而他光彩的一面也將被越來越多的人所認識和認同！我們對此充滿信心。

〔註 13〕具體被捕時間可參見強重華、楊淑娟等人編的《陳獨秀被捕資料彙編》（河南人民出版社，1982 年版）。

參考文獻

一、報刊雜誌

1.《杭州白話報》。
2.《中國白話報》。
3.《國民日日報彙編》。
4.《國民日日報》。
5.《安徽俗話報》。
6.《京話日報》。
7.《甲寅》(月刊)。
8.《新青年》。
9.《每週評論》。
10.《勞動界》。
11.《嚮導》。
12.《前鋒》。
13.《布爾什維克》。
14.《無產者》。
15.《火花》。
16.《熱潮》。

二、回憶錄與年譜

1. 陳碧蘭:《我的回憶》,香港十月書屋,1994 年。

2. 張國燾：《我的回憶》，東方出版社，2004 年。
3. 鄭超麟：《鄭超麟回憶錄》，東方出版社，2004 年。
4. 王文元：《雙山回憶錄》，東方出版社，2004 年。
5. 〔俄〕列夫·托洛茨基：《托洛茨基自傳：我的生平》，上海人民出版社，2014 年。
6. 唐寶林、林茂生編著：《陳獨秀年譜》，上海人民出版社，1988 年。
7. 王光遠編著：《陳獨秀年譜：1897～1942》，重慶出版社，1987 年。
8. 郅玉如：《陳獨秀年譜》，香港龍門書店，1974 年。
9. 萬仕國：《劉師培年譜》，廣陵書社，2003 年。
10. 袁景華：《章士釗先生年譜》，吉林人民出版社，2001 年。

三、著作

1. 唐寶林：《陳獨秀全傳》，社會科學文獻出版社，2013 年。
2. 任建樹：《陳獨秀大傳》，上海人民出版社，1999 年。
3. 任建樹;《陳獨秀傳（上）——從秀才到總書記》（上），上海人民出版社，1989 年。
4. 唐寶林：《陳獨秀傳（下）——從總書記到反對派》（下），上海人民出版社，1989 年。
5. 鄭學稼：《陳獨秀傳》，臺灣時報文化出版企業有限公司，1989 年。
6. 沈寂：《陳獨秀傳論》，安徽大學出版社，2007 年。
7. 朱文華：《陳獨秀評傳——終身的反對派》，青島出版社，2005 年。
8. 王觀泉：《被綁的普羅米修斯——陳獨秀傳》，臺灣業強出版社，1996 年。
9. 朱文華：《陳獨秀傳》，紅旗出版社，2009 年。
10. 朱洪：《陳獨秀傳》，安徽人民出版社，2003 年。
11. 陳萬雄：《新文化運動前的陳獨秀》，香港中文大學出版社，1982 年。
12. 袁亞忠：《陳獨秀的最後十五年》，中國文史出版社，2005 年。
13. 祝彥：《晚年陳獨秀》，人民出版社，2006 年。
14. 張寶明、劉雲飛：《飛揚與落寞——陳獨秀的曠世悲情》，東方出版社，2007 年。
15. 陳璞平：《陳獨秀之死》，青島出版社，2005 年。
16. 石鍾揚：《文人陳獨秀：啟蒙的智慧》，陝西人民出版社，2005 年。

17. 劉永謀、王興彬：《驚醒中國人：走近陳獨秀》，中國社會出版社，2005 年。
18. 陳東曉：《陳獨秀評論》，亞東書局，1933 年，國家圖書館縮微膠卷。
19. 郭成棠：《陳獨秀與中國共產主義運動》，臺北聯經，1992 年。
20. 劉平梅：《中國托派史》，香港新苗出版社，2005 年。
21. 唐寶林：《中國托派史》，臺北東大圖書股份有限公司，1994 年。
22. 吳基民：《煉獄：中國托派的苦難與奮鬥》，八方文化創作室，2008 年。
23. 方漢奇：《中國新聞史通史第一卷》，中國人民大學出版社，1997 年。
24. 寧樹藩：《中國新聞史通史第二卷》，中國人民大學出版社，1997 年。
25. 方漢奇：《中國近代報刊史》，山西人民出版社，1981 年。
26. 丁淦林：《中國新聞事業史》，高等教育出版社，2002 年。
27. 黄瑚：《中國新聞事業發展史》，復旦大學出版社，2009 年。
28. 曾建雄：《中國近代新聞評論史》，廣西師範大學出版社，1996 年。
29. 蔡銘澤：《嚮導週報研究》，福建人民出版社，2004 年。
30. 秦紹德：《上海近代報刊史論》，復旦大學出版社，1993 年。
31. 賴光臨：《中國近代報人與報業》，臺灣商務印書館，1987 年。
32. 戈公振：《中國報學史》，三聯書店，1955 年。
33. 胡太春：《中國近代新聞思想史》，上西人民出版社，1987 年。
34. 吳廷俊：《中國新聞史新修》，復旦大學出版社，2008 年。
35. 張育仁：《自由的歷險——中國自由主義新聞思想史》，雲南人民出版社，2002 年。
36. 關紹箕：《中國傳播思想史》，臺灣正中書局，2000 年。
37. 戴元光：《中國傳播思想史（現當代卷）》，上海交通大學出版社，2005 年。
38. 胡文龍：《中國新聞評論發展研究》，中國人民大學出版社，2002 年。
39. 朱漢國、汪朝光：《中華民國史》（第一冊），四川人民出版社，2006 年。
40. 張憲文等：《中華民國史》（第一卷），南京大學出版社，2005 年。
41. 葛兆光：《中國思想史》，復旦大學出版社，2004 年。
42. 李澤厚：《中國近代思想史論》，天津社會科學院出版社，2003 年。
43. 王奇生：《革命與反革命：社會文化視野下的民國政治》，社會科學文獻出版社，2010 年。
44. 彭明：《五四運動史》，人民出版社，1998 年。

45. 哈佛燕京學社：《啟蒙的反思》，江蘇教育出版社，2005 年。
46. 金觀濤、劉清峰：《觀念史研究：中國現代重要政治術語的形成》，香港中文大學出版社，2008 年。
47. 蕭公權等：《近代中國思想人物論——社會主義》，臺北時報文化出版事業有限公司，1982 年。
48. 楊念群：《「五四」就是週年祭——一個「問題史」的回溯與反思》，世界圖書出版公司北京公司，2009 年。
49. 羅志田：《權勢轉移：近代中國的思想、社會與學術》，湖北人民出版社，1999 年。
50. 高瑞泉、山口久和：《中國的現代性與城市知識分子》，上海古籍出版社，2004 年。
51. 王森然：《近代二十家評傳》，書目文獻出版社，1987 年。
52. 陳建華：《革命的現代性：中國革命話語考論》，上海古籍出版社，2000 年。
53. 周淑真：《中國青年黨在大陸和臺灣》，中國人民大學出版社，1993 年。
54. 邵志擇：《近代中國報刊思想的起源與轉折》，浙江大學出版社，2011 年。
55. 徐方平：《蔡和森與〈嚮導〉週報》，中國社會科學出版社，2006 年。
56. 林之達主編《中國共產黨宣傳史》，四川人民出版社，1990 年。
57. 徐信華：《中國共產黨早期報刊與馬克思主義大眾化》，人民出版社，2013 年。
58. 王曉嵐：《中國共產黨報刊史——中共新聞思想與時俱進的歷史考察之一》，中國社會科學出版社，2009 年。
59. 劉海龍：《宣傳：觀念、話語及其正當化》，中國大百科全書出版社，2013 年。
60. 陳力丹：《馬克思主義新聞觀思想體系》，中國人民大學出版社，2006。
61. 王曉嵐：《中國共產黨報刊發行史》，中國社會科學出版社，2008 年。
62. 錢承軍：《建國前中國共產黨報刊研究》，中國文聯出版社，2009 年。
63. 中共中央黨史研究室：《中國共產黨歷史第一卷（1921～1949）上冊》，中央黨史出版社，2015 年。
64. 孫旭培：《坎坷之路：新聞自由在中國》，巨流圖書股份有限公司，2013 年。

65. 閆潤魚：《自由主義與近代中國》，新星出版社，2007 年。
66. 羅志田：《激變時代的文化與政治——從新文化運動到北伐》，北京大學出版社，2006 年。
67. 王軍：《高語罕傳》，中共黨史出版社，2011 年。
68. 陳永發：《中國共產革命七十年（上冊）》，臺北聯經出版社，1998 年。
69. 鄒讜：《中國革命再闡釋》，何高潮等譯，牛津大學出版社，2002 年。
70. 克思明：《早期國共關係新論》，臺灣學生書局，2005 年。
71. 李玉貞：《國民黨與國產國際》，人民出版社，2012 年。
72. 李玉貞：《孫中山與共產國際》，臺灣中央研究院近代史研究所，1996 年。
73. 呂芳上：《革命之再起——中國國民黨改組前對新思潮的回應（1914～1924）》，臺灣中央研究院近代史研究所，1989 年。
74. 郭恒鈺：《共產國際與中國革命》，臺灣東大圖書公司，1989 年。
75. 曹軍：《中國共產黨與共產國際關係史研究》，陝西人民出版社，2001 年。
76. 許紀霖：《啟蒙如何起死回生：現代中國知識分子的思想困境》，北京大學出版社，2011 年。
77. 馮崇義：《中共黨內的自由主義——從陳獨秀到李慎之》，香港明鏡出版社，2009 年。
78. 陳光興、孫歌編：《重新思考中國革命：溝口雄三的思想方法》，臺灣社會研究雜誌社，2010 年。
79. 曾淼：《世界托派運動——組織、理論及國別研究》，人民出版社，2011 年。
80. 胡國勝：《革命與象徵——中國共產黨政治符號研究 1921～1949》，中國社會科學出版社，2014 年。
81. 張靜廬：《中國近代出版史料初編》，中華書局，1957 年。
82. 強重華等：《陳獨秀被捕資料彙編》，河南人民出版社，1982 年。
83. 丁守和主編：《辛亥革命時期期刊介紹》，人民出版社，1986 年。
84. 閭小波：《中國早期現代化中的傳播媒介》，上海三聯書店，1995 年。
85. 王爾敏：《中國近代思想史論》，社會科學文獻出版社，2003 年。
86. 王爾敏：《中國近代思想史論續集》，社會科學文獻出版社，2005 年。
87. 李龍牧：《五四時期思想史論》，復旦大學出版社，1990 年。
88. 郭湛波：《近五十年中國思想史》，上海古籍出版社，2005 年。

89. 常乃德：《中國思想小史》，中華書局，1930 年。
90. 胡繩：《從鴉片戰爭到五四運動》，人民出版社，1997 年。
91. 高力克：《歷史與價值的張力——中國現代化思想史論》，貴州人民出版社，1992 年。
92. 陳平原：《觸摸歷史與進入五四》，北京大學出版社，2005 年。
93. 李孝悌：《清末的下層社會啟蒙運動：1901～1911》，河北教育出版社，2001 年。
94. 桑兵：《晚清學堂學生與社會變遷》，三聯書店，1995 年。
95. 張朋園：《知識分子與近代中國的現代化》，百花洲文藝出版社，2002 年。
96. 歐陽哲生：《新文化的傳統——五四時期人物與思想研究》，廣東人民出版社，2004 年。
97. 蕭廷中等編：《啟蒙的價值與侷限——臺灣學者論五四》，山西人民出版社，1989 年。
98. 張寶明：《啟蒙與革命——「五四」激進派的兩難》，學林出版社，1998 年。
99. 鄒小站、鄭大華：《傳統思想的近代轉換》，社會科學文獻出版社，2007 年。
100. 李仁淵：《晚清的新式傳播媒體與知識分子——以報刊出版為中心的討論》，稻鄉出版社，民國 94 年。
101. 高力克：《五四的思想世界》，學林出版社，2003 年。
102. 陳萬雄：《五四新文化的源流》，三聯書店，1997 年。
103. 王躍、高力克主編：《五四：文化的闡釋與評價——西方學者論五四》，陝西人民出版社，1989 年。
104. 譚彼岸：《晚清的白話文運動》，湖北人民出版社，1956 年。
105. 張寶明：《多維視野下的〈新青年〉研究》，商務印書館，2007 年。
106. 陳長松：《陳獨秀前期報刊實踐與傳播思想研究》，中國社會科學出版社，2015 年。
107. 〔美〕石約翰：《中國革命的歷史透視》，王國良譯，中國人民大學出版社，2011 年。
108. 〔美〕周明之：《胡適與中國現代知識分子的選擇》，雷頤譯，四川人民出版社，1991 年。

109.〔美〕漢娜．阿倫特：《論革命》，陳周旺譯，譯林出版社，2007 年。
110.〔美〕史景遷：《天安門：知識分子與中國革命》，尹慶軍等譯，中央編譯出版社，1998 年。
111.〔美〕夏偉、魯樂漢：《富強之路：從慈禧開始的長征》，潘勳譯，臺灣遠足文化事業股份有限公司，2014 年。
112.〔美〕西達．斯考切波：《國家與社會革命：對法國、俄國和中國的比較分析》，何俊志等譯，上海世紀出版社，2013 年。
113.〔美〕羅伯特.L.海爾布隆納：《馬克思主義支持與反對》，馬林梅譯，東方出版社，2014 年。
114.〔美〕阿里夫．德里克：《革命與歷史——中國馬克思主義歷史學的起源，1919～1937》，翁賀凱譯，江蘇人民出版社，2004 年。
115.〔日〕石川禎浩：《中國共產黨成立史》，袁廣泉譯，中國社會科學出版社，2006 年。
116.〔美〕費正清：《劍橋中華民國史》上卷，中國社會科學出版社，1994 年。
117.〔澳〕費約翰：《喚醒中國：國民革命中的政治、文化與階級》，李霞等譯，生活．讀書．新知三聯書店，2004 年。
118.〔美〕徐中約《中國近代史：1600～2000，中國的奮鬥》（第六版），計秋楓、朱慶葆譯，世界圖書出版公司北京公司，2008 年。
119.〔美〕埃弗雷特.M.羅傑斯：《創新的擴散》，中央編譯出版社，2002 年。
120.〔美〕伊麗莎白．愛森斯坦：《作為變革動因的印刷機：早期近代歐洲的傳播與文化變革》，何道寬譯，北京大學出版社 2010 年。
121.〔美〕費正清、劉廣京編：《劍橋中國晚清史》上、下卷，中國社會科學出版社，1993 年。
122.〔美〕周策縱：《五四運動：現代中國的思想革命》，江蘇人民出版社，1996 年。
123.〔美〕周策縱等著：《五四與中國》臺北：時報文化出版事業有限公司，民國 71 年。
124.〔美〕舒衡哲：《中國的啟蒙運動——知識分子與「五四」遺產》，新星出版社，2007 年。
125.〔美〕林毓生：《中國意識的危機——「五四」時期激烈的反傳統主義》，貴州人民出版社，1986 年版。

126.〔美〕李歐梵：《未完成的現代性》，北京大學出版社，2005 年。
127.〔美〕林毓生：《中國傳統的創造性轉化》，三聯書店，1988 年。
128.〔英〕諾曼·費拉克拉夫：《話語與社會變遷》，殷曉蓉譯，華夏出版社，2003 年。
129.〔美〕海登·懷特：《後現代歷史敘事學》，陳永國、張萬娟譯，中國社會科學出版社，2003 年。
130.〔法〕米歇爾·德·塞爾托：《歷史與心理分析——科學與虛構之間》，邵煒譯，中國人民大學出版社，2010 年。
131.〔意〕克羅齊：《歷史學的理論和歷史》，田時綱譯，中國社會科學出版社，2005 年。
132.〔德〕羅伯特·米歇爾斯：《寡頭統治鐵律》，任軍鋒譯，天津人民出版社，2003 年。
133.〔意〕G.薩托利：《政黨與政黨體制》，王明進譯，商務印書館，2006 年。
134.〔法〕朱利安·班達：《知識分子的背叛》，佘碧平譯，上海人民出版社，2005 年。
135.〔美〕理查德·A·波斯納：《公共知識分子：衰落之研究》，徐昕譯，中國政法大學出版社，2002 年。
136.〔美〕馬克·里拉《當知識分子遇到政治》，鄧曉菁、王笑紅譯，新星出版社，2010 年。
137.〔美〕阿爾文·古爾德納：《新階級與知識分子的未來》，杜維真等譯，人民文學出版，2000 年。
138.〔法〕讓納內《西方媒介史》，段慧敏譯，廣西師範大學出版社，2005 年。
139.〔美〕西伯特、彼得森、施拉姆：《傳媒的四種理論》，展江、戴鑫譯，中國人民大學出版社，2008 年。
140.〔美〕新聞自由委員會：《一個自由而負責的新聞界》，展江、王征、王濤譯，中國人民大學出版社，2004 年。
141.〔美〕尼羅、貝里、布拉曼等：《最後的權利：重議〈報刊的四種理念〉》，周翔譯，汕頭大學出版社，2008 年。

四、期刊論文

1. 羅志田：《他永遠是他自己——陳獨秀的人生和心路》，《四川大學學報(哲社版)》，2010（5）。
2. 鄭師渠：《陳獨秀與反省現代性（上）》，《河北學刊》，2007（6）。
3. 鄭師渠：《陳獨秀與反省現代性（上）》，《河北學刊》，2008（1）。
4. 本傑明．史華慈，論陳獨秀的西方主義，新史學（第七輯），大象出版社，2007 年版。
5. 黄旦，五四前後新聞思想的再認識，浙江大學學報，2000（04）。
6. 羅志田：《陳獨秀與「五四」後〈新青年〉的轉向》，《天津社會科學》，2013（3）。
7. 高力克：《革命進化論與陳獨秀的啟蒙激進主義》，《華東師範大學學報（哲社版）》，2010（3）。
8. 張寶明：《從高調到低調：陳獨秀前後民主觀的再審視》，《內蒙古師範大學學報（哲社版）》，2002（4）。
9. 章清：《1920 年代：思想界的分裂與中國社會的重組——對〈新青年〉同人「後五四時期」思想分化的追蹤》，《近代史研究》，2004（6）。
10. 章清：《五四思想界：中心與邊緣——〈新青年〉及新文化運動的閱讀個案》，《近代史研究》，2010（3）。
11. 閭小波：《論世紀之交陳獨秀的思想來源與文化選擇》，《社會科學研究》，2002（4）。
12. 閭小波：《論陳獨秀晚年民主觀的思想資源》，《學海》，2006（3）。
13. 張光明：《談談陳獨秀晚年民主觀並回溯到盧森堡——讀「給西流的信」有感》，《當代世界與社會主義》，2002（2）。
14. 王奇生：《「革命」與「反革命」：1920 年代中國三大政黨的黨際互動》，《歷史研究》，2004（5）。
15. 鄭師渠：《從反省現代性到服膺馬克思主義——李大釗、陳獨秀思想新論》，《史學集刊》，2010（1）。
16. 張登及：《陳獨秀的政治思想與中國共運之回顧》，《中國大陸研究》，2000（1）。
17. 楊貞德：《到共產主義之路——陳獨秀愛國主義中的歷史和個人》，《中國文史研究集刊》（臺灣），2000（16）。
18. 高力克：《新文化運動之綱領——論陳獨秀的〈吾人最後之覺悟〉》，《天津社會科學》，2009（4）。

19. 張永：《國際指示、工農運動與中共的轉型困境——1927 年陳獨秀「右傾機會主義」新探》，《安徽史學》，2018（6）。
20. 趙曉春：《試析瞿秋白主持中央工作期間的領導風格》，《瞿秋白研究文叢》，2017。
21. 李怡：《五四文學運動的「革命」話語》，《中國社會科學》2016（12）。
22. 許翠瓊：《陳獨秀與中國托派》，《黨史縱橫》2015（11）。
23. 張家康：《陳獨秀蒙冤「托派漢奸」》，《黨史縱橫》2017（8）。
24. 散木：《陳獨秀「家長制」作風與建黨初期多人退黨的考察》，《黨史博覽》，2008（5）。
25. 沈寂：《辛亥革命時期的岳王會》，《歷史研究》，1977（19）。
26. 楊早：《京滬白話報：啟蒙的兩種路向——〈中國白話報〉、〈京話日報〉之比較》，《北京社會科學》，2003（3）。
27. 楊早：《啟蒙的新形態——晚清啟蒙運動中的〈京話日報〉》，《中國文學研究》，2003（3）。
28. 呂鳳棠：《白話報刊的歷史演進及其特徵》，《出版發行研究》，2003（9）。
29. 阿英：《白話報——辛亥革命文談三》，《人民日報》，1961-10-16。
30. 鄭超麟：《陳獨秀與〈甲寅雜誌〉》，《安徽史學》，2002（04）。
31. 楊琥：《〈新青年〉與〈甲寅〉雜誌之歷史淵源》，《北京大學學報》（哲社版），2002（6）。
32. 楊琥：《同鄉、同門、同事、同道：社會交往與思想交融——〈新青年〉主要撰稿人的構成與聚合途徑》，《近代史研究》，2009（1）。
33. 章清：《民初「思想界」解析——報刊媒介與讀書人的生活形態》，《近代史研究》，2007（3）。
34. 嚴家炎：《「五四」「全盤反傳統」問題之考辨》，《文藝研究》，2007（3）。
35. 歐陽哲生：《〈新青年〉編輯演變之歷史考辨——以 1920～1921 年同人書信為中心的探討》，《歷史研究》，2009（3）。
36. 王福湘：《「革命的前驅者」與「精神界之戰士」——陳獨秀與魯迅啟蒙思想的比較（一）》、《「革命的前驅者」與「精神界之戰士」——陳獨秀與魯迅啟蒙思想的比較（二）》，《魯迅研究月刊》，2005（1）（2）。
37. 何玲華：《在歷史語境中審視——〈新青年〉雜誌陳獨秀反儒非孔再論》，《天府新論》，2003（2）。

38. 尤小立：《五四新文化派的政治轉向及其思想差異——以〈每週評論〉時期為中心的分析》，《南京大學學報》（哲社版），2006（6）

五、學位論文

1. 黄旦：《「耳目」與「喉舌」的歷史性轉換：中國百年新聞思想主潮論》，1998 博士論文，復旦大學藏。
2. 鄭坤騰：《荒湮的革命之路：中國托派的不斷革命論與革命抉擇（1925～1952）》，2008 碩士論文，臺灣大學藏。
3. 魏劍美：《陳獨秀報刊活動及報刊思想研究》，2015 博士論文，湖南師範大學藏。
4. 謝芷廷：《現代政治形式的嘗試與探索：陳獨秀政治思想中的民主概念》，2010 碩士論文，臺灣大學藏。
5. 肖桂清：《陳獨秀政治思想研究》，2004 博士論文，東北師範大學藏。
6. 鄧金明，《從〈新青年〉到「新青年」——五四青年對〈新青年〉雜誌的閱讀研究》，2008 年博士論文，首都師範大學藏。
7. 李憲瑜，《〈新青年〉雜誌研究》，2000 年博士論文，北京大學藏。
8. 丁苗苗，《安徽俗話報研究》，2005 年碩士論文，安徽大學藏。
9. 黄曉紅，《〈安徽俗話報〉研究》，2010 年博士論文，安徽大學藏。
10. 張鵬，《民國新聞人陳獨秀研究》，2018 年博士論文，南京師範大學藏。

六、文集

1. 《陳獨秀著作選編》，上海人民出版社，2009 年版。
2. 《章士釗全集》，上海文匯出版社，2000 年版。
3. 《劉師培全集》，中共中央黨校出版社，1997 年版。
3. 《飲冰室合集》，中華書局，1989 版。
4. 《殷海光哲學與文化思想論集》，南京大學出版社，2008 年版。
5. 《胡適全集》，安徽教育出版社，2003 年版。
6. 《魯迅全集》，人民日報出版社，2005 年版。

後　記

我與陳獨秀的「結緣」緣自博士論文選題。2009 年 9 月，我入讀暨南大學新傳學院，攻讀博士學位。按要求，來年 5 月即要完成博士論文選題。現在回想，我的博士論文選題頗為順利。某天，在偶而翻閱一篇有關胡適研究的文獻綜述後，我突發奇想，新文化運動的另一位代表人物陳獨秀是否可以作為自己博士論文的選題呢？在翻閱相關文獻後，我發現，儘管研究陳獨秀的文獻汗牛充棟，新聞傳播學的相關研究也不少，但新聞傳播學科的學位論文尤其是博士論文基本沒有，而且本學科對陳獨秀的研究通常散見於對其創辦的報刊研究中。一週後，我向導師曾建雄教授彙報了我的想法，他當即表示同意，並囑咐一些需要注意的事項。

無知者無畏。當時的想法頗為簡單，即是從歷時的角度梳理陳獨秀的辦刊實踐並討論所呈現的傳播思想，將已有的研究文獻梳理歸類，完成一篇形貌合格的學位論文。然而，隨著對相關文獻的進一步閱讀，發現自己面臨相當多的挑戰。一方面，陳獨秀作為近代中國最具爭議的歷史人物之一，其逝世的時間距今雖只有「短短」的七十二年，但他的歷史行跡已然「模糊不清」，對他的評價也「飽受」意識形態的侵擾；另一方面，本研究不僅要求努力發掘新的史料，也需要「重新」解讀現有的史料，更需要對已有的各種評價進行辯證的析取，而我所受的教育與訓練主要在新聞傳播學科，對歷史學、政治學、文學（儘管大學讀的是漢語言文學教育）簡直就是門外漢。不寧唯是，生於 70 年代的我，年紀已然不小，但讀史識世的閱歷仍屬淺薄，而這對認識與評價陳獨秀的報刊實踐與傳播思想也是至關重要的。前任陳獨秀研究會會長、安徽大學歷史系沈寂教授即對我表示了這種擔心。幸運的是，在曾師的支持下，將研究限縮在陳獨秀參加中共革命前的報刊實踐與傳播思想，最終勉力完成了博士論文的寫作，不僅順利通過答辯，由博士論文修改出版的《陳獨秀前期報刊實踐與傳播思想研究（1897～1921》也獲得了江蘇省哲學社會科學優秀成果三等獎。

囿於各種條件，博士論文只對陳獨秀參與中共革命前的報刊實踐與傳播思想進行了討論，雖然一定程度上有助於豐富對陳獨秀的認知，但畢竟欠缺對陳獨秀參加中共革命後報刊實踐與思想的討論，沒有完整呈現陳獨秀一生的報刊言論生涯與傳播思想，這是一種缺憾。因此，我選擇進入復旦大學新聞學院博士後工作站，在黃瑚教授的指導下，進行有關陳獨秀後期的報刊實踐與思想（1921～1942）的研究。客觀而言，陳獨秀後期報刊實踐與思想研究的難度更大。原因有三點：一是陳獨秀後期報刊實踐的主旨是「政治革命」，報刊是其革命的手段，這與其前期啟蒙報刊實踐存在很大的不同，需要搭建一個新的論述框架。二是陳獨秀後期的政治立場一變再變，其報刊言論反映了這種轉變，其中既包含此前革命活動的反思，也涉及中國革命的理論、路線之爭，不僅是托派內部之爭，也試圖與中共党進行理論與路線的爭奪，有些批評雖有一定的合理性，但在相當程度上背離了其時中國革命的語境，如何剝離與呈現顯然存在相當的難度。三是也因為上述原因，陳獨秀後期的部分文字與史料或缺失或封存，這為解讀其轉變的深層動因帶來了困難。事實上，陳獨秀後期報刊文字是對中國現實政治發言，對其研究一定意義上也無法迴避現實政治。在出站報告開題、中期檢查中，我提出了自己疑問，劉海貴教授、黃旦教授給予了寶貴的建議，在黃瑚教授的指導下，我選擇了報刊革命這個視角，在闡述中國革命既新且舊、報刊革命的基礎上，對陳獨秀後期的報刊實踐與思想進行了討論，歷經四年，最終完成《報刊革命：陳獨秀後期報刊實踐與思想研究（1921～1942）》。出站報告獲得復旦大學新聞學院博士後流動站優秀出站報告，後由花木蘭文化出版社出版。

2021 年是中國共產黨成立 100 週年，慶祝百年華誕讓黨的開創者之一、黨的前五任總書記陳獨秀同志獲得了適時的「關注」，而 3 月份電視劇《覺醒年代》的熱播，則讓陳獨秀成功「出圈」，獲得了當代青年的「關注」。乘著這個東風，本人「陳獨秀報刊實踐與傳播思想研究」的研究計劃獲得了教育部社會科學一般項目的立項，由此，整合陳獨秀前期與後期的報刊實踐及傳播思想提上日程。表面來看，在博士論文與出站報告的基礎上進行整合應該很容易，然而，因為兩者論述框架明顯不同，前者主要在梳理陳獨秀參加中共革命前各歷史時期的報刊實踐的基礎上，最後總體評析陳獨秀前期的傳播思想，沒有著意採用某一理論視角（或許是因為陳獨秀前期的報刊實踐主要是啟蒙報刊的緣故）；後者則採用了報刊革命的特定視角，在專章梳理革命、報刊革命與陳獨秀的報刊革命的基礎上，討論陳獨秀中共時期、托派時期以及晚年無黨派時期的報刊言論實踐與思想，每一章都在「概述」陳獨秀該時期報刊實踐的基礎上，討論陳獨秀的思想（主要與報刊言論實踐相關的思想）。思來想去，最終決定採用一種折衷的辦法，具體而言：前期採用後期的結構，在概括維新、清末新政以及五四新文化運動等時期報刊實踐的基礎上，分別討論相應時期的傳播思想，去掉有關陳獨秀前期傳播思想的評析一章；後期則採用前期「捨棄」特定理論視角的做法，去掉「革命、報刊革命與陳獨秀的報刊革命」的一章。此外，還重寫了「緒論」、「『隻眼』帶來『光明』：五四時期陳獨秀思想分析」，「獨立的思想：陳獨秀報刊實踐與傳播思想再探析」等內容，添加了「『思想言論，事實之母』：陳獨秀清末新政時期傳播思想探析」，「報刊評論的時評化：陳獨秀五四時期新聞評論實踐初探」等內容。此外，第二章、第三章除了概括該時期陳獨秀的報刊實踐，解析陳獨秀的傳播思想外，還保留了博士書稿的部分內容，如第二章「四篇文字的考證與相關問題的闡明」、第三章「五個問題的商榷、考證與澄清」，因為上述內容不僅對於評析該時期陳獨秀的傳播思想是重要的，也因為學界對相關問題的討論仍存在值得商榷之處。

高語罕在給陳獨秀的輓聯中有「大道莫容，論定尚須十世後」的文字，言下之意，中國人對陳獨秀的公允評價當在十代或三百年後，這表明中國人對陳獨秀的認識與評價必將是一個長期的過程。因此，對於陳獨秀這一近現代中國最為傑出的思想家而言，本書稿的討論只是粗淺的，甚至可能因為學科視角的選擇、個人學術素養的缺失導致研究盲區與闡釋失當。然而，本人相信，本書對陳獨秀報刊言論實踐與傳播思想的呈現有助於豐富陳獨秀研究的面向，也有助於更為客觀地認識、評價陳獨秀。

陳長松

2023 年 5 月 4 日於南林大國教樓